艺术书屋 | 老二

读库
DUKU
2002

主编　张立宪

新星出版社　NEW STAR PRESS

责任编辑	杨 雪
	黄薇兮
装帧设计	艾 莉
图片编辑	黎 亮
美术编辑	耿 冰
责任印制	包伸明

特约审校：黄英｜马国兴｜吴晨光｜李英子｜刘亚｜张钧

目录

1 "中国残留邦人"采访录 ……………… 吉井忍
遗孤的真正问题,在他们回到日本后才开始。

91 小本生意人 ……………… 胥小燕
爸妈来到咸阳,开餐馆卖大米凉皮。

133 落榜 ……………… 李金声
四十多年前的那次高考,录取率是百分之四,我不幸被挤在了分数线的下面。

157 相信未来 ……………… 梁一良
这首诗让我感到很新奇,是我识字以来第一次看到中国人自己写出这样的文字。

186 捂住口鼻和脸蛋 ……………… 李 恪
口罩和呼吸器:瘟疫、毒气、雾霾、黑色风暴。

251 月上东山 ……………… 秦玉兰
纪念巫宁坤先生。

277 电流之战 ……………… 毛继军
历史上最著名也最重要的科技争论之一。

302 百年前的成都吃相 ……………… 阿狐哥哥
一部奇书,描摹出历历在目的市井图景,细微到一座城市的毛细血管。

"中国残留邦人"采访录

吉井忍

遗孤的真正问题,在他们回到日本后才开始。

日本战败后,中国东北地区的"开拓团"踏上流亡之路。不少日本儿童被中国家庭收养长大,他们后来被称为"残留孤儿";还有为生存或养活家人而进入东北家庭的日本女性,被称为"残留妇人"。这些残留孤儿和残留妇人在日本被称为"中国残留邦人"。

笔者是七〇后,在日本,和我同龄或以上的人,接触过中国残留邦人相关的信息不少。比如从中国来的残留孤儿寻亲团,八十年代在电视上被介绍过多次;到九十年代,为纪念"二战"结束五十周年,日本NHK与中国CCTV共同制作的电视剧《大地之子》播出后也广受好评。然而,中国残留邦人回到日本后的实际生活,我们知道的非常少。本次采访始于2019年,日本年号从平成到令和,而若聆听受访者的诉说会发现,七十多年前的战争,近在咫尺。

之一 | 遗孤的问题，回到日本后才真正开始

受访时的汪楠。摄于东京都江户川区。

汪楠，1972年生于吉林省，因继母是日本遗孤的关系于1986年赴日。初中一年级时，与遗孤二代同学组织日后的准暴力团"怒罗权"的前身"龙的传人"。在日本的收容所和监狱里的时间超过二十年，现运营非营利组织"回归本来"，为监狱里的囚犯寄书。喜欢的作品有《阿Q正传》（鲁迅）、《堕落论》（坂口安吾），以及筱崎爱写真集。

汪楠当时十四岁,到日本才一个礼拜,在东京都江户川区的一所初中学校,面对着陌生的老师和同学,他们说着他听不懂的语言。一个来自中国东北的男孩子,完全不知所措。

之后他如何成为华人暴走族"怒罗权"的创立人之一,与日本黑社会扯上关系,在监狱里蹲了十三年;后来他又为何组织了为监狱里犯人送书的非营利组织"ほんにかえる"(回归本来)。我们顺藤摸瓜思索下来,就会发现这一切和"二战"、战后,以及"日本遗孤"的历史有关。

所以,这个故事还得从七十多年前开始讲述。

日本遗孤"回国"

1945年,在中国东北地区,除了日本军人,还有一百五十五万日本人,其中二十七万人以"开拓团"的名义从事农业。8月9日,苏联出兵东北,该地区的日本人在混乱中随军溃退,慌张逃散。

这时开拓团的情况特别艰难,一是因为他们的居住地离铁道沿线很远;二是因为当时开拓团的青壮年男性都被征兵到战况激烈的南方,团里只剩下老人、妇女和孩子。徒步逃避的过程中,他们有的集体自杀,有的在极度疲劳和饥饿中因病死亡,也产生了因父母死亡、与亲人走散等原因而走投无路的数千、数万个儿童。不少日本儿童被中国家庭收养长大,他们后来被称为"残留孤儿"(zanryūkoji,或称"日本遗孤""遗华日侨")①。

1972年中日邦交正常化,首先从中国回到日本的是残留妇人。很快,日本国内媒体开始讨论还留在中国的遗孤,日本政府在报社的协助下,从1975年开始进行关于遗孤的公开调查。据报道,包括残留孤儿在内的"中国残留邦人"回国热潮在1987年和1990年有过两次,至今办理永久回国手续的残留妇人共有4167人(包括其家族的总数为11530人),残留孤儿有2557人(包括其家族的总数为9381人)②。如今战后已有七十多年,遗孤的平均年龄达到七十六岁(2015年日本政府调查时)、七十岁以上的占93.4%。另外,还有两三百位遗孤在中国继续生活,他们中的大部分都愿意在中国终老。

那么,日本遗孤的问题是否已经解决了?

其实遗孤的真正问题,在他们回到日本后才开始。

遗孤和遗孤的孩子们(下文称"第二代")在中国当地的环境下长大,虽然血统上算是日本人,但语言、生活习惯和价值观都和中国人没有区别。回到日本的遗孤,马上要面对如何学会"外语",也得尽快让自己融入新的生

---

① 当时除了遗孤,还有为生存或养活家人而进入东北家庭的日本女性,她们后来被称为"残留妇人"。残留孤儿(1945年时年龄在十二岁以下)和残留妇人的日语总称为"中国残留邦人"。
② 数据来自日本厚生劳动省2019年最新统计。

活环境，这些都是他们人生的巨大挑战。有时候他们再努力，日本社会的集体主义和"排斥"氛围还是会让他们感到孤独、无奈或委屈。

被骗来日本

话说回汪楠。他在中日邦交正常化的那一年生于长春，父母都是当地人。汪楠的曾祖父是大地主，其子在大学期间遇到一位美女，两人坠入爱河，这位女性就是汪楠的奶奶。

"奶奶是非常热血的共产党员，在她的影响下爷爷也入了党，并把继承下来的土地都分给了农民。他们生育有八个儿女，长男成为心脏科医生，次男是我的父亲、外科医生，三男从英国留学回来成为金融学教授，等等。八个兄弟姐妹统统上过大学，当时的汪家可谓名实相符的书香门第。"

汪楠的父亲在小儿麻痹后遗症的治疗方面有所贡献，又当过医院副院长。他的母亲是公共汽车乘务员，外公是商业部门的公务员。汪楠在其著作《我的童年》中回忆道："父亲年轻时学过日语，会唱日语歌，我母亲也会唱了，经常邀请朋友和同事们到家里放日语歌。夫妻关系本来挺好，后来因为后辈夫妇没有分到房子，父亲毫不犹豫地让他们住进我们家，结果那丈夫和我的母亲背叛了我父亲，这严重影响到他们俩的关系……不过这是我后来才慢慢明白的。"

"文革"结束时汪楠才四岁,对那段历史他有模糊的回忆:"记得有一天晚上,家里只有母亲和我,那时候父亲很晚才回家,可能工作忙,也可能夫妻关系已经坏到了极点,姐姐也被托给外公家了。我听到有人敲门,虽然母亲拒绝开门,但外面来的人越来越多,最后母亲抵抗不住,邻居们也没有一个出来帮忙,家里被好几个年轻人抢劫了。人没事,但家里被抢得精光,地上只剩下一根筷子。之后父亲被关了很长时间。"

汪楠年少时喜欢数学,成绩优异,是家喻户晓的神童,作文方面也有实力。他回忆道,被抢劫的那个家,门口本来有一块黑板,父亲每天把一个题目写在上面,要儿子在当天作好一首诗。整个社会物质条件比较差的当时,少年汪楠可以从设计师伯母那里搞到高级铅笔,让同学们羡慕得不行,母亲也每天帮儿子看作业,并把儿子的铅笔用父亲手术用的刀子削好,再放进笔袋。但自从被抄的那天,他的父亲就开始嗜烟如命,性格变暴躁,经常对妻子施加暴力,汪楠也经常挨打。"后来我在小学五年里一共转校十二次,可能和这也有点关系。"

父母离婚后,汪楠的父亲在1982年跟一名日本女遗孤再婚。"我是十四岁时(1986年)被父亲骗到日本来的,当时父亲突然来到我住的爷爷奶奶家,问我想不想去坐船玩玩。他非得要带我坐船去上海,到上海之后又说要坐更大的船,然后就来到了日本神户港。"

据1986年日本厚生省（现在的厚生劳动省）援护局调查，从中国回来的遗孤当中，曾居住中国东北地区的占89.7%，平均年龄44.9岁。从这个年龄可以想象，那段时间里回到日本的不少遗孤（第一代）都在育儿阶段，是带着孩子（第二代）回的日本。汪楠的亲生父母都是中国人，故此在狭义上他并非遗孤第二代，但他的年龄、到日本之后的环境以及所面临的困难（包括外界给他的眼光），与遗孤第二代非常相似。

"滚回中国"

因为中日两国的医生执照不通用，汪楠的父亲到日本之后不再是著名的外科医生。为取得"整体师"（类似于中国的推拿或整骨）执照，父亲开始了留学生般的生活，白天上课，晚上打工洗碗。收入有限的情况下全家必须节俭，居住环境并不佳，小小的两间房住了七个人，包括继母的孩子在内。家庭和居住问题外，汪楠还得面临学校生活中的种种困难。

"我赴日后的第二周就上了初中，在江户川区的葛西中学，遗孤二代也不少，大概有六十个人。葛西中学有日语班[1]，

---

[1] 该日语班由岩田忠老师负责，除了日语，他还关心遗孤二代们的生活、升学和就业问题。汪楠和岩田老师保持交流至今。

班里的同学们处境都差不多，穿的是前辈留下的校服和鞋子，也因此被日本同学嘲笑，还被辱骂'滚回中国'。我的校服是学校从不良少年那儿没收的，尺寸不符，领子又被改造得高高耸立着，看到穿着异类的我，日本同学当然不放过。"

在家乡被称为神童的孩子，到了日本一下子被卷入弱势群体，真可谓天渊之别。"本来在家乡过得好好的，怎么被骗到日本之后要过这么难受的生活呢？"他心里对父亲和日本社会充满怨恨，其实是可以理解的。"也许学好日语，情况会好一些。"汪楠当时还抱有小小的希望，但不久他就发现，即使学会了日语，遗孤二代仍旧遭受同学们的排斥，"因为这不是语言问题，而是心态问题。他们看不起中国。"

遗孤二代少年们不服气，为抵抗，也为保护自己，在1986年组织了"龙的传人"小组，一共十二个成员，全为日语班的学生，一年级包括汪楠有三个，二年级有七个，三年级有两个。汪楠回忆道，当时的成员共有一种心态，那就是孤独感，还有自己再努力也无法被日本社会接受的无奈以及疏离感。

"用国费归国的遗孤家属，住的是在葛西（东京都江户川区的地区名称）的宿舍'常盤寮'，一楼有一台粉红色的投币式电话。'龙的传人'成立之后，别的第二代每次被日本同学欺负，就打电话来求助，而我们一接到电话就赶到现场进行报复，我们把这叫作'长征'。长征刚开始是用腿跑的,后来学到偷自行车,骑车到现场。有时候因为被发现有偷车行为,几个成员当场被警察抓走,咱们也不管,少了几个也没事儿,还是忙着赶路去打日本孩子。那时候的我们就如第二代孩子们的英雄,不管打得赢打不赢,二代孩子们都可高兴呢,从自己家里偷来米饭,直接放在塑料袋里,拌点酱油递给我们,算是保护费。我们十几个人把手直接伸进袋子里抓饭吃。我们那时候很穷的,啥都买不起,我用的笔就是日本同学扔掉的自动铅笔,从教室的垃圾桶捡来的。说来也怪,八十年代的日本经济特别好,而我们只能靠捡来的汉堡填饱肚子。"

"怒罗权"成立之后

一年后,这个小组改名为"怒罗权"(日文发音为doragon,指的是龙/dragon),意思是"对日本社会的愤怒、成员之间的团结以及生活的权利"。到1987年末,"怒罗权"成员总数达到数十个,有意思的是,有的日本不良少年也开始加入"怒罗权"[①]。第二代成员为了不让日本成员感到受排斥,日本成员在场时,他们就用日语聊

---

① 据《怒罗权》(小野登志郎著)介绍的"怒罗权"日本成员采访记录,日本其他黑社会组织和"怒罗权"还是有不同之处,前者的上下关系格外严明,而后者更像是大家族,部分日本成员因不习惯日本黑社会的氛围而选择了"怒罗权"。

"怒罗权"（日文名为チャイニーズドラゴン/Chinese Dragon）在2013年被日本警察厅认定为"准暴力团"，指的是虽然没有暴力团那么明显的上下结构，但习惯性地进行非法行为的反社会集团。
图片来源：《朝日新闻》2013年3月7日的报道

天。久而久之，"怒罗权"规模变大的同时，原先的目标——报复欺负第二代的日本人——渐渐淡化，骑着改装过的摩托车穿梭在车辆之间，或威吓小混混们索要钱财。

汪楠回忆当时道："但是就只能那样了。而且若没有'怒罗权'，真不知道自己还会怎么样。也可以说，至少当时，我是通过'怒罗权'才有了在日本失去很久的自我认同感。至于暴力，我现在的立场是否定它的，但也明白有时候暴力就是最后的手段，比如遭遇同学的欺负，暴力就是最有效的抵抗方法。后来我又学到恐吓威胁要钱，可能刚开始要一千日元，后来跟黑社会的人打交道，要的钱变成一百万、五百万，就这样。"

十八岁那年，汪楠成为住吉会系的"指定暴力团"①组员。次年因为其他组员偷了汪楠的钱，他索性用日本刀砍下对方的胳膊（后来手术成功接回），故此上了通缉犯名单。"逃的时候我带了一个黑社会老板的儿子，因为他有信用卡，但后来还是被抓了，被送进管教所。在那里我的学习成绩还不错，也学会了手风琴。本想学吉他，但太多人想学，轮不到我。每天早上大家唱'院歌'，我就用手风琴来伴奏。那里还有两个书架，也不大，一共也就三四百册吧，我在那一年里把这些都读完了。那是我第一次那么认真看日文书。这个管教所我待了两年，其实一般不需要那么久，若家长来接你，十个月就能出来，但我的父亲和继母都不管。"

汪楠在二十五岁时因为和别的组织产生矛盾，被暴力团开除，但还是跟"怒罗权"的伙伴们继续做过很多事，被抓的次数也多。"当时我一次都没有反省过呢。这些都不是因为一时的冲动，而是因为我们没钱，有需要才干

---

① 指定暴力团指的是符合"暴力团对策法"（1992年实施）所定条件（如规模、有犯罪经历的团员所占比率、对社会的危害程度等）的暴力团。警方对于被指定的暴力团加强管制及监控。

的，所以即使被抓，也不肯说自己再也不会去偷东西。"

"当时我最感兴趣的是偷窃，所以研究了不少警报器，有好多种，也有警方参与开发、专业开锁师傅来拆卸都会发出警报的那种。而我就特意选设有这种警报器的地方来偷东西，因为有种快感。后来我被抓的时候，警方很想知道我是怎么拆的，因为他们正要开发新的款式，必须明白安全漏洞所在。我接受了，因为不晓得自己要被关五年还是十年，反正等我出来这些技术都过时了。但问题是工具，因为我被抓的时候把自己的工具都扔了。警方说这不成问题，然后带我到一个房间，像是一个室内运动场，地上摆出好多他们从别的犯人那儿没收来的工具，还有各种警报器和钥匙。"

在采访中，汪楠仔细解释了关闭警报器的各种方案、地震波和警报器的关系以及在盗窃行为中激光笔的特殊用处等，令笔者大开眼界。虽然在本篇文章中只能舍弃，但笔者从这些细节中可以确定，他敏而好学、精明能干，不是一般的聪明人。

到2000年，汪楠带领中日双方的朋友实施大规模偷窃方案。他们先在晚间侵入暴力团的办公室，偷他们的银行存折。第二天由别的帮手到银行取款，然后为了不被发现，又把账本好好地放回去。"这个方案可行，我们成功了十多次，也'赚'了十亿日元以上。"

当时的日本刚好迎来IT行业的高速成长时期，经济情况也有所好转,汪楠便以"企业经营者"的身份,每天晚上在高级餐厅和顾客们互相敬酒,一瓶就相当于人民币好几万元。但好景不长,2000年8月的某一天,他从银行取款机取了三千八百万日元,随后到机场时被警方抓获。警方还查出,在近半年之间他盗窃的财物价值超过一点六亿日元。但汪楠还是老样子,说"若只道个歉,谁都会",在法庭上拒绝表示歉意或反省。

2002年,汪楠在东京地方裁判所被判处有期徒刑十三年,于岐阜县监狱服刑。

"阿Q"的悲伤

"我当时下狱是在岐阜县,收LB级囚犯的监狱。在日本,囚犯被分类成A或B,A的意思是轻度犯罪倾向,B的意思是这个人带有比较严重的犯罪倾向,就是重刑犯。前面的指标分类更丰富,L就是long(长期),W指的是女性,Y的意思是young、二十六岁以下的年轻人。也有F,就是外国人。当时我没有被分类成F,首先是因为做过太多事情、犯罪倾向确实严重,还因为我认识的人很多、点子多,又能成群结党,随便弄个组织不成问题,他们认为还是给我打上B比较合适。日本一共六十多所监狱里,收LB级的有四个,除了岐阜县,还有宫城县、德岛县和熊本县。

"我在岐阜县遇到过一个职员。监狱里偶尔举办囚犯参加的围棋大会和乒乓球比赛,这个职员认定我这个来自中国的囚犯肯定很厉害,因为国际上中国的围棋和乒乓球很有名嘛,他就在比赛中统统打赌我会赢,他们赌的是食堂的乌冬面券,结果他输得很惨。说实话这两项我都没学过,他好生气呀,骂我一句,我觉得这没道理,就回一句,结果我们打起来了。发生了这种事情,你就会被放进'保护房'三天,四面墙壁全是橡胶的单独楼房,你被打得多厉害也不会死。身上被扣上一种刑具,肋骨被压得嘎吱嘎吱作响,连呼吸都很吃力。双手被扣在背后,可他们带饭给我的时候,把一双筷子好好地放在大碗旁边,你看这多刁难。不能用手,你只能把头埋进碗里吃,但是呢,他们又故意把饭放在一个很深的容器里,你就根本够不着饭。后来我学会了,把容器用牙齿倒过来吃。不过这个打赌的职员后来变成我的好朋友了。他说高中毕业后就做这份工作,已经三十多年了,其间没有人那么认真跟他打架,我是头一个。"

从这则小故事也能看出,汪楠其实擅长与人沟通,只要他认为对方有诚意,自己也会敞开胸怀交流。自汪楠初中时就认识他的律师石井小夜子回忆道,汪楠当时没有表示过深刻反省的态度,而有一次他们聊到鲁迅时,他的表达方式突然有了转变。她说:"那时候我们聊到《阿Q正传》,他说自己还在中国的时候就喜欢看。我感觉他把自己和阿Q视为同类，没钱、没房子，也没有知识的他，唯有一颗很强的自尊心，如果被打耳光，就以所谓的'精神胜利法'来安慰自己。"汪楠的这个立场，从后来他向法官提交的上诉状里也能看出："阿Q的心底有这个愤怒和不解，就是为什么当乞丐就得被欺负。面对欺负阿Q的那群人、看不起我的那些人，我和阿Q都没有知识能够反驳他们。"[①]

　　这也是他被收监后开始大量阅读的原因之一。汪楠的阅读范围也相当广泛，小说、哲学、宗教、社会等，在监狱里能借阅的都不够，他就托志愿者把书寄到监狱，继续看书。除了书的内容外，打动汪楠的是与志愿者之间的沟通。除了平时的信件来往、贺卡或生日卡，只要有人写信给他，汪楠都会回信，最后信件来往已达数百封[②]。对汪楠来说，这是一种新鲜的体验，因为他自从赴日那天开始，能够交流的人群范围——尤其是成人——就有限，大部分属于老师、警察、刑务官或囚犯，并没有太多机会与"过着普通生活的人"建立关系。

　　"说来有些奇怪，在这个监狱里，我竟然发现自己处在人生中最充实的环境，而我所拥有的人际关系也算是最正常的……因为有人愿意理解我的痛苦，我才开始明白别人的痛苦。我在此决定，将来不辜负大家的期待，也要实现通过与大家的交流中所学到的信念和价值观。"

---

① 见2015年11月22日《每日新闻》。
② 收监期间的信件内容需要开封检查。

出狱后的困窘

2014年,服满十三年的刑期,汪楠离开了监狱。被释放后他参与了不少活动,比如为"中国归国者"(回归的遗华日侨)担当口译、救援流浪者等,而其中规模比较大、在他的生活中占有大部分时间的是非营利机构"回归本来"(ほんにかえる)。

"回归本来"的会员期刊《かえるのうた》(回归/青蛙之歌)。在日语中,"回归"和"青蛙"是谐音。封面的女性是一位囚犯的母亲,是囚犯自己画的。为控制成本,汪楠用废纸印刷期刊。

"出狱后的人其实挺脆弱的,而给他们提供帮助的渠道目前根本不够。你可能没办法想象监狱里的生活给人的影响多大。在里面蹲几年、十几年,你会慢慢失去日常生活所需的各种概念和常识,因为监狱里的生活非常单一。比如经济,监狱里并没有可以花钱的地方,偶尔买内裤、袜子、肥皂、牙刷什么的,一个月有五千日元就够了。买这些都是别人帮你扣钱,有的囚犯因为收监时间太长,已经有几十年没见过钱,最后一次看到的一万日元纸币还是上一代的图案。就这样,很多人被释放后,为恢复收支管理能力就需要一段时间。我刚出来的时候,比较困惑的还有一点,就是无法做决定。比如到中午跟朋友商量吃什么,你会说昨天我们吃了拉面,那么今天吃荞麦面吧。这种选择和思考我都不会了,因为每天三餐都有人帮你安排,在监狱里完全不需要考虑该吃啥。我出来快五年了,现在好了许多,但刚开始脑子真不好使,每一餐要吃什么,这么简单的决定都很吃力,有点像患了老年痴呆症一样。还有,监狱里的生活会让你失去方向感,因为从你的监狱房出来,右手边是食堂,再往前走就是工作坊,这都是固定的。一般人走在外面,自然会记住这个那个作为标记,这我都不会了。

"再比如,在监狱里吃咖喱饭,吃久了,盘子里的咖喱和饭的比例都很熟悉,你不用动脑筋,吃完米饭刚好咖喱也没了。但这个社会里,每家餐馆的咖喱和米饭的比例都不一样，所以我出来后吃咖喱饭，有时候吃完米饭，咖喱还剩很多，因为脑子太僵硬了，连这都无法调整。

"我在监狱里观察到，其实在日本因为贫困而犯罪的还是少数。人为什么犯罪，追溯根底，是因为孤独。没有被家人或社会接受，自我认同感就会很弱，长久下来就会认为整个社会都对自己有敌意，以为大家都对自己不好，也会养成反社会心态。没办法完全相信别人，甚至在被别人欺骗或抛弃之前，自己就试图先欺骗对方。"

汪楠回忆，在监狱里的十三年相当残酷，他之所以能坚持下来，是因为有朋友、家人和志愿者的鼓励。

"不过，像我这样能够与外界保持关系的，其实蛮少。大部分囚犯不管在收监期间，或被释放、回到社会之后，都属于极端的孤立状态。因为长期孤独，他们不太能够意识到自己是社会的一个成员，这种心态很容易让人犯罪。如果你能感觉到自己并没有被忽略，并且是和社会有连接的，就会带给自己一种安心感。囚犯也是，有了这个感觉和自觉，我们才能够反省或改过自新。那么如何让监狱里的囚犯保持与外界的沟通呢？就只有'外部交通'，这是日本的法务相关词语，意思是会见和写信。当然我一个人到日本各地与囚犯们见面是不可能的，所以就与其他志愿者携手，通过寄书的方式与他们沟通、保持联系。看书就能够明白别人的思考方式，通过寄书和信件的来往恢复对别人的信任，这是建立与外界关系的一个基础。"

你还来得及

汪楠现住在东京都江户川区，一楼的事务所、通往二楼的楼梯和二楼的生活空间，塞满了志愿者从各地寄来的书籍，已达七千本以上。他与志愿者们把这些书籍分类做了书单（目前有两千五百本），并寄给监狱里的会员（已被收监的囚犯）。汪楠按会员写的申请书从书架取出书籍，包装好，再寄到各地的监狱。

"我们的会员目前有两百人以上，其中我个人负责的大概有五十个人。加入会员一年要交两千日元（约合人民币一百二十七元），一年平均寄书三次吧，若有人经济上有困难，我们会考虑免会员费。其实你在监狱里也可以买书的，每个监狱在当地都有合作的书店，一般和监狱所长有'关系'的，若你有想要的书，写个申请就行。但书店卖的都是新的，现在谁愿意以定价买书呀，太贵了[①]。而且那些书店很不可靠，明明订了六本，结果只收到两本，或订了上中下三本全集却只收到下卷，所以很多囚犯想加入我们这个组织。其实，若考虑邮寄费、上网等通信费以及时间成本，我们的会员费实在太低，虽然外面有一些人捐款给我们，但我们每年都会亏钱。我也得生活呢，所以最

---

① 日本采用"再贩卖价格维持制度"，允许出版社规定书籍、杂志等定价，在一定时间段内，书店等销售渠道必须以此价格销售，不得擅自降价。

汪楠的住所（兼"回归本来"的事务所）面向停车场的侧面。刚做好新的书架，外面摆满了曾经用过的家具和书架，还养了一只乌骨鸡。

汪楠家里摆满书籍。最有人气的"书"是色情杂志。汪楠介绍，库存中"反中""嫌中"相关的书也有。"若有会员想看也会寄给他们，这不碍事。"

近把部分业务交给其他志愿者,我自己又开始接装修方面的工作。"

志愿者会不定期整理汪楠家里的库存,有些书太专业或长期无人问津,就卖给二手书店。若有会员想买书单以外的书籍,也可以申请"网络代购",让志愿者在日本亚马逊上搜索二手书。

"在亚马逊上的二手书店里,很多书,比如过去的畅销书的价格只要一块钱,邮寄费反而比较贵,一般要二百五十七日元。我们加百分之三十的手续费,这样会员负担三百三十五日元就能买到自己想要的书。可要买新的书,至少得一千五百日元呢,所以很多人想加入我们的会员,有不少人甭管我们组织的主旨,就是因为想看自己想要的书,我们也接受。因为不晓得哪天他因为书中的一句话,心里会有很大的变化。不过加入会员还是有标准的,比如犯了性犯罪的,我们不接受。不过曾经有个性侵犯的囚犯,他自认不能加会员,然后把二百日元捐给我们,意思还是想支持我们。这个人我们后来还是接受了,并嘱咐他说不能帮他买恋童癖类的书。SM是可以,因为那是成人和成人在同意之下进行的行为。"

在非营利机构"回归本来"的活动里,寄书当然是核心业务,但其实还有更重要的一点,就是与囚犯建立一种信任关系。汪楠最明白这点,因为他自己就是通过信件的来往才感觉到这社会里还有关心他的人,而他便从这个小

囚犯们年初寄来的贺年卡,写字和画图水平都相当高。据汪楠介绍,监狱里也有不少残留孤儿的第二代。

小的信任感开始,一步步把对外界的不信任缓解下来。

"比如,有个囚犯在信里跟我说,他其实从没真正想过改过自新,因为为了生存,他在外面的世界里一直当黑社会,这是他的生存之道。他又说,自己也并不是想要这样的人生,但又不知道还能有什么其他路线。开始写信交流后,他花了两年才告诉我他这个心情。所谓的'交流'就得花时间,很多时间就需要默默地陪同。很多其他志愿者组织,说是要帮助囚犯改过自新,但他们等不了这么长时间,一开始就催促对方反思,不停地提醒囚犯'反省''考虑被害者的心情'。这就像西药和中药的区别,他们是西药,我们属于后者,起效慢、擅长治人。很多囚犯心里有创伤,比如感到被拒绝、背叛,这些人际关系上的问题是人造成的,那么只能通过人来治愈。他写了封信给我们,我们必有回复,这对他来说会是一个活下去的希望。

"在监狱里,偶尔会有机会听演讲,上台的人是法务省邀请来的。比如过去进过监狱的,出来之后改过自新、当了牧师,讲的就是所谓的成功史。但是,在监狱里的囚犯听这些人的话,要么觉得自己比不过那些人,要么觉得台上人的话,为上帝而活什么的,都很假。所以我们这个组织不要求你当'圣人君子',哪怕吸毒的人也不要求之后的一辈子不吸毒,至少这一段时间尽量克己就好。你想想,很多人过去十几年甚至几十年做坏事,改过来也相当困难。我也一样,并不是君子,更不是圣人,到现在还经常喝酒打架。但我还是想给他们看到,像我这种人也能生存下来,也不犯罪,出来之后有了朋友、办组织,还像今天这样偶尔有人来采访。我想跟囚犯们说,你也可以这样,还来得及。"

不要勉强自己当好人

我对汪楠的采访,是在一栋公寓里,位于东京都西边闹中取静的住宅区。为什么要在这里接受采访,是因为这段时间他忙于装修这里的一间套房。据他介绍,这里的房

在装修现场的汪楠。

东是日本小家庭，通过基督教组织认识的。进门左手边有已经装修好的洗澡间，大房间约有二十平方米，附上大阳台。房间里有几个大木板靠着墙戳起，是汪楠昨天刷完油漆的拉门，他叼着烟，要么撕开木板上的胶带、要么整理工具，我也偶尔帮个忙，同时进行采访。

"日本的再犯率有百分之五十以上，那是因为出狱之后还是无法被社会接受，认可他们存在的人少之又少，他们是孤立的。这点，哪怕他们自己有意改过自新，也很容易遇到挫折。比如，他们出狱后经常找不着房子，因为很多房东不愿意把房子租给这些人。没地方住就找不到工作，没有收入就很容易再犯罪，偷东西、喝酒、干傻事等。工作方面也会遇到各种困难，一旦被知道有前科，找份临时工都困难。我们必须跳出这种恶性循环,所以我就想到了这个点子,就是把我装修好的这些房子租给被释放出来的囚犯。首先我来找房东,以低价负责房间的装修,交换条件就是房子租给他们。除了这间房子外,我还在东京郊区找到了另外一栋房子,特别破旧,那里的装修也是我自己干的,房东是个台湾人,也同意租给出狱后的人了。

"其实我没学过装修,但感觉还可以。前一阵子我弄了一家snack(家庭式酒吧)的装修,是我女友要开的,此前我咨询过外面的装修公司,他们的报价是六百万,所以我决定自己动手试试看,结果只花了二百万就弄好了。后来装修公司的工人也来看,他们目瞪口呆,没想到我这个门外汉能做到那种水平吧。这里的装修也一样,装修公司的报价是一百五十万,房东有点不能接受,我说那就自己来,六十五万成交。后来才发觉这个价格有点亏,连工人的薪水都得自己掏腰包。

"我是个门外汉,偶尔需要向别人咨询。在建筑行业里有不少人之前是在监狱里的,我打电话给其中一个问一下,比如怎么搭脚手架。他说自己不是特别清楚,让我等到明天。原来他去问了自己的前辈,第二天他打来电话,花两个小时向我条分缕析了一遍。说实话,这些我查一下YouTube就可以了,网上有好多人用视频介绍装修秘诀,一清二楚,但我还是愿意去问他,因为他渴望被需要的感觉。这种小事情才能让他感觉到自己也是社会的一个成员。"

汪楠目前的大目标是学好"意义治疗"[①],他希望以后把这当作毕生事业。

"我们小时候都会有个梦想,长大了想做什么、从事什么职业,人就冲着这个梦想而努力,这叫作人生嘛。监狱里的人也是一样,他们小时候的梦想肯定不会是当犯人,但还是难免有部分人去偷东西、吸毒或杀人,他们越走过人生,越远离自己起初的目标。他们可能会以为一切太晚了,但我还是陪他们并告诉他们,其实从现在开始也来得及,我们一起想一想以后的人生还能怎么安排。这就是意义治疗中的一种方法。很多曾经犯过罪的,在改过自新的过程中一下子要做好人,这很难。我们的起跑线和别人就不一样,是从'负'开始的,能达到'零'就不错,别想一下子得到一百分。"

对于自己的父亲,汪楠还没有完全摆脱心底的纠结。"可能父亲在'文革'中吃了苦,但我并不是自愿来日本的。对父亲的怨恨当然有过。"但同时,因此被挤到社会角落里的汪楠发现,这个社会里还有很多人需要帮忙。

"所以我成立了'回归本来',给囚犯们写信、寄书,还动手去做自己并不熟悉的装修。我也并不是很确定自己现在的这些方法是对的,但还是继续努力,给囚犯们

[①] 意义治疗(logotherapy):奥地利精神病学家维克多·弗兰克(Viktor Emil Frankl,1905–1997)提倡的心理治疗方式,协助患者从生活中领悟生命的意义,进而面对现实,努力追求生命的意义。

写信。只有这样，才可以给曾经的伙伴们做个榜样。我就是这么个人，比较擅长默默付出努力，并做出一个结果。所以呢，从年轻时到现在，我一直很受女人的欢迎。"

2019年8月底，我在社交网络上收到一条信息：汪楠在东京的一家教堂举行婚礼。他向朋友们发照片并宣告："终于有人跟我结婚了。"看似在居酒屋里拍的照片上，两个人挨在一起露出灿烂的笑容。我不禁回想起他在采访中嘟囔的一句："现在呢，就是没钱，但每天都有事可做，大家对此也很关心，其实我的生活很充实。"

参考资料：
《狱中书简集》第一卷，汪楠著，"回归本来"发行
《我的童年》，汪楠著，"回归本来"发行
中国归国者支援·交流中心官网"何为中国残留邦人"：https://www.kikokusha-center.or.jp/kikokusha/kiko_jijo/kiko_jijo.htm
周刊杂志《Flash Diamond》2019年5月30日增刊号，第109页－第111页：《凶恶犯真的可以改过自新吗！？》
周刊杂志《Friday》2019年5月10日号，第73页－第76页：《怒罗权创设组员的告白："我要忏悔所有的罪"》

之二 | 很多人的心是离不开"故乡"的

参加日文课的中岛千鹤。摄于长野县下伊那郡。

中岛千鹤，1932年生于日本长野县下伊那郡泰阜村，1940年与家人移民到大八浪泰阜村开拓团（黑龙江省桦川县大八浪乡）。日本战败后徒步到方正县，经集中营被隋家收养，1949年与隋家三男结婚，生了五男二女。1985年办理永久回国，之后她的所有孩子和其他家人，包括姐姐的女儿都办理了手续并在日本生活。

从东京都新宿坐大巴到长野县饭田市，旅程大约四个小时。长野县位于本州中部，面积七百三十多平方公里，是日本少有的内陆县之一，主要产业以农业和林业为主，木曾山的桧林号称日本三大美林之一。苹果、西梅、白菜等高原果树和蔬菜栽培也很发达，笔者下车的地方就在当地农业协同工会（简称"农协"）的销售中心，不少当地人和观光客在这里争相购买当地特产和新鲜蔬果。

该县又是日本屈指可数的滑雪游览胜地，1998年冬季奥运会和残奥会于此举办。不仅冬天，长野县是全年游客不断的旅游目的地，尤其是我要去采访的阿智村（面积二百一十四平方公里，人口六千五百八十人），因环境幽暗清澈，单凭肉眼就能看到夜空中的星河，在日本环境省主办的"全国星空持续观测"活动中获第一名，并被评为"星空最闪亮的地方"，又获得"恋人必去的浪漫场所"美誉。从这些因素来看，长野县在日本幸福指数排行榜[①]中常年占据靠前的位置，也是可以理解的。

凭借优质的自然环境，以及与东京、名古屋、京都等主要城市方便的交通，长野县一直以来占有日本国内"最受青睐的移住地"前十名的位置，当地政府也为创业或移住提供资金补助。

---

① 日本幸福指数：以健康、教育、劳动时间、人口增加率等六十个指标为基准进行比较，主办单位为一般财团法人日本综合研究所，由东洋经济报社发布。

而现在不少日本年轻一代并不知道的是，七十多年前的长野县，是日本全国输送中国东北移民最多的地方，从1931年的九一八事变（在日本称"满洲事变"）至1945年日本战败，全县共输送出37800人[①]。

满蒙开拓和平纪念馆

借采访"残留妇人"[②]中岛千鹤女士之机，笔者提早一天来到这里，是为了访问"满蒙开拓和平纪念馆"。

从农协转乘公交车二十多分钟，在阿智村下车，向两位当地人问路之后，在农田里走二十分钟方可到达。该纪念馆开办于2013年，由饭田日中友好协会经过五年时间筹建，目的是保存与展示满洲移民历史，并将其作为向下一代警示战争悲惨、倡导和平重要性的教育基地。作为展示满洲移民历史相关资料的博物馆，它是日本唯一的民营设施。

该纪念馆分展览室、研习室和资料研究室，展览室的图

---

① 日本曾经在"满洲"移民政策下向中国东北派遣了二十七万"开拓移民"，其中长野县出身的移民占百分之十四，全国最多。其他输出比较多的地方有山形县（14200人），熊本县、福岛县、新潟县（各约12700人）等。

② 指"二战"期间从日本到中国，在战败前后的混乱中，为生存或养家糊口和当地中国人结婚并留在中国，同时在战败当时的年龄在十三岁及以上的日本女性。和年龄十二岁以下的"残留孤儿"后来得到的日本政府的支援相比，针对"残留妇人"的帮助相对较少，因为官方认为"残留妇人"当时自愿留在中国。直到1994年"中国残留邦人支援法"成立后，"残留妇人"才有了渠道办理永久回国手续。

片和文字资料都非常丰富，若全部仔细看一遍，至少需要一个小时。其中让笔者印象深刻的是经历者的证言录像，讲述者不只有移民经历者，还包括教师、当时参与移民决议的青年团干部、在满洲失去父母并带三个兄弟姐妹回来的孤儿、后来被八路军留用的医生和护士、关东军总司令部的军人、孤儿的养母、战败后为养家糊口与中国人结婚的残留妇人等，每个人的录像时间有七八分钟，对各自的满洲移民经历进行说明。除这些展示外，该纪念馆还应各地所需派遣口述传承会的成员，进行关于满洲移民的讲演。

这里几乎每天都有团体预约参观，而且很多时候不止一个，经常有三四个团体的预约安排在同一天。笔者参观的下午下过大雨，但还是不断有客人进来，解说员也忙得不可开交。这么偏远的一个纪念馆，能吸引这么多人的关注和兴趣，让人感到相当意外。

"我们当初预计的参观人数大约是一年五千人，结果每年平均在两三万人。至今一共六年多的时间里，参观者累计已经达到十七万人次。这是我们谁都没想到的。"纪念馆事务局局长三泽亚纪女士介绍道。她是一位高瘦肤白、黑头发的当地中年女性，态度非常和蔼。"开始筹建的时候，阿智村村民之间也有人怀疑这个纪念馆的存在意义，他们绞尽脑汁都想不出，到底谁会来这么偏远的地方参观一个开拓民的纪念馆。当时村民的怀疑也可以理解，下伊那（该纪念馆所在的地区）其实是长野县派遣满洲移

阿智村风景。

满蒙开拓和平纪念馆。
地址：长野县下伊那郡阿智村驹场 711-10
时间：9:30—16:30（办理入馆在 16:00 结束）
休息：每周二，以及每月第二和第四个周三（会有变动，请在官网确认）
门票：500 日元
官网：www.manmoukinenkan.com

满蒙开拓和平纪念馆内景。2016 年,明仁天皇和皇后美智子在私人旅行时造访过该纪念馆。

民最多的地方,村子里也有慰灵碑,但现在没人关心,连村民的孩子都不去理会。"

这小村庄的沉默,与战后近七十年才开办的纪念馆如此引人瞩目,追根究底并非无关。据三泽局长介绍,满洲移民这件事,在长野县很长时间是大家尽量避开的话题。

"因为(满洲移民的)结果太悲惨,村民之间也经常责备当时是因为谁的引导去了满洲、谁对移民事宜很积极,有的村长后来自杀了,因为他承受不了自己推进的移民政策引发那么多村民的苦难。这种环境中想要正面讨论移民事宜非常困难,最好保持沉默。来这里的参观者中,也有人流着眼泪跟我们解说员说起当时的困境。而从满洲回到日本的村民,他们的心理也非常矛盾,当初说好去满洲,日本政府可以为每人配给二十町步(约198347平方米)田地,那不就是大地主吗,后来才得知他们分到的土地和房子原来是中国人的,自己不知不觉当了侵略者的先锋。战败后变得一无所有,好不容易回到故乡,结果被人们称'引扬者'(hikiagesha)①,遭受相当的歧视,别说什么分享在满洲的经验,他们还都尽可能隐匿自己曾在满洲的过去呢。尤其在长野县,派出移民最多的地方,很难讨论这段历史。教科书里是提到满蒙开拓团的,但在我们县,推进移民相关政策的都是前辈或邻居,深度探讨就

---

① 指返回本国的人、从国外撤回来的归国者,尤指"二战"后由外国占领地返回日本内地的人。

会得罪人家,所以筹建纪念馆时也引发了议论,有人觉得这等于自找麻烦,打开潘多拉的魔盒。但随着那些'当事人'的高龄化,他们也开始觉得这段历史还是得让年轻一代知道,不然很可能重复同样悲惨的事情。所以我个人认为开办这家纪念馆是有意义的,参观者之多也说明了这点,对这段历史感兴趣的人和想要分享的人挺多的,纪念馆刚好成为一个聚集这些需求的地方。"

"记忆和继承之地"

作为满洲移民历史的一个"记忆和继承之地",该纪念馆所发挥的作用毋庸置疑,同时它又是个体记忆被延伸为集体记忆的场所。据三泽局长回忆,尤其在刚开办的一段时期,不少高龄参观者哭诉自己经历的时间比参观的时间还要多。"当时我们和解说员的工作就是听他们的故事。"

参观者来自全国各地,其中不少人和中国东北有一丝关系。笔者刚好在纪念馆认识了一对老夫妻,来自距离长野县约两百公里的爱知县。老先生对每一个展示品都兴致盎然,不停地向解说员问问题,而老太太沉默不语,只是跟着丈夫看看图片,偶尔点点头。笔者猜测他们来这里一趟应该是老先生的意愿,等他们参观完毕便跟他搭上话,果然得知他是"满洲移民"的家属。他解释:"我哥哥曾经移民到满洲,

满蒙开拓和平纪念馆的建筑设计由本地建筑师新井优负责,曾获2018年"信州之木"建筑奖最优秀奖。

图书室收藏有日本国内出版的战争相关书籍。

我没去,年纪太小。他战后不久从满洲回来,之后从没跟别人说过自己在满洲的经历,我们也没问,我就知道他好像在那里当了兵。他几年前去世,之后我才开始对满洲的历史感兴趣,说实话有点后悔他还在的时候没有多聊这方面的事。估计很多人都是这样,平时觉得还有的是时间,淡淡地过日子,等到失去机会才后悔。今天能来到这里受益匪浅,看到很多当时的资料和图片,能想象出当时我哥在满洲过的是什么样的生活。但日本的变化也实在太大,现在的年轻人嘛,没吃过苦,又天天收到太多好玩的信息,没心情去关心过去的事情。我觉得这很危险。我们应该让更多的人认识到这家纪念馆的存在。"

三泽局长续道,该纪念馆接待的不只是老年人,还有年轻一代的参观者,有初中或高中老师在修学旅行路上带学生来参观。随后的问答时间里,不少学生举手提问,三泽局长觉得他们的问题经常是"戳中问题本质的"[1]:

"满洲到底是什么地方,当时的日本人知道吗?"

"当时有没有办法和原来在满洲的大家交朋友?"

"除了普通的开拓民之外,为什么还有青少年义勇军[2]?"

---

[1] 下述学生的问题来自三泽局长的博客"Platform":https://kinen330.exblog.jp(2018年10月7日)。
[2] 全名为满蒙青少年义勇军,是日本政府作为"满洲移民运动"的一环向"满洲"政府所输送的军队,由十五到十九岁的青少年组成,大部分青少年是日本贫农的次男或三男。

该纪念馆临近长岳寺。日本战国时代名将武田信玄(1521—1573)从战地返回甲斐国的路上,在信浓国驹场(今长野县下伊那郡阿智村)病逝,其遗体就在长岳寺火化。

山本慈昭曾担任长岳寺住持。

"如果移民是为了扩大农业生产,为什么没有选择南方,而非得到那么寒冷的地方?"

"参加开拓团的人,为什么无法预测日本会被打败?"

"为什么大家不能欢迎从满洲回到故乡的村民?"

"中国人到现在还很讨厌日本人吗?"

三泽局长认为,其实通过这些提问,同学们指出当时"移民"的本质是侵略行为,他们察觉到开拓团和青少年义勇军是关东军的重要补充,负有巩固"国防"、维持治安、文化侵略等多重军事和政治功能。"孩子不笨,来一趟就会明白这些,这表示未来还是有希望的,我们在这里的展览和解说,也应该能对和平有所贡献。来过这里的年轻人应该能明白信息的正确性有多重要,否则自己的人生很容易被官方或主流左右,也会明白中国那边的感受,他们日后与中国的大家交流的时候,应该会留意这点。"

笔者告辞时雨已停,夕阳余晖照着整个村庄,呈现出一道非常动人的风景。三泽局长说,他们还经常接待日本各地教育委员会或民生委员组织的旅游团,来长野县做研修活动。"这边的环境好,有温泉有美食,非常适合成团来旅游,但因为不能一直吃喝玩乐,路上还需要安排一些学习性的事情,刚好这个乡下还有这么一座纪念馆,那就顺便来参观一下。我也没想到咱们这家纪念馆还能扮演这么个角色,不过这样也挺好,已经知道的或经历过的人之外,还需要让更多人知道、记住这段历史。所以这座满蒙开拓和平纪念馆并没有强调特别的思想，每个人可以从自己的角度来理解，把感想带回去就好。"

一个开拓团的始末

笔者在饭田车站附近的一家旅馆借宿，第二天早晨乘坐电车。路程约有二十分钟，在天龙峡站下车，便看见车站旁边挥手的一位女性，她是饭田日中友好协会事务局局长池田真理子。

今天的受访者、残留妇人中岛千鹤，每周四到泰阜村交流中心和朋友们聊天、上日文课，笔者是搭池田局长的便车去该中心的。据她介绍，今天的活动是2008年施行的"促进中国残留日本人等的顺利回国以及永住回国后的自立支援相关法律"①中的项目之一。该法律规定，日本政府为"中国残留日本人"提供永久回国后顺利融入当地社会的各方面支援，交通费、学习材料费、场地费以及茶水费等全额费用由政府负担。"这蛮少见的，现在官方百分百提供补助的项目很少。"池田局长扶着方向盘，看着前方说道。

天龙峡是长野县饭田市的有名景点，尤其在红叶观赏的高峰期，四面八方的游客纷至沓来。采访那天，天龙

---

① 该法律于2014年被修订并更名为"促进中国残留日本人等的顺利回国以及永住回国的中国残留日本人及特定配偶的自立支援相关法律"。

日文课情景。最右是池田女士,还有当地的一位女士(右四)协助这四位老年人。

胜野健治(左)和中岛千鹤。胜野健治生于长野县饭田市军人家庭,小学四年级到满洲。被中国农民收养之后继续寻找兄弟,战败后的第八年找到了哥哥,第十年找到了妹妹。中日邦交正常化之后带妻子和四个孩子办理永久回国。在日本开了多年的出租车,退休之后热忱于中日之间的交流,帮助了不少从中国回来的同乡。

槇国子（左）和中原夏江。

峡蔚然深秀，虽然还没到红叶季节也非常赏心悦目。从车站到交流中心所在的泰阜村（面积六十五平方公里，人口一千六百人），开车路程有二十分钟，我们到的时候，一个活动室里有四位老人等我们：日语和汉语双语精通的男性叫胜野健治，说话幽默的女性就是中岛千鹤，另外两位是槇国子和中原夏江。他们按战败当时的年龄被分为"残留孤儿"和"残留妇人"，但都是小时候由父母带到满洲移民的同乡。槇女士到满洲时才两岁，成为孤儿之后被一对中国夫妻收养，后与住通化县的日本人结婚，四十岁时办理永久回国。"小时候的记忆都没有，虽然人家说我是日本人，但我连樱花是什么都不知道呢。多亏饭田市的日中友好协会给我当了'保障人'，我能顺利回到日本来。"中原女士和中岛女士是同班同学,四十二岁时,她的中国丈夫(比她大十八岁)因病去世,六十岁那年带三个儿子跟姐姐一起回国。"回国之后一直在汽车零件工厂上班,儿子做些建筑工人的工作。孩子那一代,一旦学会日语就都离开这里了。"

日文课的氛围宽松和谐,今天当老师的胜野健治准备了一张二十四节气的中日双语对照表,复印给其他三位"学生"。战败那年他高中一年级,逃避路上父母双亡、兄弟离散,之后被当地农民收养。"当农民的,这二十四节气非常重要,我们都是按照这个来安排日常的生产生活,这就是我们的常识呀。而我回到日本之后,发现很多人,连长野县种田的都不关心二十四节气,当时我觉得非常不可思议。"他今天打算教学生每个节气的日文念法[①],但因为笔者的出现,大家开始讲述自己在满洲的经历,最健谈的还是胜野健治,中岛千鹤也适当插话,另外两位女性主要点头、笑一笑,但也愿意说些满洲生活的细节。快要结束一小时的日文课时,我们发现,大家一个节气的名字都没念出。"没关系,下次学习就好。今天难得有你来,好好把我们的心情告诉中国的大家。"胜野健治跟笔者微笑道。

当天采访中岛女士的内容比较零碎,笔者后来整合了

---

① 过去日本人也按二十四节气过日子,日本的二十四节气源自中国,也包含"杂节",如八十八夜、土用、入梅等。

池田局长的介绍,做了一位残留妇人在中国东北和回到日本后的记录。

在满洲的童年

中岛千鹤1932年生于长野县下伊那郡泰阜村,八岁那年与家人一起到中国东北,当时有外公、父母、三个姐姐和三个弟弟。中岛一家决定移民的主要原因是中岛女士的舅舅(母亲的哥哥),他当时担任村庄的议员,为凑够国家规定的殖民硬指标,带兄弟和亲戚到满洲①。中岛千鹤道:"我父亲是铁道工人,工资不多,孩子又多,父母就这么定了移民的事吧。只有我外婆拒绝到外地并留在这里,多亏她的坚持,我们从满洲回来后还有地方住。我自己呢,没那么想去满洲,因为听说那里在打仗。后来父亲又说满洲那里有好多牛和猪,女孩子嘛,更不想去了。"

1940年9月,中岛千鹤与家人一起到了"大八浪泰阜村开拓团"②,具体位置为桦川县大八浪乡,位于黑龙江省东北部、松花江下游南岸。"我们住的地方叫富兴屯,还有中国人和朝鲜人。我们负责耕种的土地非常肥沃,其实原

---

① 后来这位舅舅没能回日本,不知下落。
② 大八浪泰阜村开拓团位于(原)三江省桦川县大八浪,从1939年2月11日开始入殖,在籍人员共有1144人,后来其中627人死亡,下落不明者有41人。

来是中国人开荒的熟地。我们一开始住的房子又破又旧，那时候我真想回来，后来搬到地主的房子，也是中国人盖的，政府给钱让他们搬到别的地方去。那时候我平时住在学校，因为学校很远，周末才回来，所以并没有中国或朝鲜的朋友，都是和日本朋友一起玩。家里还有中国人，当苦力的，种菜那些事情他们知道的比我们多。"

虽然住在"地主"的房子，又有中国农民帮忙耕种，但在满洲度过的童年并不如意：学校里的每个孩子身上都长虱子；每周末往返学校和家的两个小时得光脚走下来；每年必须交出几百公斤摊分的任务粮；食物匮乏，喝的井水也不卫生，中岛家最小的弟弟因为喝生水得了赤痢而死。"那一年，和我弟弟一样小的孩子死得特别多，我们非常悲伤。第二年外公也去世了，他之前得了中风，躺了很久。那是战败即将到来的春天，后来我想，他那样死也好，至少我们还能给他办葬礼。要是在战败后的混乱当中，我们也不知道怎么办呢。"

虽然在入殖后的几年里生活比较艰苦，中岛家的长女和三女还是在通信公司找到了工作，就在佳木斯和杏树（黑龙江省七台河市勃利县），次女也开始在开拓团办公室上班。中岛千鹤当时的梦想就是高中毕业后像姐姐一样在通信公司工作。当时的她和家人以及邻居们都坚信日本会胜利，一时都没怀疑过。

直到1945年8月，暑假回家的中岛千鹤得知父亲已被征入伍，她才发觉有些不对劲，之后形势急转直下地严峻起来。"不只我的父亲，邻居的叔叔们都被征去了，没过几天，我们也都被通知要避难，说是苏联大军攻入了满洲。不晓得为啥，我就扛着一个电话机逃走了，那是我们村子里唯一的电话机，当时觉得很珍贵，也以为过一段时间就可以回来嘛。"

说是避难，却并没有明确的目的地，大家只知道必须回国。有一个命运分歧点是阎家站（位于黑龙江省佳木斯市桦南县），从这里可以乘坐火车到佳木斯市，但因为坐火车很可能遭遇炸毁，大家商量之后选择往山里逃躲，这次徒步逃难后来被称为"赴死的逃避行"。中岛千鹤拉着弟弟，姐姐背着亲戚家的孩子，母亲一边拉着另外一个弟弟，还背着妹妹。她记得在途中的太平镇里，中国人给他们喝玉米粥，之后跟着关东军过牡丹江，已经有人变得疯疯癫癫，有的自杀或因病被遗弃，也有亲手杀死孩子的母亲。她回忆道："怎么说呢，那时候我年纪还算小，但也并不是小孩了。母亲已经筋疲力尽，根本无法照顾我们。"

集中营的偶遇

大八浪泰阜村开拓团一行在9月初到达方正县南边，才得到日本投降的消息，第二天被关进了伊汉通村（哈尔滨市方正县）的集中营。"在伊汉通，有个开拓团的本部，后来成为集中营。刚开始还是秋天，周围的田里有点玉米或小米可以拿来吃，后来什么都没有了，偶尔有中国人从曾经的关东军补给基地捡来罐头什么的卖给我们，我在集中营里把所有钱都花光了，连母亲的腰带都卖给他们。我们家最小的妹妹就死在集中营，真可怜，最后连喝水都不行，我看着心里很难受，但没办法。"妹妹被埋在集中营西边的柳树下，中岛千鹤在2010年通过友好访问事业回来过这里[1]："现在什么都没有了，被铺得非常平整。我估计妹妹的遗骨还没有到公墓[2]那里。等咱们老人家死了，应该没有人知道这下面有什么，大家就在上面走来走去呗。"

到冬天，连打水都变得困难，中岛千鹤认了命、以为要死在集中营的时候，遇到了隋家。刚开始，隋家只想带走中岛千鹤和她的姐姐两个人，而母亲不同意，坚持一家五口人必须在一起，后来隋家也同意了。"我们还算好。很多情况举家离散，失去音信，孩子后来怎么样都不知道，一个母亲单独回到日本的也很多呢。"

"隋家有六口人，夫妻带四个男孩，后来我姐姐和他们的次男结了婚，也没办什么婚礼。隋家的父亲曾经是方正

---

[1] 黑龙江省方正县与长野县泰阜村在1997年建立友好关系。2010年9月，泰阜村访中团到方正县进行友好访问，该团员包括原开拓员及其家族（中岛千鹤是其中之一）、一般民众、中学生和老师等，一共有二十多人。
[2] 在方正县吉兴村有"方正地区日本人公墓"，是当年在周恩来总理特批下建立的中国唯一合法的日本人公墓。

县的地主,被日军肆无忌惮地烧杀劫掠,后来在方正县的南边种田过日子,也挺困难的。我们知道这些有点后怕,对他们来说,我们不就是敌人吗,也不太能理解为什么还帮助我们。而他们是这样说的:这不是你们犯的罪,你们是被日本帝国骗来的,你们很可怜。不过这也是过了好几年,等我听懂中文之后才告诉我的,刚开始没说这些。"

隋家的房子并不大,到晚上一个火炕上睡十多个人,中岛千鹤的母亲实在熬不下去,不久带两个弟弟嫁给了卖豆腐的单身汉。中岛千鹤当时十三岁,虽然有点想念生母,但也没有太多的悲伤。"隋家的养母对我很好,吃饭的时候也等我先吃完才把丈夫叫过来吃。可能因为她也是八岁的时候当了孤儿,吃过苦,跟她在一起的四十多年,她一次都没骂过我。唯一让我伤心的是她不让我上学,她说怕我学到东西之后到外地不回来。说到伤心的事情还有一个,有一次我生了重病,那时候隋家对我还是很好,熬中药给我吃,应该也是用卖柴木赚来的钱买的吧。稍微好一点的时候脑子还不清醒,我不知不觉地抱一个枕头要出门,隋家的笑着问我去哪里,我说要去找妈妈。病都没治好,人家当然不让我出去,我当场大哭,又看看自己抱的是什么,从没洗过、黑乎乎的枕头,那时候才发现那原来是用'满洲国'的国旗做的。"

关于方正县的生活,让中岛千鹤想念的食物是玉米面饼,"准备一大碗玉米面,拌入小苏打和温水,揉成面团,然后铁锅炖锅边贴上,那可香啊"。笔者后来查询后得知,这个东北玉米面饼近年在东京周围也流行起来,一大锅的菜和玉米饼,五六人分量,约人民币四百元。日本客人纷纷到来,评论为:"好吃,好看,适合晒美照。"

渐渐离去的日本

对中岛千鹤的采访基本用日文进行,而当中她忽然要笔者说一句中文,比如"吃饭"。她听完笔者的发音之后点点头说"还可以",她继续道,"吃"的发音当时花不少工夫才学会。

"好像我的发音一直不对,一说'吃饭'大家都笑我,挺让人委屈的。还好邻居家的孩子都愿意教我,我睡前重复练习白天学到的几句,就这样一点点地学会中文。后来慢慢学会,反而日语不行了,有几次生母来找我聊天,我可以明白她说了什么,但说不出日语的话,没办法。后来我不是和中国人结婚了吗,也生了孩子,日语基本用不上了,等我回到日本的时候都忘光了。"

1949年1月,与隋家次男结婚的姐姐因为分娩不顺利导致母子双亡,之后不久中岛千鹤和隋家三男(隋克荣)结了婚,主要是因为要照顾姐姐的另外一个孩子。十七岁结婚,次年生了孩子,中岛千鹤得到隋家和周围邻居们的帮忙和照顾，在相当程度上融入了当地社会。

对于回国，她几乎没有抱太多希望的时候，有个偶然的机会让她和故乡重新牵上了线。"中国邻居给我拿来一张报纸，好像上面写着日本人可以回国了。母亲到邮局咨询，知道可以写信到日本去了，只不过要绕道香港，信件花一个多月才能到日本。后来日本的亲戚还真收到了我们的信，我们通过他们的来信才知道父亲和另外两个姐姐的消息，原来他们都回到了日本。两个姐姐1946年回到日本，父亲被关在西伯利亚之后，在1948年也回到了家乡。"

到1953年3月，在中国红十字会和日方民间团体的协力之下，在华日本人居留民的集体撤离工作重新展开，中岛千鹤的母亲和弟弟都回到了长野县，但中岛千鹤的家人不同意她带孩子回国，中岛千鹤又在怀孕期，就放弃了此次机会。"当时弟弟已经在印刷厂上班，存了点钱在方正县盖了房子，他回日本后我们就搬进这栋房子。卖豆腐的叔叔也一块儿住进去，他不是一个人了么，他知道我母亲在日本也有孩子，表示理解并同意她回去。这位叔叔在1962年突发脑梗去世了。"

中岛千鹤的中国丈夫是建筑工人，夏天去盖房，冬天到松花江北部的森林，制作搬运木材用的雪橇。虽然丈夫不希望她出去工作，但育有五儿二女的生活并不宽裕，她性格活泼开朗，还是选择在食品公司、人民公社的缝纫厂等地方上班，到这段时间，她已经可以说一口流利的中文了。

请笑着迎接我们

中岛千鹤放弃日本国籍并改成中国籍是1957年,据她的解释,那是不得已的决定。她的国籍到隋家的时候被改成中国籍,被生母发现并马上改回日本籍,但后来因为每年的更新需要付一笔费用,实在交不出钱便改成中国籍。当时中岛千鹤在公安局问,改成中国籍是否再也不能回日本,公安局的人说"哪怕你改了中国籍,你还是日本人",听到对方这句话她才放心回家了。

"后来'文革'开始,不过没有人说我,我也比较谨慎,有了什么大会都很积极地参加。我认字也是看《毛主席语录》学习的,做菜或给孩子吃奶的时候,都把那本书放在身旁看。不过回日本的时候没有带来,有点遗憾。'文革'中比较心疼的一件事就是孩子,有一天他哭着跑回家,说因为母亲是日本人,他不能戴红卫兵的袖章,他责备我为什么是日本人。"

经1972年中日邦交正常化,到1974年,中岛千鹤才有机会回国,在故乡待了半年,让她最开心的是与父亲的重逢,从他在中国东北被征入伍算起,一转眼近三十年过去了。来港口接她的是弟弟,中岛千鹤跟他说的第一句话是"爸妈好吗",弟弟回答说"嗯,都好"。在故乡的时间里,让她印象深刻的是父亲的心底话:"我是带着一个孩子回国的,在家里,孩子和我父亲因为想看的电视台不同就吵起来。我哭着跟父亲说，我们在中国没有电视机，而且快要回去了，能不能让给孩子。父亲一时没说话，然后说：让你受苦了，是我不好，不应该把你们带到满洲去。我那时候日文还没有恢复到现在的样子，但还是勉强说了一些，我说那不是爸爸的错，那是国家不好。可不是吗，我们那时候都没办法的。而且咱们都比较幸运，除了一个小弟弟和第二个姐姐，其他人都活着回来了。"

1980年，中岛千鹤第二次回国，二十万日元的费用由她在日本的父亲提供。其实对一个农村的老人家来说，这也是一大笔钱。这次回国的时间长达一年，其间她在故乡打工，回到方正县之后盖了房子。

"第二次回国的时候有心理准备，这新房子我也没住多久，大概五年就回国了。孩子们都同意我回国，毕竟日本的生活环境好很多。有个牵挂就是丈夫，他得了食道癌，动了大手术，不过我们都相信未来中日之间的来往会更方便，应该有机会把他接过来。四个孩子要么成了家，要么已经开始上班，所以我只带两个年纪小的孩子回国了。1985年4月2日，这个日子我永远不会忘记。"

面对中岛千鹤时隔四十五年的回国意愿，在日本的家人心情都比较复杂。她首先遭到生母的反对，生母不能忍受女儿与其孩子分开，怕自己的命运在女儿身上重演。当她第二次回国的时候，也有人说她只看见了日本生活的好处，而并没有感受到实际上的辛苦，尤其是在封闭性极强的乡村里的人际关系。"但我还是很想回来,想让自己在日本过生活。我写给弟弟的信里头说,我带两个孩子回到日本,应该不得不麻烦大家,我不能保障绝不麻烦你们。但是,我不会要求太多,遇到的问题都会努力去解决。我其他什么都不要,请大家笑着迎接我们。我就这样写给弟弟的,他明白我的心,帮我办理了回国手续。真的回到故乡,大家还是亲人嘛,对我都挺好的。"

中岛千鹤回国后找了一份清洁员的工作,早晨到地方政府的办公室、洗手间、楼梯间等打扫卫生,也做过各种兼职,工作到七十七岁才退休。每月收入在七八万日元(约合人民币五千元),稍微好一点也不到十万日元,再扣去房租约两万日元,节衣缩食才能过得去。在村子里有不少和她一样处境的"残留妇人",也是从小一起长大的好友,中岛千鹤并不觉得很孤单,但有些礼仪事宜一直让她头疼:"还好我弟媳照顾我,过节、婚礼那些场合,她都教我该怎么说、怎么做。但有时候很简单的事情也让对方不开心,比如鞠躬。在中国,见到人就鞠躬才怪,而这里你不愿意鞠躬就等于是不尊重人家、骄傲自大。说实话到现在我还不那么习惯这件事。日语现在可以了,还好我有工作,一旦上班,学语言都很快。还是得多出门,待在家里什么都学不到。回来之后有人跟我说过以后不要用中文了,但这个中文我花了不少工夫才学会的,我不愿意放弃。我跟孩子也说了,你们不要忘记中文,以后中日两国交流机会多，肯定能用上。我的孩子开始上日本小学的第一天，教务主任摸摸他的头说：好孩子，别忘了中文。我在旁边听着还挺开心的。"

在日本的日子里，最让她心疼的是留在中国的丈夫和养母。丈夫在她回国的第二年因癌症去世，因为她刚回到日本，实在凑不出再次回中国的费用。"没有和他见最后一面，是我最后悔的一件事。养母活到一百岁，我永久回国后有两次回过中国，那时候养母不肯放我，说一定要和我一起来日本。我说呀，没有办手续连坐飞机都不会被允许，她不懂。我没办法，给她买了一台电视机，我跟她说这个机器可以给你看很多东西，就这么忽悠忽悠，回来了。那就是见她的最后一次。"

中岛千鹤已经八十七岁，她对外界给自己的标签"残留妇人"有点不满，因为她并不是自愿去中国的，但还好后来申请成功日本全额养老金，基本生活无忧。她住在离故乡泰阜村不远的饭田市，长男长女现在六十多岁，也住在附近，他们每两周轮流来照顾她，所以在家里每天都有人一起住。其他孩子在东京和大阪，也有两个女儿在中国南方生活。"她们小时候在东北，一直向往南方的气候。不知道她们现在干什么，不过应该还可以吧。孙子们在千叶县那里盖房子住，他们是在日本长大的，从没考虑过去中国生活。"被问及生活中最开心的事情，她说："去介护中心。每周几次有人安排去介护中心，那里有人帮我们洗澡，然后吃午餐。吃完就睡午觉，醒来大概两点吧。和朋友们聊天，到三点吃点心，四点回家。"

"当事人"离去的现在

与四位老人道别，从交流中心开车回到饭田市内，池田女士从不同的角度与笔者分享了这些老人在故乡的经历。

池田女士也是当地人，动作干脆利落，待人亲切，她从出生到现在都住在饭田市，以"保健师"（公共卫生护士/Public Health Nurse）的身份从事公共卫生方面的事业三十年。五十八岁退休后，饭田日中友好协会邀请她来帮忙，六年前她又成为该协会的事务局局长。因为这些经历，她接触过不少从中国回来的"归国者"，近距离观察过残留孤儿和残留妇女们回国之后的各种障碍。

"被父母带回来的孩子们，身上都长虱子，也有跳蚤，因为他们没有每天洗澡的习惯。是我教他们怎么洗澡、泡澡的时候要注意什么，但还是经常被学校的老师通知哪个孩子身上有虱子，必须马上驱除。生活上他们有很多不习惯的事情，比如扔垃圾，在日本有相关规定，而他们不能理解也没能遵守；又比如说话方式，这里的人讲话都比较安静，而归国者的声音都很大，所以回来之后经常被人排斥、被嫌弃。为什么人家对他们那么苛刻，因为当地人的心情是比较复杂的，当初去满洲的人拿了政府的补助金，等于是拿了钱、放弃了故乡的土地和人去的中国，有的人觉得他们怎么好意思又回来。所以自然而然，归国者的一举一动都成了被批评的对象。这种小地方，一方面人比较单纯，可以说是有人情味吧，但反过来说，他们很容易排斥外面的、不习惯的事情。

"现在你说我们这里是个好地方，空气好，可以看星星，也有人说是'恋人的圣地'，但二三十年前若你说是泰阜村出身的，还被人家可怜呢，因为这里除了大自然，其他啥都没有。所以有一段时间这里有过很多从中国回来的残留孤儿和残留妇人，其中不少人学会日语之后就离开这个地方，去大城市里工作，城市人没那么关心别人的背景嘛，活得比较轻松。我发现哦，他们互相的联系和关系非常密切，以前是通过手机，现在有了微信，谁去哪里住、做什么工作，他们一清二楚。比如一位残留孤儿在大阪找到了工作，这个信息马上传给所有村庄里的所有孤儿，后来就一个个地去大阪找类似的工作，就这样。"

离战败那年已经过了七十四年，能够亲自分享满洲经验的"当事人"渐渐少了，池田女士说，这两个月里，又有两位八十多岁的残留孤儿去世。那么，包括池田女士在内的当地人，以及日本人，该如何把这段历史保留下来呢？

"归国者很长时间没说过自己的故事，我也不知道他们在满洲经历过什么。最近十年吧，愿意讲故事的人渐渐多起来[①]。而他们刚刚开始说，时间就已经不多了。现在日本很多地方举办一种'说传'的活动，意思是让年轻人把自己听到的战争相关的故事讲给别人，长野县也办过类似的活动，首先让高中生去听听老人家在满洲的故事，然后由高中生把这个内容讲给别人。为了不再有那么悲惨的战争，为了和平，这些活动是需要的。但说实话，我个人不认为那么年轻的一代，光靠一两个人的故事就能明白开拓团的痛苦。不过呢，年轻人接触那些老人家的时候，听他们的声音，亲眼看他们的样子，应该能感受到一种'真实'的存在，我觉得这点很重要。可能老人家说的话已经没那么清晰、故事内容会反复、失去具体细节，但这种故事通过他们沙哑的声音讲出来很有力量，而我们尽可能让更多的年轻人接触到这点。"

池田女士继续开车，我们讲到残留孤儿或残留妇人的第二代和第三代问题。在日本，就如第一篇的受访者汪楠，不少第二代在日本生活遇到了各种问题。而第三代又不一样，他们生于日本，其实语言能力和知识结构都和日本人一样，他们不肯跟父母"回"中国。从这些事例可见，"故乡"对人们非常重要，不管之后的日子在哪里过、生活了多少年，很多人的心依然是离不开"故乡"的。

---

① 关于泰阜村开拓团的经历，目前有两本书可以参考：《传给后代的血泪记录——满洲泰阜村分村》（泰阜分村纪念志编辑委员会编，信浓文化经济社，1979年），以及《满洲泰阜分村——七十年的历史和记忆》（满洲泰阜分村七十年的历史和记忆编辑委员会编，不二出版，2007年）。

池田女士点头道,第一代渴望回日本,第二代想回中国,第三代不想去中国,一家人当中经常有这种烦恼和隔离。"但是,"她好像想起了什么,微笑着跟笔者说,"千鹤桑(指的是中岛千鹤女士)有时候被邀请到这里的学校,分享开拓团的经历。我有一次开车把她送去现场,在路上问她是不是真的不想回中国了。千鹤桑说,其实她还是想死在中国,因为她在那里生活过很多年,也有不少朋友。而你知道吗,她到学校里的时候又跟学生说,自己好不容易回到日本,很开心,希望在这里继续生活。所以有时候呢,我也不知道她是怎么想的,真有意思。"

参考资料:
《南信州新闻》2010年9月18日的报道《泰阜村友好访问满洲开拓团遗迹》:http://minamishinshu.jp/news/local/泰阜村が満州開拓団の跡地を訪ねる訪中事業.html
《中国残留日本人、中国归国者关联年表》:http://www.dignity-reconciliation.jp/document/residing_returnees.html
(来自神户大学大学院人间发达环境学研究科官网"有尊严的和解")

之三 | 为了未来一百年,要反思过去一百年

江成常夫,1936年生于日本神奈川县,1962年东京经济大学经济系毕业并就职于每日新闻社东京总公司,1974年辞职成为自由摄影师。1977年以"纽约的百家族"获第二十七届日本摄影协会新人奖。1981年以《新娘的美国》获第六届木村伊兵卫摄影奖,1985年获第四届土门拳奖(《小孩的满洲》),1995年获第三十七届每日艺术奖(《幻灭的满洲》),2002年获紫绸褒章,2010年获旭日小绶章。目前为九州产业大学名誉教授。

日本思想家内田树曾写过，"昭和人"并不指在昭和时代（1926–1989）出生的所有人，而是经历过战败的日本人中的一小部分，他们把因战败而产生的"断绝"作为人生中必须面对的课题，而昭和时代特有的竭诚相待、人文关怀气息浓厚的氛围就是由他们维持下来的。从这个定义来看，摄影师江成常夫（Enari Tsuneo）就是一位昭和人。

江成常夫1936年（昭和11年）10月生于日本神奈川县高座郡田名村（现在的相模原市），一个农家的三儿子。父亲江成龟太郎是赤手空拳起家的农民，母亲除了干农活外把蚕茧抽成丝，这对当地的农民来说，是除了种稻米之外的唯一现金收入。

江成常夫出生前的同年二月，反对满洲移民的大藏（财政）大臣高桥是清在二二六事件中被害；八月，广田弘毅内阁决议《满洲开拓移民推进计划》，主要内容为未来二十年向中国东三省移民一百万户（相当于五百万人）。在江成常夫的童年里，日本并没有慢下迈向战争的脚步，七七卢沟桥事变（1937年）、珍珠港袭击（1941年），1941年日本政府还公布了《国民学校令》，将寻常小学校、高等小学校改为国民学校初等科、高等科，并把国民学校定为培养"皇国使命感"之所。次年，江成常夫升入国民学校初等科一年级。

"家里的铁锅饭锅都被军队没收，早上到学校，要先向奉安殿①深深鞠躬再上课,受的全是军国主义教育。生活物资特别匮乏,一年四季穿木屐,我小时候几乎没吃过甜的,一块糖都没有。"

本次采访地点是在神奈川县相模原市的一家咖啡馆,我们面前有两杯咖啡和两块西点,江成常夫说的这句话让人有些难为情。

他已经八十三岁,但从动作和说话方式都无法看出其年龄。他面带微笑,谦逊有礼,而一旦谈及摄影和作品主题,就变得精力充沛,对视着采访者的眼睛,把一个话题要讲到底。他全身穿黑色,包括帽子,散发出一种不呆板也不拘束的风格,讨人喜欢。我们选的咖啡馆采用自助服务,他点完咖啡跟笔者说,能否帮忙端到桌子,因为他十多年前患上癌症,导致右手不能动,现在拿东西都很困难,只能用左手按下相机快门。

美国的巧克力

1945年8月,江成常夫通过家里的收音机听到昭和天皇的"玉音放送",九岁的他虽然听不懂,但从父母的反应能够判断"虽然那么相信胜利,但我们却战败了"。

---

① 奉纳天皇和皇后的照片以及《教育敕语》复制品的地方,外观似神社的小型建筑,为防火通常用混凝土制造。

江成家附近的日军工厂后来成为美军的补给厂，因为亲戚在该工厂上班，江成常夫初次品尝到意大利面和肉饼等"西餐"，其实是从美军食堂带回来的剩饭。他回忆道："虽然刚开始感觉有点怪，不过还是觉得很好吃。也有几次吃到美军士兵给的好时（Hershey's）巧克力，我没想到世上能有那么好吃的东西。"

让少年江成常夫瞠目结舌的，不只是以巧克力为代表的美国物质，还有蜂拥而至的文化力量，尤其是好莱坞和迪士尼电影，他的青春期从此吸收大量的美国文化。而到上世纪五十年代，战后被GHQ（盟军最高司令官总司令部）限制制作的战争电影卷土重来，日本电影进入重要的创作时期。江成常夫在采访时介绍，当时影响他的战争主题作品，有新藤兼人的《原爆之子》（1952年）和今井正的《姬百合之塔》（1953年），也有黑泽明的《罗生门》（1950年）等描写人性与社会丑恶的作品。

经夜间学校升入东京经济大学，江成常夫在"砂川斗争"及"安保斗争"等大规模反战群众运动中匆匆念完经济学，唯一的遗憾是因为太注力于反战运动和游行，"连马克思都没念完"。热爱电影的他，又向往纪实摄影大师土门拳的《筑丰的孩子们》或《广岛》等作品集，同时发现摄影带来的一种力量。"这些表现的是在经济发展和能源革命背后被牺牲的草根群体，摄影的力量就是它能够为'不带声音的人'向社会发出声音。我用打工赚来的钱买下双反相机,毕业之前就决定成为摄影师。"

"当时媒体已经是很受欢迎的行业,竞争特别激烈,近一百个人竞争一个职位,最后《每日新闻》拍电报给我录取通知'采用内定,诺否盼复'。入社后我顺利地被配属到写真部,刚开始可高兴呢,但头一年我都被关在暗室里,每天帮前辈们洗胶卷、洗照片,非常闷,后来都快疯了。不过现在想想,那就是一种修行,其间我彻底学到摄影相关的基本功。决定照片好坏的因素有两个,一个是按下快门的那个瞬间,还有重要的另一点是暗室里的操作技术。尤其是后者,这个技术会直接影响作品的质感,现在很多摄影师都不会了,为什么大家的摄影作品看起来都是一个样子,就是这个原因。"他继续说,到现在洗胶卷和照片,他都是在自家厨房旁的小房间里进行的。

经过暗室的"修行"时间,江成常夫终于被安排到报社的横滨分社。作为报社摄影师暨记者,他在某种程度上经历了"黄金时代",遇上不少历史性的新闻,如东京奥运会(1964年)、全日空羽田离岸坠落事故(1966年)、英国海外航空客机在富士山上空解体(1966年)、三亿日元抢劫事件(1968年)、东大纷争(1968-1969)、大阪世博会(1970年)等,也目睹了1972年复归日本本土时冲绳的现场。"作为一个表现者,摄影师的特点就是必须在现场。而因为这个特征,摄影能够拥有一种很强的力量。"

1974年,江成常夫要被分配到另外一个和杂志相关的部门，因为该部门的工作需要离开现场一线岗位，于是他决定离开工作了十二年的报社，成为独立摄影师，为的是"以自己的眼睛面对摄影对象"。

"当时报社的工作特别忙，难得的休息天我也在多摩川①边上拍些东西，没有目的性。也拍到河里的白色泡沫、死掉的小鱼、水上漂浮的塑料玩具等，其实那时候的污染比较严重，这系列作品我后来汇成《多摩川1970-74》（平凡社，2016年），自然成为一个揭发七十年代公害问题的作品集。我拍东西，还是离不开社会和它不太容易被看见的一个层面。"

离开温室才看到的世界

"离开了报社这个组织，我才感受到外界的寒冷，同时明白自己真是乳臭未干。组织是个温室，给你丰富的资源，同时提供保护。"江成常夫在采访中提到，摄影和出版本身完全无法养家糊口，后来一系列的摄影计划，如赴美拍摄、在中国东北采访孤儿，以及在广岛的原子弹相关摄影等，"几乎都是花父亲留下的家产才维持下来的"。

成为自由职业者的青年江成常夫想到离开日本，为的是

---

① 流经山梨县、神奈川县及东京都等地区的一级河川，干流总长一百三十八公里。

重新找回自我。1975年他在纽约游荡时突然听到一则消息：美军开始撤出越南。"这么强大的国家，怎么会败给亚洲一个不怎么发达的国家呢？"江成常夫觉得这件事情值得思考，开始一个个拜访纽约当地的家庭。"白人、黑人，也有亚洲人，美国这个多层面的现状，在报社的时候我是没想到的。"这段时间的拍摄作品，他后来汇集为《纽约的百家族》（平凡社，1976年），即将结束该系列摄影时，他遇到另外一种拍摄对象，就是"战争新娘"。

"我小时候不是住美军补给厂附近吗，经常看见日本女性和美国士兵交往，说是自愿，但其实也是迫于生存。这种女性在相当程度上受周围日本人的歧视，她们后来在日本待不下去，就嫁到美国了。当时我在美国有一位朋友，她的亲戚就是这样的'战争新娘'，在俄克拉荷马城。之后我为了寻找更多的'战争新娘'，在美国继续进行这一群人的采访和拍摄。你想，战后都二十五年了，受人们的揶揄讥笑而逃出日本的她们，还是忘不了故乡。她们在美国的家中都会摆出和日本相关的小物件，有的挂着富士山的画，有的摆出穿和服的日本人形娃娃，这都不是很高级的工艺品，但她们非常珍惜这些小东西。真是令人怜悯。这二十五年，在日本的我们享受所谓的经济发展，流行的口号是'消费即美德'，但说白了这也是以朝鲜战争（1950年）为转机的景气，我认为这种经济发展也没什么可骄傲的，但我之前也没考虑太多，加班加到深夜就坐公司安排的专车回去，过着这种奢侈的生活。而她们在连绵不断的战争中有的成为寡妇，有的连孩子都战死，当然也有家庭幸福的，但她们都是被母国遗忘的存在，从人们的记忆中完全被抹去了。"

作为日本七〇后的笔者，几乎没有感受过上一代人对美国的憎恨，他们大多数反而对这个经济和科技强国抱有向往。但从江成常夫的摄影集《新娘的美国》（讲谈社，1981年）和《新娘的美国（1978–1998）》（集英社，2000年）可以看出，战后一段时间，日本一般庶民对原来的"鬼畜英米"[①]，尤其在日本驻军的美国怨恨非常深。这两本作品中的所有采访和撰稿由江成常夫完成，冷静、细腻的文字更能表现出"新娘"们的孤独：

出生于鹿儿岛县奄美大岛的名濑市，战败时期在神户的E. A.女士，含着眼泪讲述了第一次怀上的孩子被处理掉的经历："我哥哥为美国驻军做口译，我是通过他认识了身为美国陆军的前任丈夫，那是停战第二年的十月份，神户也好、大阪也好，到处都被烧光。当时我十七岁，他十九岁，怀上孩子之后我们开始一起生活。我是在神户的产院完成生产的，而他们以非常粗暴的方式对待我。首先他们把我塞进很小的房间，分娩阵痛当中也没有一个人来帮助我，记得那里的女护士跟我说：别叫那么大声，既然有了孩子，这种事

[①] "二战"期间日军和庶民称呼"敌国"（美国和英国）的方式。

你应该懂才对！后来我生了一个小小的女孩。我突然感到极度疲劳，睡了一会儿，醒过来后问孩子在哪里，而大夫跟我说：哦，那不就是Yankee（美国佬）的孩子么，留她干吗呢。战败后的社会很混乱，诉讼什么的我都没有渠道，孩子莫名其妙地被处理掉了。"

好不容易到美国，生活并没有想象中的快乐。在日本的时候，对她们来说美国就是丰饶之国，每个人可以拥有梦想的地方，但实际上美国还是不劳动者不得食的社会，是歧视和偏见公然存在的地方：

丈夫正在越南战争从军，在加州生了女儿的Yoshiko Lowry女士也因为突然袭来的离别流过眼泪。"他服完越南战争兵役的第二年，离开海军陆战队，找了一份民间汽车维修工的工作。海军陆战队的经历其实在一般社会里是用不到的呢，维修工也是从实习生的身份开始，工资特别低。我后来找了电脑厂的工作，也是因为生活很困难。而他呢，说是想赚钱，又参军去了越南，之后每月寄钱给我们，大概八百美元吧。过了一年多，突然没有消息了，钱也没有，我知道刚开始他在岘港（越南中部滨海城市），后来找不到了。我当时的月薪大概三百美元，根本吃不上饭，而且他这次离开美国之前买了车，也买过汽车维修用的工具，还借了钱呢。我们吃饭都是买一包二十五美分的速溶浓汤，浇上白米饭吃。也想过和女儿自杀。"

江成常夫的摄影作品里并没有出现这些风景，讲述者的表情也比较平淡，甚至带着微笑，但附带上这些文字，便格外刺激我们的想象力，帮助读者在脑中构成一个集体记忆。江成常夫通过《纽约的百家族》和《新娘的美国》的拍摄，学会的是这种表达方式，也就是后来他称为"摄影纪实"（photo non-fiction）的手法。

当"小日本"的孤儿

在美国的拍摄计划告一段落、把成果汇集成摄影集《新娘的美国》的1981年，江成常夫在日本报纸上看到一则新闻。

接受采访时他描述，那对他来说简直是"启示"："1981年3月，日本厚生省首次组织战争孤儿寻亲团，邀请四十七位孤儿（女性二十四名、男性二十三名）来日本进行面对面的调查。媒体的关注度也非常高，很多日本民众在电视上看见为寻亲来日本的孤儿们。说是孤儿，实际上他们已迈入四十多岁的中年期，和我的年龄差不多或比我小一点点，但也许因为他们经历过的困难，脸上纵横的皱纹都比我们同龄人的要深。我之前听说过这些孤儿们的存在，但真正注意到，还是第一次。"

江成常夫在采访中多次提起一句话："工作上，你需要脉络。有连贯的思考，你的工作才能得到认可。"而他的脉络，是通过相机对战争进行反思和批判，并成为"无声之人"的代言人。"在追求富裕的过程中，我们都远离了负面的昭和年代，忘记了这个时代里在异乡埋头生活的人。"

从这个"脉络"来看，拍摄孤儿是必须的。江成常夫在日本长野县寻找线索，因为该县是当时日本派出"开拓团"最多的地方，自然而然成为很多孤儿的故乡。他后来联系到山本慈昭（Yamamoto Jishō），日本长野县阿智村长岳寺的主僧。

山本慈昭之所以为孤儿们的寻根事宜奉献余生，是因为他自己的悔过之心。他在"二战"时期担任过阿智村国民学校的老师，1945年春天，在村长的动员下以"满蒙开拓团"的团员身份前往满洲宝清县，继续担任老师，那里与苏联国境直线距离才十八公里。不料，到东北没过三个月，苏联对日宣战，山本慈昭带着妻子和两个女儿以及自己的学生仓皇出逃，最后一起进了勃利县的收容所。之后他被安排到西伯利亚收容所，服苦役一年半后奇迹般的回到日本。到故乡后他还期待与妻子和女儿们重逢，但不久得知妻子在收容所去世，两个女儿也不知下落，开拓团的八成同乡在回国途中死亡。而学校的五十一个孩子，能回到长野县的也寥寥无几。

"二战"结束后，在中国各地的日本人，包括军人、军属以及民间人员陆续回国，到1948年由于中国的内战激化而一时中断。中华人民共和国成立后,在中日尚未建立外交关系的情况下,日本人的撤离变得更难。到1953年,以中国红十字会及民间团体为窗口的撤离工作重新展开,至1958年前,三万多名日本民众回到祖国①,同时在中国死亡的三千多具日本人遗骨也被送还到日本②。但这些回国者,并没有包括大部分孤儿和已与中国人结婚的日本妇女。

1964年,山本慈昭为拾拣同乡们的遗骨访问中国③,同时受到国务院总理周恩来的热情招待。回国后他收到一封信件,来自留在中国的一个日本孤儿,对方在当地的新闻报道里得知山本慈昭来华的信息,决定写信请他帮忙找到日本的亲人。山本慈昭也马上向日本政府各相关部门请求进行调查,却毫无结果。再过几年,山本慈昭从临终的元团员嘴里得知一个重要信息:有些孩子其实没死,他们在逃难过程中被当地中国人收养,只是团员预先统一口径,不能说漏嘴,一是极度内疚自责,二是怕被责备。此后山本慈昭开始对孤儿的调查,通过亲人的证言等,做了三百多个孤儿的资料,同时也不忘向媒体提供信息,为的是引起日本民众的瞩目。到1981年3月,日本政府勉为其难地用国家预算组织孤儿寻亲团,其背后少不了民间义工耗时十

---

① 1953年3月至1958年7月期间的在华日本人居留民,回国被称为"后期集团引扬",而1946年5月至1948年8月的回国人员则被称为"前期集团引扬"。
② 这段时间里,日本红十字会也协助将在日本死亡的中国人遗骨五百六十具,用轮船送还至中国葫芦岛港。
③ 因一些政治方面的原因,山本慈昭这次没有被允许拾拣遗骨。

多年的努力①。

1981年4月,江成常夫随同山本慈昭和孤儿的日本亲戚们拜访大连和沈阳。"第一次的旅程大概有两周,我们从北京坐螺旋桨飞机到大连。一进城里,就看到日式房屋,心里有些复杂。在酒店大厅,每天都有好多孤儿在等我们,女性穿灰色的西装裤,没有其他颜色,男性穿人民服(中山装),也有穿干农活的便服来的。所有孤儿面带腼腆的笑,连忙用中文说你好你好,真令人同情。我们是同胞,但连打招呼都得靠别人帮忙翻译,这多么悲哀。另外我发现,他们的表情和战争新娘有所不同,两者虽然都是战争的被害者,但对孤儿来说这一切不是自己的选择。孤儿们有些茫然的表情,应该来自这个差别。"

如果说嫁到美国的"战争新娘"是流浪到异乡的日本人,而满洲的孤儿可以说是被遗弃在异乡的日本人,两者刚好是从两个不同的、正相反的角度照射出日本战后的存在。江成常夫花三年,分五次拜访了中国东北,并采访孤儿。大连和沈阳之外,还有长春、哈尔滨和佳木斯以及勃利县原"开拓村"所在地。"接触到的孤儿应该超过两百位,其中没有一个不想回日本的,他们渴望召回过去,想知道自己到底是谁。八、九十年代,孤儿们赴日寻亲的时

---

① 山本慈昭和日本遗孤的真实故事后来被改编为电影《望乡之钟——满蒙开拓团的落日》(2015年,山田火砂子导演)。另,山本慈昭在1981年找到长女,生离那年她才四岁,而重逢时已是四十岁。

候，也有些日本人觉得不至于这样做，已经这么多年了，哪怕他们找到亲人回到故乡，从语言和生活习惯上都会有一定的困难。但我还是觉得他们能否适应新生活并不是讨论的重点，若孤儿心底有寻根的渴求，那我们就应该去帮忙，并把未来的选择权交给他们。所以我一直提醒周边的人，不要把他们叫作'残留孤儿'，因为'残留'这个词会给人一种错觉，感觉他们是自己愿意留下来的。应该把他们叫作'战争孤儿'才对。"

关于称呼，还有一件事给他留下深刻印象，那就是"小日本"。"在巡礼东北时，我经常从孤儿们嘴里听到的一句是'xiaoriben'，听翻译我才明白那是什么意思。这就是被强占土地的中国人抱着怨恨抛给侵略者的称呼，按道理来说，我们所有日本人都得知道它的意思并铭刻在心里。但到目前，知道'小日本'的日本人还是少数。只有战争孤儿们，用自己小小的身体默默承受这个称呼。"

跨三年的孤儿采访与摄影，江成常夫在1984年汇集成单行本《小孩的满洲》（精装，集英社），1988年再由新潮社出版文库本。

在介绍中国各地的孤儿之前，江成常夫安排了十位孤儿的肖像图和简介，以孤儿独白的形式描写他们的来历和现状。读者可以了解到他们各自处境和背景的不同：有的在赴日寻亲之旅中找到亲属，有的因为记忆太模糊无法找到线索，也有的孤儿过着相对比较安稳的家庭生活。

翻开《小孩的满洲》，第一个跨页图是一望无际的平原，这就是当年日本农民抱着"土地梦"来到满洲时看到的风景。

张文普（黑龙江省鸡西市）：日本战败投降那年我到底是几岁、日本父母的名字和自己的日本名字，我都不知道。当时和别人一起坐火车，被收容到一个有火炕的建筑里头，然后来了拿枪的士兵，我们又坐火车到哈尔滨。不知道在什么地方，路上看到很多老人和小孩去世。我记得当时有奶奶、母亲、哥哥和姐姐，但不知道什么时候都不见了。在哈尔滨，首先照顾我的中国人姓张，他给我起了中文名字，我在他那里过了几年，大概十岁的时候到第二个养父那里。小时候周围的人经常骂我"小日本"，养父母怕我被欺负，搬了好几次家。我现在的家人有结婚二十年的妻子和两儿两女。我的左手有小时候烫伤的痕迹，若我的生父母还活着，他们肯定认得出来。我现在患了黑龙江省的地方病，双手手指不能伸直。

韩洁（辽宁省沈阳市）：1945年6月或7月，我的日本母亲在（原）滨江省木兰县的松花江河边把我交给中国的养父。亲生父母的名字或工作，我一无所知。那时候快战败了，母亲可能要去找父亲吧，她跟养父说"要走上河边到哈尔滨"。据说生母看来身体就比较虚弱，她应该当场判断只能把我交给别人方可救我。养父叫韩仲元，日本战败那年当木兰县的警察局局长，养母叫车淑兰。我的下巴右边有个小小的痣，被交给养父的时候食指上戴黄金戒指。离开养父母家之后，我搬到沈阳，现在在沈阳市第四十七中学当老师。与同一所学校的老师张柏林结了婚，有三个女儿。

（江成常夫注："韩女士的家在沈阳市的住宅区，红砖楼的第二层。房间虽然简朴，但一家人看起来很幸福。"）

金利（黑龙江省依兰县）：听说我们是在逃难路上被当地人袭击的，但我只记得自己和其他四五个孩子一起被扔在（原）东安省林口县的山中。被袭击的是（原）三江省桦南县的"开拓民"，这也是听说的。当时我大概四岁，中国军人赵景彬救了我，又给我起了名字赵德喜。他去世之后养母杨淑珍再婚，我现在的名字是第二个养父金凤明给起的。金凤明是个农民，我也从小照顾牛和猪，没上过学。生活特别困难，夏天只穿内裤，没有鞋子，冬天的鞋子也是破的，里面塞了稻草，再裹上破布穿。1960年东北地区成了大饥荒灾区，那时候我也吃过杂草的茎秆和根。我现在在依兰县的人民公社上班，妻子也是农民，育有一儿两女。1983年3月去过日本，也没找到亲人。日本的父母是不是已经死了，若还活着，很想知道他们过得如何。我从没恨过他们遗弃我这件事。

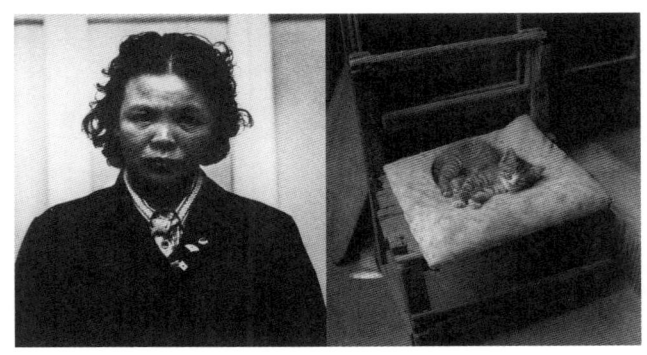

陈桂荣（吉林省长春市）：母亲带我来到中国是日本战败那年，我八岁。记得有个弟弟，但没来中国。战败的时候母亲从吉林省敦化县的开拓团带我逃到哈尔滨，我们从哈尔滨坐火车到长春。记得在长春的东广场、卖蔬菜的市场就有很多日本难民。那年冬天，我和母亲一起住在一个中国人家里，他叫陈学良，不久母亲就死了。之后过了三年，我从陈家被收养到藤站林那里。在长春郊区的农田里，我认识了同一个农场的王殿永，那年我十七岁，王殿永二十八岁。因为生活实在太苦，我很想找一个依托。现在有了两个儿子，我在长春市内的酱油厂上班，丈夫是农场场长。

（江成常夫注：在长春市和陈女士见面时，她对我哭诉："小时候周围的小孩欺负我，叫我'小日本、日本鬼子'。若日本的父母在我身边，不会吃那种苦。"）

牟德文（黑龙江省双鸭山市）：日本的家有三口人，父母和我。记不清逃难的时候父亲是不是在一起，但在路上的（原）三江省依兰县大连河附近的煤矿旁边，有个日本人把我交给名叫高井丰的中国人。之后我又被交给现在的养父牟村山。当时我三岁左右，其他和自己来历相关的信息一无所知。养父是煤矿工人，养母叫张桂荣，都是好心人。上双鸭山小学的时候，别人开始叫我"日本人"并欺负我，也经常有人不叫我名字，而直接叫"小日本"。我一直搞不清为什么大家叫我日本人，而到十一二岁，当我向养母哭诉心里的屈辱和痛苦的时候，她才告诉我，我的亲生父母是日本人。1960年我小学毕业，先当了铁道轨道工人、砖头工人等，1968年成了煤矿工人。我从没忘记感恩养父母，但还是年年思念着亲生父母。

江成常夫介绍了勃利、佳木斯、牡丹江、齐齐哈尔、哈尔滨等九座城市的八十六位残留孤儿。版面安排是：右页是孤儿的肖像，每页下方有孤儿独白式简介，而让读者对孤儿的印象和了解更加丰富的是左页的风景或静物图。江成常夫介绍："这些图片都和他们的生活相关，可能拍的是一个家门口和一辆旧自行车、春天的草原、厨房或院子里的孩子们，我依托这些风景来表达孤儿们的心情。"

本书还包括江成常夫在日本进行的采访内容，共有九篇。受访者除了孤儿外，还包括残留妇人或男性开拓民，如带领全家到中国东北却一个人逃回日本的妇人、关闭东京理发店迁到东北的日本男人、一个人回到日本后在孤儿院长大的男性等。因部分受访者当年已到一定的年龄，记忆比较清楚，描述的情景自然更加鲜明，他们的后悔、内疚、悲伤、矛盾或困窘让人几乎喘不过气来。

关于《小孩的满洲》一书，江成常夫强调这是献给中国的养父母的，他首先想表达的是谢恩："当时在国策之下很多日本贫农被忽悠到'满洲'、强占中国农民开拓的土地，孤儿们担负起这些日本的罪恶，死里逃生，到四十多岁还在寻根。反观日本人，在战后很长时间没有正视过这些侵略的历史和它所产生的后果。说及中国的养父母，他们把敌国的孩子养大到现在，而日本人盲目地追求经济利益，不得不承认这两者做人方式，真有天渊之别。"

1985年，江成常夫的《小孩的满洲》和另外一本摄影集《百肖像》获得第四届土门拳摄影奖[①],他把奖金捐给了"中国残留孤儿援护基金"[②]。《百肖像》是他在中国东北拍摄的三年间,同时在日本进行的另外一个拍摄计划的成果,包含在昭和时代被人们称为"伟人"的一百个日本著名人士,如松下幸之助(松下电器的创始人)、岸信介(日本前内阁总理大臣)、本田宗一郎(本田摩托车和本田汽车的创始人),也有井上靖(作家)、丹下健三(建筑师)、三波春夫(演歌歌手)等艺术圈人物。

"面对'满洲'的历史,你不得不反问昭和时代的意义。《百肖像》中的那些人物,在某种意义上是我们的昭和时代里有代表性的,也属于权力者,我是想透过他们的摄影表达一种本质性的恶。(他悄悄补了一句:'当然,我拍的时候不会跟他们说这些。')我说的恶,不是针对个人的,而是针对当时的日本,我们没有发觉自己曾经犯过的罪和自己本身带有的恶。我认为拍摄本身也是一种恶,是拿相机闯进别人生涯的行为。但它又有一种很强的力量,一张照片能记录下的事情,会超过一百多行文字的信息量。每个事情都会有正面和反面。"

获奖后,他并没有停下前进的步伐,又多次访问广岛,采用与《小孩的满洲》一样的手法,对幸存者进行采

---

① 向日本著名摄影家土门拳(1909–1990)致敬的摄影奖,在每日新闻社创立一百一十周年(1981年)之际创办,主要对象为社会、人物、自然相关题材的摄影作品。
② 昭和58年(1983年)成立的公益财团法人,主要为抚养孤儿的中国养父母以及孤儿回国后的定居支援而设立。目前所在地为东京都港区。

访及摄影。"摄影确实有独特的力量，而若能够和文字组合起来，就可以踏入更深的渊潭。人们正处于生死关头时，他们看到、想过、做过什么，以及把这些人逼到那种处境的战争和国家到底是什么，用摄影和文字两相颉颃，能够更清楚地说明一些事。"

"我开始拍摄广岛的1985年8月，是'二战'结束后的四十周年，除了国内媒体，海外媒体也派来摄影团，热闹得很。广岛又成为百万人口的大城市，除了原爆纪念馆和原子弹爆炸遇难者慰灵碑，看不到'二战'的痕迹了。那么，已经没有了的原子弹，如何通过相机视觉化？那就得进行采访，从幸存者的嘴里讲出当时的闪光和暴风。之后我开始巡礼广岛，每次大概一周的旅程，事先预约酒店，到了广岛租车，自己开车一个个地拜访幸存者。广岛这个主题已经有很多人拍过、讲过，但是你选哪一方面的广岛，如何取出它的过去，你所表现的内容都会不一样。"

1995年，江成常夫把广岛的采访和摄影作品汇集为《记忆的风景——十个人的广岛》（新潮社），至今他的"摄影纪实"作品共有四本，《新娘的美国》《小孩的满洲》《记忆的风景——十个人的广岛》以及《鬼哭的岛屿》[①]（朝日新闻出版，2011年）。

---

① 《鬼哭的岛屿》是江成常夫在太平洋岛屿拍摄的作品集。他访问了瓜达尔卡纳尔岛、塞班岛、硫磺岛等十五个岛屿，作品集包括两百张以上黑白和彩色摄影作品，以及经历过战争的十九位老人的证言。

感恩和谢罪

谈及《小孩的满洲》一书，对江成常夫来说，它有相对应的另一册摄影集《幻灭的满洲》（新潮社，1995年），前者表达他对中国人民养育日本战争孤儿的感恩之情，而后者的拍摄是他在赎罪的重任之下进行的。他在1989年至1995年之间回到孤儿们的生活之地，重新开始通过相机记录和讲述。

"上次为采访孤儿到中国是1984年，已经隔了五年。这次我在那儿走了好几遍，吉林省有延吉、图们、抚松、集安、通化、长春等地方，也去了黑龙江的哈尔滨、佳木斯、桦南县等。1989年，我从长春开始拍摄，那是吉林省的省会，在'满洲国'时代被称为新京。'满洲'时期日本人盖的大部分建筑拆除了，但也有部分建筑留下来，有的被改成酒店、大学或公共机关的办公楼。我拿相机走近日本人曾经居住的地区，突然有人跟我搭话，七十多岁的当地人，问我是不是日本人，然后彼此寒暄了几句。从他的口音，我认为他应该是日本人，但他被问及自己的身份时就岔开话题。我无法猜测他在异乡走过什么样的人生，但那时候就感觉到，这个地方、曾经的'满洲国'，藏着好多不同背景的人，其中就包括被祖国遗忘的日本人。"

拜访过长春市区的江成常夫，接着访问了长春电影制片厂，次年又到过大连、鞍山、沈阳和抚顺。他在《幻灭

的满洲》后记里写道:

  鞍山市南边八十公里有营口市和大石桥市,满洲鞍山制铁所创业的同年(1918年),同系列的南满洲矿业株式会社成立,采集矿石、生产耐火砖,现在由鞍钢大石桥镁矿生产镁质材料。这附近的"万人坑",是满洲时期遗弃死难矿工的地方。据当地镁矿公关部门的刘海桥女士介绍,"万人坑"一共有三个,我那天访问的是其中一个"虎石沟万人坑",设有为悼念死难矿工而建立的历史馆。那里的情景令人发抖,堆积的骷髅连绵不断,仰面朝天的、趴着的、把身体折弯的,也有手脚上缠卷铁丝的。据刘女士介绍,地面上的就有一百七十四具,不知道地下还有多少遗骨,这些全都是当时被驱使后因病或受伤而死去的中国人和朝鲜人。……在满洲,存在过远离做人条件的各个人群。

  江成常夫后来到了沈阳,并借宿于辽宁宾馆,这里曾经是由南满铁道株式会社经营的"大和饭店"。当地人告诉他,这家饭店在满洲时期,一般中国人是不能进来的,稍微靠近大门就会被门卫赶走。"一些曾经住过'满洲'的日本人回忆说,那里的生活很舒服、挺好,但当地人的感受是相反的。"江成常夫道。

  "当时的东北还留下不少遗迹。曾经日本人盖神社的地方,现在是小学和幼儿园,校门利用鸟居(Torii)[①],这

[①] 位于神社前的一种建筑,两根横木两根竖木,表示神域和世俗域的分隔结界。

虎石沟"万人坑"。

辽宁宾馆。这里曾经是由南满铁道株式会社经营的"大和饭店"。

这个曾经日本人盖神社的地方,现在是小学及幼儿园,它的校门还保留着鸟居。

佳木斯市孟家岗镇兴盛屯,当地农民曾经生活过的住宅。

给我印象很深刻。"

当时在满洲的日本人也有阶层分割,大部分"满洲开拓民"是日本贫农,他们为了土地梦来到新世界。江成常夫访问黑龙江佳木斯时,坐两个多小时的吉普车来到一个城镇,是福岛县农民曾经居住的"孟家岗镇兴盛屯",他在那里走进一家当地农民曾经生活过的住宅:"进门就有一个炉灶,再进里面有一间铺席子的小房间,没有洗手池也没有厕所。……当时的日本人就在这种简直荒唐透顶的贫困中生活,我在这个场景中看见了'满洲国'的真面目。记得采访孤儿的时候,在中国的火车上有一位老妇人,是跟我一起从日本来的孤儿亲属,她边看窗外的风景边说了一句话:'当时我们都做了一场噩梦。'当然,我们现在回顾时会有这种感慨,但当时,不说开拓移民,一般日本人也都充满着希望来到那片土地。他们追求的并不是什么民族和谐或五族融合等高迈的理想,他们就想摆脱贫困,想赚钱。这个心态和国家的侵略行为结合时,导致了一切的毁灭,这就是'满洲国'和日本人的悲剧。"

"因为前面拍了孤儿,我就想再了解曾经的满洲到底是什么东西,也有一种责任感,想表达自己作为加害国一方的谢罪之意。当时机票没有现在便宜,拍摄和采访开销也不少,去一趟至少得花四十万日元,都是自己掏腰包。但现在想想,那时候坚持拍摄还是对的,因为现在已经拍不到了。我已经很长时间没去中国东北,听说那时候的风景全没了,还好我记录了下来。为了更好的未来一百年，首先要回顾并反思过去的一百年才可以，这种工作才能获得普遍性。我的四十多年摄影生涯，都在追求这种表现方式。"

在本次采访中，他多次提到德国前总统魏茨泽克的一句话："谁不反观历史，就会对现实盲目。"江成常夫的一系列作品追溯昭和时代的负面历史，因此其语言和摄影内容给人的观感都很沉重，但这恰好是对现在消费文化的严厉批判。而这种批判对现在的日本社会到底起了多少"刹车"作用，我们从江成常夫的感受中可以猜测："我的作品集多次获奖，我自己在九州产业大学当了十六年教授，也被颁授过几个勋章，这表示我做过的事情还是有意义的吧，不过我实际上的感觉是，一般日本人对这些历史的认知度和兴趣都不高。但是，我对自己这辈子做过的事不后悔，为权力阶层之下被压制的、无声的人们拍摄、采访，我做的这些都是为了未来一百年。追求这种生涯，说白了，吃不饱饭是必须的吧。尤其是做自由职业，一旦迎合社会，那就没意义了。"

"那些年我采访的孤儿，后来没有一个保持联系的。2018年我在无锡办了个展，之后我有点期待能获得孤儿们的信息，结果还是落空了。我听说，有的回到日本，有的回日本后又回去中国，不习惯。"江成常夫说。

本次采访时间长达五个小时，江成常夫心中累积的事情很多，又加上回忆，其实一个下午对他来说太短。赶回车站时，他问笔者，他的作品是否有望在中国出版，因为他很希望，也相信这可以促进两国人民的深入了解和友好关系。

我犹豫了一下，不敢撒谎也不想轻易敷衍对方，向他说明恐怕这有点难度，现在出版界的处境比较困难，能有好的销量预测，方可通过选题会，但我会尽力。江成常夫点头说没关系，嘱咐我"有机会你试试"。把我送到检票口，举起左手道别，转身便淹没在傍晚的人群中。

参考资料：
江成常夫《新娘的美国》（讲谈社，1981年）
江成常夫《新娘的美国（1978-1998）》（集英社，2000年）
江成常夫《小孩的满洲》（集英社，1984年）
江成常夫《幻灭的满洲》（新潮社，1995年）
江成常夫《昭和史的形状》（2011-2012年同名展览用画册，由东京都写真美术馆发行）
中国归国者支援交流中心（东京）官网：https://www.sien-center.or.jp/chinese/index.html

小本生意人

胥小燕

爸妈来到咸阳,开餐馆卖大米凉皮。

小店

我的家乡是汉中南郑县的一个乡下小镇。八十年代初,我爸从老家跑到关中做生意,那时候刚改革开放,人们还在辨别风向,出来做生意的人很少。据说我爸在宝鸡贩过橘子和金鱼,但都不长久。折腾了两三年,最后稳定下来是在咸阳,开餐馆卖大米凉皮。现在凉皮全国各地都在卖,米的面的,种类齐全。但八十年代中期大米凉皮还是汉中特色,因为汉中产水稻嘛。关中主要产小麦,关中人吃的凉皮都是面做的,米皮在咸阳算是新品种,生意能做。

当时我爸带着我妈在咸阳火车站附近租了个小店面,等他们差不多稳定一点了,就把我从老家也接到咸阳。在地图上看,汉中到咸阳的距离并不远,但因为中间隔了个秦岭，那年头没有隧道，火车只能绕山走，这一绕，路程就拉长到十二个小时。大学时，我河北的同学从西安坐火车回石家庄也才十二个小时。她还开玩笑跟我说，一样的时间，我都出省了你还在西安周边转。

初中之前我总在咸阳和汉中之间奔波，是那种绿皮火车，车上人总是很多，我对它的记忆就是永远没有座位，要么在走道里坐着，要么在哪个好心人的座位下面垫个报纸睡着。上厕所也特别不方便，得跨过腿山头海，好不容易挨到门跟前还不一定能进去。车厢里的气味就更不用提了。总之，那时只要一提到坐火车，我提前几天就害怕起来，大人们倒习以为常。

爸妈开在火车站附近的店面不大，没干多久就搬到乐育北路一个小店面，因为紧挨陕棉二厂（咸阳人习惯叫二棉）的厂区，生意不错。那时我还太小，对这两个地方的印象都很模糊。我童年到少年时期的大多数回忆都在柳林村——他们到咸阳后的第三个落脚点——我们在那里一待就是十几年。

柳林村位于国棉一厂和二棉之间，是一厂部分职工的家属区，被马路分隔成南北两大块。和厂里全是楼房的家属院不同，这片厂外的家属院全是平房。平房区两排之间有两米来宽的走道，走道两边门对门，门对门的两间通常是一户，一排粗略算下来有十二三户。南边区块和北边区块各有一个公共厕所和一个两排溜的公共洗菜池，洗菜池的最后两个水龙头是大家默认留着冲刷尿盆的。每天早上从公共厕所倒尿盆出来的人和洗漱的人、洗菜做早饭的人都挤在这里，洗洗涮涮，开启忙忙碌碌的一天。

住平房区的职工，一旦在厂里分得楼房就会立刻搬走，把房子租出去。临街的房子在这一点上略占优势，他们大多把房子隔成两部分，临街的大半部分租出去收租金，靠走道的小半部分当厨房，加上走道对面的一间住人，一个三口之家完全够了，不用等搬走就能当上房东。但也有像我家隔壁一样坚持没有打开门面、继续自住的，我观察可能是家里人口比较多的缘故。

我爸妈租的就是这样一个门面。租下来的一间半房子要隔出住宿、操作间和营业场所，很逼仄。而且隔出后半截住的地方除了一个门，没有其他采光，白天也见不到多余的光线，得全天开着灯。

不过这种狭窄紧张的时期并没有持续很久。九十年代初，先是厂里给平房区接通了上下水，每户都安装了水龙头，紧接着街道北边的临街住户自发组织，把本来只有一层的平房加盖成两层，店铺的生意停了一个多月。加盖对商户们来说利大于弊，所以待二层盖好，大家又都纷纷搬回去，并没有哪一户因为停业一个多月而停租。时值我们家的生意蒸蒸日上，需要扩张，恰好房东在厂内的生活区分了楼房搬走，房子的后半部分也租给我们，加上加盖的二层，一下子宽敞了很多。

上学

柳林村虽然是一厂的地盘,实际上真去一厂厂区和主生活区得沿街往东将近一公里。和二棉的距离倒是很近,就往西几十米这条街到头再过个马路的脚程,所以到了上学的年龄,爸妈就近把我送进二棉的子弟小学去读书。

那会儿城市的外来人口少,像我这样的外地孩子上学很容易,只需比子弟们多交二十几还是三十几块钱的借读费就行。上了一年,到二年级时,爸妈赚了些钱回老家盖楼房,我又被转回农村。因为听不懂老师方言讲课,成绩掉得很厉害,不过跟爷爷奶奶在一起生活很快乐,他们不打我也不骂我,我想要什么都给,所以三年级爸妈又把我接回咸阳时,我心里很抵触。爸妈也知道这点,为防止我哭闹,让接我的三叔骗我说是去姑姑家玩。收拾好行李,和三叔走到院子口,我还回头问奶奶:"我真的是去姑姑家吗?"奶奶在院子里晒着太阳缝被子,笑着点头说:"是啊,是啊,快走吧。"那次坐火车倒有座位,一觉醒来第二天已经快到咸阳,姑姑家早过站了,我就问三叔:"不是说去姑姑家吗?"三叔笑着说:"半夜叫不起来你。"我心里就知道大家都在骗我,很想生气,却气不起来,总觉得自己其实一早就知道这是个骗局,但还是自愿走了进来,所以没有争辩什么。大人们不了解,只以为我是老实孩子。

回咸阳之后，还是在二棉子校上学。一年级同过班的同学有的还记得我，热情地拉着我给其他人介绍。

过了半个学期，我的成绩就又上去了。三年级下学期去报名时，发现爸妈给的学费被退回很多，拿回去给我妈，我妈吓一跳，跟着我又跑一趟学校，才发现是因为学习不错，学校免了借读费，跟厂子弟享受一样的待遇。这样的待遇一直持续了好几年，直到后来借读的孩子越来越多，厂里效益也愈发垮塌，才又重新征收。

二棉子校在厂生活区的最里面，放学之后大家互相你家我家地串，或者在生活区里瞎玩，楼最高也就六层，想找谁，站楼下喊一声就行。老师也算厂里职工，父母之间又都认识，人和人上班、生活都在一起，联系很紧密，基本上没什么秘密可言。纺织厂的工人们大多三班倒，早、中、晚班轮流，休息时间不确定。孩子挺自由，反正都在厂里，也蹦跶不到哪儿去。

我们班同学课外有学舞蹈、学画画、学表演、学钢琴的，还有个跟我玩得特好的女孩参加体能队训练，最后被选进陕西省青少年女足队。我爸妈就没这方面的意识，在他们看来，本本分分把书读好比什么都强。同学们的优秀有时让我感到自卑，但班主任时不时地给我安排点比如演讲啊，奥数比赛啊（那时候的奥数是老师在班上挑几个同学参加，不像现在这么普及），类似的这些小任务又会抵消我的自卑感，因此傻傻地快乐着，没受到太多影响。

也不知道是运气好还是那时候的老师们确实都不错，上一年级时，班主任蒋老师教语文，她和蔼又严厉，上课也不枯燥，同学们都特别喜欢她。除了教课本知识，她还给我们教很多礼貌礼仪方面的常识。我印象很深的是她在课堂上教大家咳嗽时应该侧过身去，或者用手挡一下嘴；吃饭时应该先招呼爸妈，吃饭之前一定要洗手。现在饭前便后洗手是基本常识，大人小孩都知道，但那时候还不是。我们卖凉皮，大多用手直接抓进碗里，有时这边抓了转手就去收钱找零，刚开始只有个别比较讲究的顾客会质疑。讲卫生的重要性那几年被一再提倡，渐渐质疑的人多了，爸妈就在手边放一块湿布，给顾客抓凉皮前先擦擦手。再过一些时候，这样也不行了，就改用筷子挑凉皮。对外售卖尚且如此，自家人吃饭就更不讲究了，抓起筷子吃就是，还管什么洗不洗手。蒋老师教给我们很多大人忽略的日常基础礼仪，我还太小，辨别不来人心，但能辨别什么是优雅得体，她就是幼年时的我理解这两个字眼时的具体概念。

一年级下学期，有天我和同学打了架，正哭鼻子准备回家，班上一个男生在教学楼门口叫住我，说蒋老师让我去教务处。"你入队啦。"那个男生兴奋地说。班上只有少数几个小朋友被选去入队，叫住我的那个男生也没选上，但他告诉我的时候却很开心。我眼角挂着泪，在教务处完成了自己的入队仪式，直到戴上红领巾从教务处出来，都没搞明白为什么自己会被选上入队，班里明明有那么多比我更好的小朋友。我到现在都记得，那天阳光特别好，我心里也很明媚，觉得自己简直是世界上最快乐的小朋友。打架的事情嘛，就完全记不清是怎么回事了。但如果没有入队这件事，无论阳光多明媚，那天也会跟其他很多日子一样，被消除在时间里，留不下丝毫痕迹。这样的快乐，我把它归功给对学生一视同仁的蒋老师。

三年级从老家转回二棉子校之后，班主任换成了教数学的王老师。我心里还记着蒋老师，但很少在学校里再看见她，可能是退休了吧。有时在厂区遇见她，我都会特别恭敬地站住给她敬礼。再长大一些，就再也没在厂里看见过蒋老师，不知道是不是搬走了。

王老师从三年级给我们带课，一直带到小学毕业。后来她跟我妈关系也很好，有时候在我家买了凉皮，我妈出门送她要送出去很远，还要站那儿聊很久才回来，也不知道聊些什么。

这种跟班走的老师，和学生们之间的感情都很深。四年级还是五年级时，王老师生过一场大病，做了手术，有段时间没给我们上课。同学们可能是从父母那里知道了消息，在班上传开，大家都很担心。我和两个好朋友相约一起去王老师家看她，听她爱人说，好多同学都去过了。班长组织给王老师买礼物，说等她回来送给她，同学们积极响应。王老师回来上课的那天，我们把礼物堆到讲台上，但老师怎么都不收，大家就都在座位上站着不坐下，最后全班同学都急哭了，老师还是不收，她教育我们说不该乱糟蹋父母的钱，这样的行为不对。我们哪里听得进去，相互僵持不下。最终她在礼物里选了两个男生自己亲手制作的礼物留下，才作罢。

同学们大多数也都很友善。大概是四年级的时候，有次下午到校早，我和女生们玩单杠，在石板上磕破了头，感觉一阵昏沉沉的，不过很快就好了。但同学们看我的眼神都很惊慌，一个男生说，你的头流血了，把我拉到水龙头下面冲，但血还是往外冒。另一个男生不知道从哪儿翻了点纸出来给我摁住伤口，然后俩人一起架着我的胳膊往厂医务室送，后面还浩浩荡荡跟了一大群同学。架着我的两个男生路上讨论着，流血了肯定要缝针的。一听"缝针"两个字，吓得我恨不得马上晕过去。好在没那么严重，只是消毒贴个纱布了事。免费的。只是我额头到现在还有一道一厘米长的小小的疤横着。

我是比较乖的孩子，爸妈把我上学的事安顿好之后，基本就不用太操心，我爸闲暇时偶尔给我辅导一下功课，我妈每学期参加一次家长会，再没有其他多余的事。孩子上学的事不用过于费心，他们就能一门心思地做生意。

有时候家里生意忙人手不够，我就得跟着搭把手。有外来的亲戚还是老乡见我小小年纪，干活麻利，账目也明晰，就给我爸说，女孩子就不要花那么多钱上学了，上个初中能识字就行,像这么精明能干的,初中毕业就赶紧出来帮家里赚钱吧,不然嫁了人再想用都用不上了。那时农村人的嘴里说出这样的话算不上冒犯,甚至可以说是一番好心,但我爸当场就翻了脸,心气很高地说,我女子只要有那个本事,她读到哪儿我供到哪儿,哪怕读到博士呢,我也供。

这件事不止一个人跟我描述过,说给我听的意思就是爸爸很爱我,不要辜负他的期望。但姑姑讲给我听时就说:"你爸爸是挺骄傲的人,也不愿让你落到人后去,你要争气好好读书,给我们家添光增彩。"

我还太小,对自己的未来根本没有想过那么多,学习成绩好也是凑巧的事情,并不是因为自己努力。如果我爸不坚持非让我读书,辍学跟着他们做生意对我来说没什么不行的,但听他说过这样的话之后,我就觉得自己得有志气,得读书,得给我爸撑面子。但想是这么想,转眼也就忘了。

初二初三课程难度加深,我刚好是最贪玩的时候,中考考得不太好,成绩出来后我爸问我怎么想。当时我周围的小伙伴都去卫校了,说服我一起去,我自然是愿意的,毕竟能和从小玩到大的好朋友在一起。我把朋友给的卫校宣传单给我爸,他大致看了一眼,问我是不是真心想去,我点了点头,他没有说话。我以为自己要美梦成真了,没想到我爸没听我的,花一大笔钱把我转回汉中一所重点高中，并且找人安排进了重点班。我不得不和我的小伙伴们分开了。

不过年轻人的烦恼算什么烦恼呢，总是会被更新鲜的事情冲淡，上高中我很快又结交了新的朋友，都是正值青春期的调皮孩子，很不省心，经常逃课什么的。有次教导主任叫住我一顿训，我就很纳闷学校那么多人他怎么认识我。再有一次年级主任叫住我，又是一顿训，我更纳闷了，教导主任起码每周还给我们带两节政治课，年级主任压根没进过我们班教室的门，怎么可能认识我？上大学之后才隐约听家里人提起，高中的那些校领导，我爸都一一"嘱托"过。

关于上高中这件事，在当时的我看来，不过就是转个学，但时间一拉长就发现，这是改变我一生的一个重大节点。我后来无数次在心里感谢我爸没有遵循我的意见，同时还顶住了别人的嘲笑和压力，把住了他女儿的人生方向。

制作

柳林村那一整条街道上，有岐山臊子面、油泼面、羊肉泡馍、肉夹馍、葱花饼、黄桥烧饼，加上我家的大米凉皮和黑芝麻汤圆，没有重样的。那时候做生意的人也比较专精，只做自己擅长的，卖岐山臊子面的就只卖岐山臊子面，卖肉夹馍的就只卖肉夹馍，不像现在，进去一家饭馆，基本上米饭面条砂锅凉皮肉夹馍啥都有。

街道里除了餐馆，还有两个小卖铺，一个上海裁缝店，一个理发店，一个五金店。我家对面是个录像厅，天天都能听见里面放的香港电影，一会儿枪一会儿刀的，好不热闹。街道南边快拐弯的地方还有根很高的电线杆子，顶端挂个大广播，中午十二点和下午六点一到，广播就活跃起来，通常要响半个小时。先是一段钢琴曲——长大以后我才知道小时候天天听的那段钢琴曲叫《致爱丽丝》，钢琴曲播完就开始播报厂里的新闻，新闻放完再放点流行歌曲。下班回家的人在街道和这些声音里忙忙碌碌地穿梭。

夏天的傍晚，我爸忙完手里的活，会要上一杯扎啤，一把烤羊肉串——卖羊肉泡馍的一到下午就改卖羊肉串——搬两个凳子坐店门口跟我下跳棋。有时候我妈也来，但她不爱动脑子，老下不过我。我就给她指点，完了她还是输给我。我爸给她指点，她就能赢我。有次下完，我妈生气地说："你给我一说我就输，你爸一说我怎么就赢呢？"我心说，那我能笨到让你的棋子挡我路吗？

因为特殊的地理位置，两厂的职工在这里交会，餐馆基本上只要味道好，生意都能长久做下去，所以大多数店面都跟我家一样，在那儿一开就扎了根，时间长了，一条街上的人差不多都认识。纺织厂的工人对每家店在什么位置自然也是了然于胸，到了放饭时间，要吃啥，一出来就直奔目的地。

我爸妈那时候做米皮和汤圆全凭手工，工序不多，但很琐碎。

做米皮用的是汉中大米，爸爸买米都是指定的一家粮站。每次由于各种原因需要换米时，他都格外审慎，要到处问或者听人推荐，因为米一变，口感就会跟着变。

做凉皮要提前一天泡好米。干的时间长了，会根据天气情况和季节、节假日之类，对第二天的需求做个大致判断。也有出错的时候，但通常八九不离十。

米泡好之后，第二天早上起来用打浆机把米打成浆。打浆机是一个形状像木马一样的小机器，马头是装米的漏斗，马的下巴是出米浆的地方，马的身体是发动机，马腿是四根铁棍子支座。打浆的时候，马下巴下面放个桶接米浆，马头上支个架子放小水桶。把泡好的米用漏勺舀起来控一控水，添进漏斗里。同时小水桶的水开着，细细地往漏斗里流，水量大小要把控好，水大了，米浆稀，蒸出来的米皮软，口感不好；水小了，米浆稠，蒸出来的米皮太硬容易断。

这个活儿特别无聊，大人们会一边干点别的杂活一边打米，有时候一分心，漏斗空了，打浆机就空转。空转时间长了对机子磨损很大，机器寿命就会缩短，因此我周末或者放假在家的话，大人就会让我专职来做这个事情。我也觉得很无聊，看着水看着米，拿根筷子在米里戳啊戳，希望它们快点打完，我好出去玩儿。

蒸米皮的炉子，是我爸自己用大油桶糊的，去巷口理发店装一包头发，把头发和到泥巴里，用泥巴把砖镶进油桶，外面再糊一层泥巴把砖头固定住，中间空着填煤。这种炉子用上几个月就要重新糊一次，那时候天然气没普及，又不可能在房东的房子里盘个灶台，能支撑蒸笼的大炉子就只能靠这种手工制作了。我还挺爱看我爸糊炉子的，当时特别不明白为什么泥巴里面要掺头发。长大以后学了土木工程，混凝土那么坚固，盖房的时候里面也要加钢筋拉结混凝土，我才明白爸爸给泥巴里掺头发的用途，但是他又没学过建筑，是怎么想到的呢？

炉子里烧的是蜂窝煤，有时候有人送，有时候需要自己去买。我特喜欢搬煤，一块一块地从三轮车上搬下来，又一块一块地在炉子旁码好，跟码俄罗斯方块似的。每次搬完手上都黑黢黢的，我觉得很好玩。雇员哥哥们有时嫌我碍事儿，一趟才搬那么三五块还挡手挡脚的，但爸妈不说我，他们也没办法。我还跟爸爸去煤场买过几次煤，他骑着三轮车，我坐在车斗里，回来的时候车斗里的煤码得尖尖的，我就只能坐在三轮车侧面。

米浆打好，火就位，就可以蒸了。蒸米皮的蒸笼是竹子编的四层圆柱形蒸笼，直径大概六十公分，通常都是从汉中托人捎过来。新蒸笼都有一股竹子的清香，绿里泛着黄，用的时间长了，笼的颜色就变成土黄甚至棕色，竹子的味道也没有了。蒸笼里铺的笼布也是在汉中买了托人捎来的，是和蒸笼匹配的圆形，米浆舀上去之前笼布上要刷油，这样蒸好的米皮比较容易揭下来。

切米皮的刀也是特制的，大概就是十五公分宽，四五十公分长，加上刀柄怎么也六十多公分了。一张圆圆的皮子从笼布上揭下来，折成双折，左手固定刀的一侧，右手捏着刀柄移动。好多第一次来买凉皮的人见到凉皮刀都要赞叹一番：好威风的刀。据说有一次，两伙人在我家店门口打架，一个人冲进店里抓起刀就跑出去要砍人，好在最后有人把刀夺了。那以后我妈对我家的凉皮刀就格外紧张，每次听到有人打架，第一时间要做的就是把刀藏了。

用这么长的刀切凉皮是个技术活，得练。当时来我家帮工的人，首先要过的就是切凉皮这一关。切功好的，粗细匀称，凉皮不乱，卖相也好看些。功夫不过关的，切出来的凉皮碎渣很多，卖相不好，浪费也大，毕竟没人愿意吃碎渣。我记得有个姐姐，因为切得一手好凉皮，特别自豪。有时候不太忙又刚好需要切凉皮的话，几个雇员小姐姐还相互比刀功，看谁切得又快又整齐。几个人比着，一会儿就能码出满满一盘子切好的凉皮。现在这样的技能已经派不上用场了，大家都用机器切，省时又省力。只不过在我吃起来，总觉得少了点儿什么。这类似手切土豆丝和擦出来的土豆丝之间的差距。

凉皮码好了，拿调料拌一拌就能吃。调料水也有讲究，盐水是按比例兑出来的，里面要加蒜茸。有的顾客不吃蒜，那就不能放盐水了，得单独给放盐。醋在派上用场之前也要熬一熬，熬的时候里面要加一些大料之类的香料进去，让醋更香。比较麻烦的是辣椒，陕西八大怪里有一怪就是"油泼辣子是道菜"，一点儿也不夸张，放在凉皮里，油泼辣子的好坏直接决定凉皮味道的优劣。

辣椒也是我爸专门到市场上考察后，常年使用的一家。干红辣椒都是整麻袋买回来的。买来之后第一步是去把儿，然后放到锅里，中火烘炒去水分，同时也能让辣椒脆一些。炒辣椒最痛苦了，满屋子的空气都是辣的，一般都会错过饭点没顾客时再炒，但也顶不住有时候正炒着来个不按饭点吃饭的顾客。带走的还好说，停留的时间短，咳两声罢了；留下来吃的，一边咳一边流眼泪，吃完还要感慨一句："你这辣子美得很。"也有顾客带着埋怨不解地问："为啥不直接买辣子面？"炒辣椒的人就会告诉他："老板说买的辣子面看着红彤彤，其实都是加的食品红，不香也不辣，不好吃。自己炒出来的辣椒香。"这个炒辣椒的人其实最痛苦，被呛得要死要活还不能离开锅，得不停翻炒，还要被来往的其他雇员嫌弃地催促："你到底还要炒多久才完？"

辣椒炒好之后放到滚槽里碾碎，这是个力气活，力气小了碾出来的辣椒面太粗糙，所以通常都是男人们干。后来这个步骤被取消了，因为市场里出了专门打辣椒面的地方，只需要掏些加工费，打出来的辣椒面又匀称又细，比自己碾的好多了。

要泼辣子的时候，碾好的辣椒面倒进大铁盆里，架锅烧油，油里面自然也是各种调料香料一通放，因为没有细问研究过，所以不知道具体都是些什么。油烧开之后把调料捞出来，等油稍稍不那么滚了，两个人一人一边端起铁锅耳朵，把油倒进辣子里，刺啦一声，香味伴随着一阵青烟就飘出来了。我爸的秘诀是，油倒进去之后马上点小小一杯白酒，白酒一进去，本来已经平息的刺啦声又重新强烈起来，盆里的辣椒油冒着小泡泡，看着香，闻着更香。

有过几次，我爸在里面泼辣子，外面有人路过，闻见辣子的香味，专门进来吃碗凉皮。每次辣子刚泼好的时候，我们都会趁着辣椒热乎的香劲儿先调一碗凉皮给自己吃。这个时候，油的温度还没消失，凉皮调出来温乎乎的，跟平时吃起来又不太一样。

据说每家人兑调料和泼辣子用的配料、力度都不一样，所以每一家凉皮的味道也就千差万别。

凉皮的味道一多半都在辣子里，所以偶尔有那种不要辣子的顾客我都很不理解，不要辣子，请问你吃个什么劲儿？后来有段时间我流鼻血很严重，医生不让吃辛辣刺激的，每次吃凉皮都不能放辣子。这么吃了几次，发现其实也挺好吃的。没有了辣子，米香味就出来了。但过了那一阵，还是会选择放辣椒。

现在的凉皮店配套的都是肉夹馍、冰峰，号称"三秦套餐"。以前凉皮和肉夹馍其实是两个系统，饮料就更是另一个系统里的了。在汉中，和米皮成套出售的是稀饭，花生浆稀饭或者豆浆稀饭。我不知道为什么爸妈在开店时没有选择稀饭，而是选择了汤圆去搭配凉皮，要知道汤圆做起来比稀饭可麻烦多了。

汤圆的糯米粉也是用打浆机打出来的。打好之后装进白色的布口袋里，用麻绳把袋子口扎起来吊在房梁上，等水控干，把湿湿黏黏的糯米粉取出来，就可以用了。这种方法只在汤圆正常销售的时候用，到腊月和正月这种汤圆销售旺季，就得人为加快沥水速度——上石板，把装着米浆的布口袋扎紧，石板压上去，让水分尽快流干。

我家卖的是黑芝麻汤圆。除了黑芝麻，里面还有花生、核桃仁，最早还放青红丝，就是五仁月饼里那种，后来实在太不招人喜欢就去掉了。花生和核桃仁买现成的，大概烘炒一下，脆脆的放进绞肉机碾碎。碾花生核桃仁的人很幸福，通常都是一边碾着一边吃着一边跟其他人聊着天，优哉游哉的。

黑芝麻也要炒。炒之前先用水淘几遍去灰去砂，淘洗干净之后才进锅炒。炒芝麻得耐性很好的人坐在那里慢悠悠地边发呆边炒，那么一大锅，只能小火，还必须不停地翻，保证受热均匀。刚下锅的时候，芝麻的潮气伴随着一点点灰尘的味道，不难闻，但也算不上好闻。炒到最后，潮气散尽,芝麻本身的香味就出来了,这时候整个屋子飘着热烘烘的芝麻香,但也赶不上碾芝麻的味道。如果没记错的话,碾芝麻用的也是绞肉机。碾出来的芝麻粉和碾好的花生核桃仁倒在一起,撒上白糖,把烧开的猪油倒进去搅拌均匀,汤圆的馅就做好了。也许还有别的步骤,但我记得的只有这么多。

因为是猪油拌的馅,为此也惹过一些顾客不高兴。有的顾客不吃猪油,咬开吃了几口发现汤上漂着的油不对,就会质问:"汤圆里怎么有猪油?"解释过之后,基本都能表示谅解。也有骂两句不给钱的,我们也就算了。

到旺季,汤圆制作过程会增加一个步骤:拌好的馅拍成一厘米高的长方块,用刀切成大小均匀、边长大概一厘米的正方块,放在簸箕里摇一摇,就成了小圆块,包的时候直接拿起来用就行,不用拿勺子斟酌到底该放多少馅。增加这个步骤,主要为照顾那些临时抓来包汤圆的生手,让他们尽快上手包出好看的汤圆的同时,又不浪费时间和材料。我可能天生就不是做饭的料,跟着大人学了好多次包汤圆都学不会,不是捏出来不圆,就是揉好之后馅在皮外面,好容易凑凑合合包出来一个,外皮上还总沾着一些芝麻皮还是什么影响卖相的东西。尝试过几次,失败之后再也没接近过包汤圆的桌子。

每年正月十四晚上,除了我和弟弟,所有的人都要通宵包汤圆。弟弟小我九岁,刚出生不到两个月,就赶上了一个元宵节。爸妈和雇员们都在外面拉起架势包汤圆，就留我在里屋看电视，同时照看弟弟。当时放的是《封神榜》，平时晚上跟大家一起看也没觉得怎么样，可那晚《封神榜》的片头一出来，黑麻漆漆地飘出来几个字，看得我浑身一紧，背景音乐听着也瘆人得很，身边只有一个小婴儿，也不能给我壮胆，吓得我一骨碌滚下床，跑到外面屋里，看满屋子包汤圆的人给自己添些胆气。大人们不明就里，电视看得好好的怎么突然跑出来了，就问："你出来干什么？"我还不愿意承认自己被电视吓到了，强装镇定地说："我来看看你们包得怎么样了。"不知道谁接一句："没米浆了，要不你去打点米吧。"这句话比《封神榜》还吓人，我又赶紧跑回屋里看电视去了。大人们就在外面笑。

到正月十五这一天，除了负责数汤圆和收钱的人，其他人还是继续包。如果没有开学的话，我就能担负起这两个工作中的任何一个。相比之下，我喜欢数汤圆，一斤三十个，放在糯米干粉里滚一滚，然后装进塑料袋递给顾客。这个过程让我莫名地感到很愉悦。有的顾客一买就是五六斤，屋里包汤圆的一听到这种大宗买家就头疼，这意味着他们又得加快速度了。

即便这样日夜不停地赶，到正月十五下午，汤圆还是会供不应求。但下午来买的人通常都是自己晚上回家吃，半斤一斤地买，量都不大，我们会建议他们稍等一会儿。

有的顾客心急,看我们盘子里有货,就要求立刻装给他。那些一般都是刚包出来的,水分还没有被麻布吸干,强行装走的话很可能回家就黏成一团了。这种解释如果顾客不听,我们也会硬着头皮给装,把汤圆在糯米干粉里多滚滚,装好以后再给撒些干粉进去,同时要嘱咐顾客回家一定第一时间把汤圆取出来晾着。

正月十五晚上,我们会早早收摊,负责做饭的人做上一大桌子好饭,大家吃饱喝足之后,早早去休息,补一补头天晚上缺的觉。

几年之后,二姨夫教会了爸妈炸糖糕,他俩又折腾着把糖糕带上当早餐供应。炸糖糕最麻烦的是烫面,又费时间又费体力,面的好坏直接决定了糖糕的口感,这种事情交给员工做,肯定是不放心,而我爸身体又不是特别好,天天干这种体力活肯定吃不消,我妈就和他一人一早上轮流烫面。

他们每天早上五点多就得起来烫面,因为糖糕要在七点左右做出来赶上早餐饭点。等到六点半,负责早班的雇员也陆续起床,把油锅在门口支起来,油热上,案板在门口摆好,白糖、干面等一切准备就绪,爸妈在案板前站好,就可以开始包了。我小时候最爱干的工作是给油锅里的糖糕翻面,糖糕下锅之前都白白的,一到锅里就泛出一点浅浅的油黄,炸一会儿用勺子一翻,另一面已经是金黄金黄的了。虽然喜欢,但这个事情我没做过几次,除了因为每天早上要上学没机会干之外，长时间站在油锅和炉子面前很烫，尤其是靠近油锅的那条胳膊；另外，身体也被油烟和煤烤得很难受，因此我总是翻一会儿就坚持不住溜走了。但爸妈在那儿一站就是一上午，还说说笑笑的，也不见他们不耐烦。

刚炸出来的糖糕一口咬下去，香甜酥脆，就是得当心，如果太心急，里面包的糖水会烫了舌头。但有的顾客就喜欢吃烫的，每次来都要等我们锅里新炸好的，拿到手里之后左手换右手吹着，急不可耐地咬上一口，边在嘴里翻边称赞"好吃好吃"。

糖糕也有自己相应的节气——端午节。这天，凉皮和汤圆基本上都处在停工状态，因为光卖糖糕都卖不过来，需求量太大，它又不像汤圆，可以提前准备，必须得现做现卖，于是店里一大半的人都围着糖糕转：准备材料的、包糖糕的、炸糖糕的，忙得不亦乐乎。

二姨夫是山西人，手艺特别多，除了糖糕，还教爸妈炸麻花。我爸妈也真是来者不拒，学会之后把麻花也带上卖。麻花能放，一次炸好多，店面不忙的情况下，就出一个人，装一三轮车麻花推到二棉门口去卖。那时候弟弟也稍大一些，有两三岁的样子，一到周末，我就抱着弟弟跟卖麻花的雇员姐姐一起去，边卖麻花，边教弟弟唱歌："天上的雪，悄悄地下，路边有一个布娃娃……"一天天也总过得很快。但万事都讲究个取舍，店里就那么大点地方，人手也就那么些，麻花费人又费工夫，卖了一阵子，实在忙不过来，还是取消了。

虽然生意做得红红火火，爸爸对于未来还是充满了不确定性。他跟我聊天，让我好好学习，语气通常很平淡，是一种和大人聊天的口吻。你别看现在做这个生意挺赚钱，但很辛苦啊，你好好读书将来长大吃口轻省饭，何况还不知道将来政策咋变呢。我对这个"不知道政策咋变呢"记忆特别深刻，因为理解不了政策能咋变，咋变跟我们又有啥关系。长大之后回想才明白过来，爸爸1959年出生，小时候遇上文化大革命，家里成分不好，没少遭罪，初中毕业连高中都没上成。长大成人刚好赶上改革开放，但刚经历过"文革"余波，即便政策大好，好多人还是不敢轻举妄动，他出来做生意时没少遭反对。即便他自己孤注一掷出来了，那种不知道下一次生活发生什么变动的不安全感一直环绕着他。直到九十年代中期，出来做生意的人越来越多，这种情绪才消退下去。

舅舅也是八十年代末跟随着爸爸的脚步到的咸阳，先在国棉二厂卖米皮，后来在国棉七厂扎了根，生意也是越做越好，把三个姨姨和外公外婆都从老家带了出来。听说外婆到咸阳的第一天晚上，看见路灯，操心地问："这么多灯亮着，电费谁掏啊？"十几年之后，她已经彻底适应了城市生活，每年清明回老家再回来，都会抱怨一番农村生活的不便。舅舅和小姨在咸阳十来年后，说话的口音已经非常综合，时而汉中话时而不大标准的关中话，时而又穿插几句塑料普通话，无缝衔接，我们听惯了也不觉得别扭。

帮工

刚开始做生意时，店面不大，爸妈雇过咸阳当地人当帮工，不管是生活习惯还是语言上，互相都不太适应。作息上更是难以调和，有个帮工在我爸妈要求他勤快一点的时候自嘲说"八百里秦川，养三千万懒汉"，一句话堵得俩人没话说。商量一番，干脆托人在汉中老家找帮工。

第一个从老家被送来的是一个本家姐姐。她比我大不了几岁，刚来时又黑又瘦，在我家干了半年不到就脸色红润，身形也胖起来。这个姐姐是给我爸妈当雇员时间最长的一个，手脚利索，嘴巴更利索，人也聪明勤快，没过几个月就成了爸妈的得力助手。她可以一个人兼顾蒸凉皮和照顾店面，同时手里还不停干些杂活。爱操心，只要活没干完，就不停着。

这个本家小姐姐在我家干了六七年，到适婚年龄，我爸妈给她介绍了个对象，她就回去结婚了。结婚之后跟老公一起也开凉皮店，好像不太成功。我妈去看过，说她帮工时是好手，会给我们省钱，又麻利，但自己开店时该花钱的时候放不开手脚，又过于注重鸡零狗碎的事情不够大气,生意就做不起来。

本家姐姐刚来时,店铺里还没通自来水,每天早上要骑着三轮车,车上放满各种型号的桶,到公共水龙头那里去接水。运气好的话一去就能接上,运气不好,就要排很久的队。错过了早上这个时间,再接水就只能靠手提,一手提一个桶,左右摇摆着,晃晃悠悠地回来,满满一桶水就洒成了半桶。

慢慢的,家里雇员多了,大家相互之间也传授接水经验,说不让水从桶里洒出来的最好办法是给桶里放两根筷子。我不知道这么做的科学原理,也不知道这招灵不灵,因为我没打过水,总之后来他们每次去打水,都给桶里放两根筷子。

店里通上自来水之后,大家很是高兴了一阵子。这不仅仅是方便的问题,还节省了相当大一部分人力。我也替他们高兴,只是到夏天我再也不能拿洗衣服当借口去公共水龙头那里接上一池子水,站在里面玩一下午了。也是到后来我才知道,我"洗"过的衣服端回来,雇员姐姐们或者我妈都得再洗一遍。我妈一直都纳闷,为什么我洗一件衣服用半包洗衣粉,竟然还是洗不干净。我始终没敢告诉她,洗衣粉主要是用来化成泡泡水看彩色泡泡的。姐姐们可能知道这个秘密,但也没人拆穿我。

随着店面扩张,家里需要的雇员越来越多,当时帮工也好找,听说只要爷爷奶奶在村子里放出风去,说要找帮忙的，上门的人就络绎不绝。现在不行了，大家都出去做生意，村子里完全叫不出人了。

人丁兴旺，生意红火，爸妈就乘胜追击，把一厂厂区门口一家粮油店面前的一大块空地租了下来，简易地在三轮车车斗上平放个床板大小的厚木板，木板用油皮布包了，上面摆上凉皮和调料、一应餐具，三轮车周围摆上几个长条凳子给顾客坐，也算是个摊位。下雨的时候用竹竿支个棚子搭起来也不会淋到。没地方洗碗也没关系，那时刚流行碗上套塑料袋，用的都是一次性筷子，吃完一收就行。

每天早上，负责这个摊位的雇员把要用的物料检查一遍：凉皮装在竹筛子里，兑好的调料水和辣椒倒进塑料桶里，豆芽菜、塑料袋、一次性筷子、钱桶、零钱之类的都一一核对好，一切稳妥就出发了。到地方把车停稳，车上的东西放下来，四处归置好，厂里下夜班的人就差不多出来了。到了晚上，早上怎么拿下来的再怎么放回去。车装好之后，把脚下的地方仔细扫干净，就可以骑车回柳林村了。

夏天还好说，冬天很难熬。这个位置刚好在风口上，又没什么遮挡，一天下来真是够呛。虽然给配了个炉子带着，但有几个不禁冻的姐姐的手还是被冻得东一个疤西一个疤的。可当时的环境就是这样，每个人都很辛苦，大家也都习以为常。现在回想，也不知道是因为年轻还是因为别的什么，在那样的条件下，给我家帮工的哥哥姐姐们竟然几乎没人生过病。爸妈忙于生意，稍大一点都是我自己照顾自己，竟然也没太生过病。

轮流把持这个摊位的几个姐姐，其中一个是马大哈，常常到地方了发现这没拿那没带的，又打发跟班的人回来取。还有一个皮肤很白净的姐姐，很仔细，每天晚上回去就先把第二天要用的东西该准备的都准备好，早上出发时就很从容。但这些姐姐都很能干，受体量和面积限制，这个摊位通常只留一个人，早上出发、晚上收摊之外，只有饭点才会过来一个人支援，这意味着大多数时候她们要一个人撑一天。有时柳林村店里实在抽不出人手的话，饭点去支援的人就是放学回家吃饭的我。我也做不了别的，就是去收收钱捡捡碗，给碗上套个塑料袋什么的。忙过饭点，摊位上的姐姐得操心着给我在周边买点午餐吃，我爱吃肉夹馍、油泼面什么的，吃完饭就又要赶着点去学校。

九十年代中期，大米凉皮在咸阳已经随处可见，砂锅米线又流行起来。小姨不知道从哪儿学了砂锅米线的做法，教给我爸妈，爸妈就又在一厂厂区门口盘了个店面，培训了几个人，砂锅店也开起来了。几下里拉扯，家里帮工最多的时候男男女女加起来有十来个。按说人一多，是非也就多，兴许是因为平时都忙，这么多人同在一个屋檐下生活，竟没出过什么大纠葛。但奇怪的是，都是年轻的男孩女孩，也没听说谁和谁谈恋爱，倒是舅舅那边的帮工成了好几对。

柳林村的店面加盖二楼时，需要停业一个多月，爸妈就带着这一家差不多十来口子人投奔舅舅那边。当时舅舅的生意也做得风生水起，在渭河南边的郊区陈阳寨租了个带院子的二层楼，外公外婆、没结婚的小姨，还有他的十几个帮工都住在那里。跟我家不一样，舅舅在七厂生活区内的店铺没有能起明火的地方，做凉皮汤圆全都在这个院子里完成，所以他的雇员谁干内勤谁在外销售，分工很明确。

爸妈带着我们投靠舅舅的一个多月里，跟着我们一起的帮工自然也就给舅舅干起了活。这样一来，不但他们自己轻松了，连带舅舅的帮工们也轻松好多。只是苦了我，陈阳寨到二棉子校真是很远，要早早起来去上学，中午放学还要去七厂吃饭。大多数时候小姨骑三轮车接送我，她要是忙，就派个打杂的送我。但我还是喜欢小姨送我，因为她老给我钱，而且都是十块十块的给。当时孩子们的早饭钱也就五毛一块了不起了，十块可是巨款。

有次下午放学到了七厂，没人送我回陈阳寨，就只能等收摊了跟着大家一起回。三轮车浩浩荡荡七八辆，路过渭河时，我们前面的三轮车停下来，把筛子里卖剩下的凉皮往渭河里倒。我就问他们在干吗，他们说老板不让剩，剩的都要倒，每天必须卖新鲜的。舅舅这一点是连我爸也做不到的，我家也有估计失误的时候，但若只是隔一夜，我爸还是会拿出来卖，我们自己也吃。舅舅就不允许，所有剩的东西都必须扔掉。这在那个年代很难能可贵，毕竟九十年代初，大家刚脱贫都还没多久。再大一些上到高中，政治课本里有关于资本主义的一段描写，讲资本家会把剩余的牛奶倒掉，这让我当即想起往渭河里倒剩凉皮的事情，心想难道我们干的是资本主义的勾当？

帮工的小姐姐小哥哥们，被送来时也不过十七八岁的孩子，我那个本家小姐姐被送到我家时，才十五岁，早早辍学帮衬家里。为了怕被人说雇用童工，她对外宣称十八岁。她们出来之后就很少再回家，过年也不回，留在我家过。

那些年，每到腊月二十几，爸爸就开始采购橘子、苹果、瓜子、糖、鸡肉、猪肉、牛羊肉等年货，通常都是以一蛇皮袋子为单位买。我以为我家已经算采购大户了，直到有次过年去舅舅家，发现他家的年货都是用麻袋装的。

年根这几天，雇员们会支出一些工资，相互换班结伴出去买新衣服，从内衣到袜子、外套，一买就是一大包。晚上收了摊，买了新衣服的姐姐们免不了一番比较，新衣服在屋里从这个人手上递到另一个人手上，挨个试过一遍再点评一遍才算完。除了买新衣服，还要做头发。临过年时先去一厂的澡堂子好好洗个澡，回来在街头的理发店里把头发修一修烫一烫，吹个"招手停"，几天都舍不得洗头，一直到过完年。

大年三十只营业半天，从中午开始就松散下来，做年夜饭的，打扫卫生的，锅碗瓢盆扫把抹布齐飞，这种忙碌和平日里的忙碌又不一样，带着要过年的喜庆、轻松和愉悦。三十这天我什么活都不用干，就在电视机跟前坐定，饿了随手一抓就有吃的，也没人说我好吃懒做。到下午天快黑时，爸爸就带上我，有了弟弟之后也带上他，一起去人民广场十字给祖先烧纸。烧完纸回来就等着吃饭看春节联欢晚会了。春晚一开场，免不了我妈一顿点评："嗯，今年这个背景很大气"，或者"这舞台也太小了"，诸如此类。

过年会休息五天，年初六才开业。都是年轻的孩子，平日里要早起怎么都叫不起来，每次快到过年这几天，就有雇员放狠话：我哪儿也不去，就在床上睡五天。但真到了大年初一，早早就醒来，激动得睡不着觉。一个个气得不行，我的觉呢，觉都跑哪儿去了。

通常大年初一如果没人来串门，爸妈会领着大家去逛公园。一开门，街上铺满鞭炮的红纸，柳林村整条街家家户户都关着门，街上也没什么行人。一直要走到人民路上才开始热闹起来，卖玩具小零食的，卖发卡头饰的，卖鞭炮灯笼的，街上几乎没有车，都是行人，东看看西看看。咸阳当时有两个公园，一个秦都公园，小一些；另一个是我们常去的渭滨公园，大一些。一张门票五毛还是一块我记不清了，每次去我都要坐小火车、旋转木马，有的姐姐也跟我一起坐。后来有了摩天轮，我们就一起坐摩天轮。还要吃棉花糖，买糖人玩。这天的花销都是爸妈付账，大家只管玩儿好就行。

我们那儿的风俗，大年初二是回门，要去外婆家，外婆和舅舅住在一起，自然就是都去舅舅家。雇员们可以自行活动，也可以跟着我们一起去，加上几个姨姨姨夫，一大家子人，每个都穿着新衣服，男的女的都是新款发型，嗑着瓜子看着电视聊着天，很悠闲。

后面几天就是姨姨舅舅们乱串门的日子，依旧是打麻将，看电视，吃吃喝喝好不热闹。

有一年，我被姑姑接到她家去过年，爸妈带着大家去西安大雁塔玩儿。我就很不服气，为什么非要等我不在的时候去？我妈说，你小时候都去过了啊。我一想，好像是有这么回事。隔一年我和弟弟又被姑姑接去她家玩，爸妈带着大家去逛了兵马俑。这我可没去过，心里就想，他们就是不想带我，才专门挑我不在家的时候逛西安。

给我家帮工的女孩干的时间都长，男孩就换得很频繁，因此我记忆里大多是女孩的身影，留下印象的男孩就比较少。女孩们除了买衣服支出一点钱之外，工资都省着，除非家里需要，否则都是在离开我家的时候一并结算。我那个本家小姐姐，因为干的时间久也干得好，走的时候她以前的好多支出都被爸妈抹去了。

高中被送回汉中之后，我就和这些姐姐失去了联系，也不知道她们现在是不是都过得如意。有一年堂弟结婚，那个本家小姐姐也去了，依然很黑，胖了老大一圈。上门迎亲时，二叔叮嘱我和她一起负责发红包发烟，发到最后她拿着两条烟揣在怀里，跟我说有人拿过一盒还故意过来又拿一盒，太浪费了，要把烟藏起来。我妈知道之后跟我说，结婚这种事情，本来就是要破费的，图个欢乐喜庆，别说一两条烟，就是一两箱，浪费出去也是应该的。我妈说得没错，但我想本家姐姐也没错，她一直都没变，还是那个很会节约成本的女孩。

更迭

我爸妈刚出来做生意时，二棉和一厂的效益都还不错，农村外出做生意的人也少，生意很好做。过了几年，我家生意红火起来，家里也是门庭若市，总有从老家来的客人到我家歇脚，有的歇个一两天就走，有的一停就是十天半个月。有的是本族堂表兄弟，有的是村里熟人，都是出来找机会做生意的。刚从农村出来人生地不熟，首先自然是找个能投靠的地方再做打算，我的童年因此充满了拥挤的热闹。

大概九十年代初期，各纺织厂的效益逐渐下滑，二棉也濒临破产。好多厂里的职工不知道是被摊派还是自愿，在厂子围墙外的人行道上支起摊子卖纺织品，毛巾被、枕巾、床单、被套等等，摆起一长溜，有的顺势批发些衣服或者锅碗瓢盆的卖，这里就形成了一个小型的自由市场。和这个自由市场一路之隔的是一个农贸市场，也是在人行道上，很多市区周边的菜农在这里卖菜，头顶树叶浓密，菜农们在树荫下欣欣向荣。还有的职工为增加点收入，在厂门口对面，也就是农贸市场边缘卖起了早餐。

暑假的清晨，我妈有时候早上会抱上我弟带着我去买菜，不忙的时候也会悠闲地转到马路对面买些家用品，要么就给我些钱，让我带着弟弟去菜市场吃早饭。我最爱吃的是粉蒸肉夹馍，肉最好肥瘦参半，只有瘦肉的话没油水，太柴。热腾腾的粉蒸肉，浇上一点红红的辣油，夹到热腾腾的荷叶饼里，一口下去，温软留香。吃早饭时偶尔会碰到我们班同学，吃完早饭一定要跟他们瞎玩一阵才回家。

二棉的生产效益越发垮塌，好多人怀念起厂里风光的时候，美术老师在课上不无骄傲地说起当初厂里生产的毛巾被和浴巾如何远销海外，我们听得很激动，总觉得厂子很快就能风云再起。然而一切并没有朝着大家期望的方向发展，厂里时不时停产，我好几个同学的父母都是双职工，只好想别的出路，我知道的，有到夜市卖麻辣烫的，还有去跑出租车的。

外界的变化和大人的惆怅，并不影响我们的快乐。爸妈不在家，我们刚好聚在一起胡闹，家里囤积的毛巾被床单被罩被我们扯出来当披风，演一演新白娘子或者甘十九妹，闹得一团糟。好在每次尽兴之后我们都还惦记着清理现场，没出过什么纰漏。

尽管厂里效益不尽如人意，职工家属楼却还在盖新的，新楼就在我们学校旁边，和另外一栋楼挨得很近，楼快盖好时总听人议论，如果谁家分到了那边，一年四季都别想见光了。快到分房时，班里同学也开始议论，讨论谁家本来该住新房却没排上，谁家明明够住这次居然又要分一套，谁家花了多少钱才排上号。听他们议论，我以为这个新楼跟我身边的任何人都牵扯不上任何关系，没想到那个去省青少年女足队踢球的同学家就分到了新楼房。有次她摔伤了胳膊回家休养，我得以去她的新家看过一次，装修得很洋气，但楼道很黑很窄。

人们都在传一厂的效益也在下滑，但在柳林村的大广播里，职工们每天还是欣欣向荣。我回汉中上高中之前的那个夏天，砂锅店的一个雇员捡到一张雪糕票，上面写着能领雪糕三十支。等了两天没人来找，就派我拿着票去领雪糕。我怀着忐忑的心情去票上写的地点领雪糕，那是一个窗口，窗口前排队的人不少，我怕被人认出自己不是一厂职工家属，一路都低着头，没想到从排队到领雪糕都出奇顺利。回来的路上我就想，能免费发这么多雪糕，看来一厂效益下滑的传言都是假的。

高中回到汉中，我就过上了与小时候完全不同的另外一种生活，家里没有雇员哥哥姐姐们，拥有独立的卧室，每天中午下午回家都能按时吃上饭，不用再为学习之外的事情忙碌。童年生活渐渐远去，新的生活稳步朝我走来，我心里没有一丝留恋。考上大学那年暑假，去西安上学之前我回到咸阳，忽然想起很多小时候的事情，就去找那时的朋友玩。走到二棉厂门口我非常惊讶，那个在我记忆里很大气宽阔的门洞，竟然那么窄小。

大学毕业那年，爸爸被诊断出肺癌，晚期。我们抱着能多活一年是一年的心态给他看病，花费不菲，却依然无力回天，一年半之后，他去世了。那时我刚参加工作不久，弟弟才上初中，妈妈一个人独木难支，从爸爸生病起生意就不做了，爸爸去世之后，妈妈就带着弟弟在农村老家暂时安顿。

在老家的一段时间里，妈妈总是不甘心。在城里做生意十几二十年，让她突然安下心来在农村扎根，一时之间难以适应。恰逢舅舅的生意越做越好，在七厂十字东北角盘下一块地开了个小吃城，又开了几家分店，凉皮也早就不用手工制作了，而是在咸阳郊区租一个院子，改造成加工厂，米皮、面皮、擀面皮全都是机器制作。抱着拉我们家一把的心，外婆打电话给妈妈，让她还是回咸阳给舅舅帮忙。妈妈自然是乐意的，带着弟弟又回到咸阳。

我在淄博工作两年之后，也回到西安，隔段时间去看看他们。

2007年左右，西安出现以魏家凉皮打头的凉皮连锁店。每次路过那些店我都在想，如果爸爸没去世，没准我们家也能开上这样的连锁店。没想到两三年之后，舅舅做到了。他开小吃城租用的地方被七厂收回另盖新楼，借此机会他干脆学魏家凉皮做起品牌，开起了连锁店。因为在咸阳经营多年，口碑不错，很快便开了一家又一家分店。开在咸阳本地的分店，为保证质量，都是自家人加盟经营，几个姨姨都有加盟的店面。咸阳以外的地方，只要交加盟费参加培训就可以，要求并不严格。

连锁店不仅卖凉皮肉夹馍，还有岐山面、砂锅米线、盖饭等，种类非常齐全。所有店面的物料都由加工厂统一配送。最红火的那几年，每天要接到很多申请加盟的电话，这些加盟相关的事宜由二姨负责处理。

不管是我妈还是舅舅、姨姨，他们开餐饮店都有二十多年的经验，深知后厨出餐质量和速度的重要性，从来不在原材料上马虎，这也是咸阳几家直营店生意一直火爆的原因之一。除此之外，舅舅开在七厂的店面时不时地接济周围的流浪汉，三姨开在嘉惠市场的店面给周边清洁工提供免费午餐，使得他们在生意之外，名声和口碑也非常好。

但外地加盟店就难以保证这些，店里质量把控全凭开店人的个人品质来决定。听我妈说，有的店为节省成本，加工厂配送的辣椒油舀干之后，又自己烧油倒进去继续用，这样肯定影响辣椒的口感；有的还偷偷卖头天剩下的凉皮。有次我舅巡店就抓到过这样的，斥责、罚款都没有用。用我妈的话说，外行们只想交了钱加盟之后就赶紧赚钱，不想长远的。但现在的顾客嘴都刁，吃上一两次感觉不好，以后肯定就不来了。事实证明我妈说得对，没几年，外地加盟店就纷纷倒闭。真是起得快，塌得也快。

浪潮

我弟大学毕业之后,在西安一家通讯广场干了一年营销,没什么起色,当时我三姨店里缺人,我妈就把他叫回咸阳给三姨帮忙。弟弟先是在三姨店里干前台,没多久就转到后厨。虽说后厨比前台累得多,但能学到技术,而且弟弟对厨房的事情本就比我有天分,也比我有热情。虽然家里是做餐饮行业的,我都工作一两年了做饭还是一塌糊涂。上高中时我爸就很有先见之明地对此表示过忧虑,觉得我那么大个姑娘了不会做饭也不是个事儿。有次回汉中,趁我妈不在,他就切好土豆丝青辣椒什么的,让我去厨房炒,希望我学习之外也能学着自己做饭。那天我爸吃过我做的饭,虽然嘴上说着"还不错、还可以",但那之后他再也没提让我学做饭的事儿。

我弟就不一样了,他还在上小学的时候,就会按照自己的口味调凉皮、炒米饭。有时候暑假我们回老家,奶奶在厨房做饭,他就一边在灶台下帮忙添柴加火,一边观察奶奶做饭的步骤。我呢,进厨房就只有一件事:端饭,其他的奶奶也不让我做。可能是我不会做饭这件事太深入人心了,前两年回家,二婶在锅台做饭,我看她忙不过来,过去搭把手翻了几铲子菜,恰好被二叔看见了,惊讶地感慨:"不得了呀,燕燕都会炒菜了!"我说我都三十好几的人,当然会炒菜了。同样的事情发生在弟弟身上,大家就觉得他理所应当会做这些。

弟弟在三姨店里帮工一年多,从煮排骨到熬酱再到制作其他各种熟食都手到擒来,他做事心思细腻,也爱操心,三姨总夸。我妈这时候也蠢蠢欲动,到处看店面,准备自己开店。功夫不负有心人,很快她就在体育场十字附近看到一家位置不错的店面。她电话里跟我说这个店面地段有多好多好,我去看时发现这店没在主街位置,心里直打鼓。但毕竟我没做过生意,其他人又都说好,也就没质疑什么。

这个店有二百多平方米,连装修带转让费下来要七八十万,我们家经历过我爸生病去世之后元气大伤,根本拿不出这么多钱。好在我妈早有打算,她原本就知道凭我们自己的力量很难把店开起来,就拉了小姨入伙。小姨在北门口已经有一家店,生意非常火爆,手下能兵强将也多,跟我妈一拍即合。这个店很顺利地开业了。

因为周边全是家属区,附近有两个大型医院,我们的店开业之后生意非常好。弟弟头次当老板有些放不开手脚,但我妈在后面坐镇,加上小姨夫,三个人商商量量的,也把店里十来个员工安排得井井有条。

连锁店的生意和爸妈那些年的店铺又不太一样,员工礼仪、店面卫生、后厨质量一样都不能落下。从前的客人有什么无理要求,爸妈和当时的雇员还会顶回去,现在不行,顾客说一不二,无论如何都要保持良好的服务态度。

雇员的管理上也大有不同，现在更像上班，每个人几点来几点走、该早班还是晚班都有明确规定，要打卡。

弟弟还是主要负责后厨，因为不放心店员熬稀饭，怕他们不操心把稀饭熬煳了，他自己每天早上六点左右就起床去店里熬，晚上要等到最后结完账了才走，很辛苦，一年下来，眼见清瘦了很多。我周末或放假如果没什么事，偶尔也去给他搭手帮忙，我干不了后厨，但在饭点人多时当个前台点餐、收银什么的还是很利索。

弟弟这边稳定下来没多久，我妈又马不停蹄地张罗着在我们家附近看了个六十平方米左右的小店面。她的想法是，这个店离家近，她来去方便，就算弟弟结婚生了孩子，她也能推着孩子过来把店看着。我和弟弟还有弟媳妇都不太同意，因为觉得她年纪也不小了，没必要这么操劳，但我妈很坚持。不得已之下我跟弟弟商量，如果不让她做她肯定不甘心，就让她弄吧，店面小投资少，就算赔了也赔不了太多钱。其实我们商不商量都没用，我妈主意早就定了，连合伙人和员工都找好了。

就这样，我妈的小店也开业了。店虽然小，但生意一直还不错，因为房租少员工少，成本相对就低，以至于生意特别好的时候，竟然能赶上我弟那个大店的收入。

小店开了一年，一开始一起合伙的人因为各种原因都退出了。其实就是人和人之间的性格冲突，这些风险在开店之前我就跟我妈讲过了，所以她心里也大致有准备，合伙人的退出并没有太多影响到店里的生意。只是苦了我弟，因为结账是电脑操作，我妈不会，这么一来，除了他自己的店，还要时不时来给我妈店里结账、囤货。

而此时，我弟那店铺所在的地段开始修路，整条街都封了，客源锐减。加上外卖业的兴起，大家的选择越来越多，收益开始掉落。除了帮衬我妈的店铺，我弟对他自己的店铺有过很多想法，但因为是合伙生意，还需要小姨那边的支持。和弟弟共同掌管店面的小姨夫呢，又比较安于现状，不愿做太多变动，小姨自然是支持小姨夫的，因此弟弟的各种想法也就不了了之没了下文。

生意一旦掉落，想重新崛起就比较难了，毕竟此时餐饮市场的繁荣期已经结束，不仅仅是弟弟的店，几乎所有实体快餐类的收益都在下滑。就在我替弟弟担心的时候，他竟然不声不响地和舅舅的三儿子、我们的表弟一起搞了一个卖粥的外卖店。

外卖店比实体店好的一点是，不用太大店面，不用太多员工，连洗碗这件最麻烦的事情都省了，投资比较少，成本也低，但缺点也是这些，门槛低，谁都能干。两个弟弟合伙开外卖店时，外卖生意刚火起来，他们赶上了好时候，赚了些钱。弟弟信心倍增，很快又投资开了一家炒米饭的外卖店。他去西安考察时，西安那边的炒米饭确实卖得很好，但到了咸阳，就遭遇到他开店以来的第一个滑铁卢，咸阳人好像不怎么吃炒米饭，每天的单量很少。后来我跟他分析，西安卖得好，是因为那里的上班族基数大，而且外地人也多，口味杂，米面都吃得开，但咸阳还是本地人居多，更偏爱面食。我也不知道自己分析得对不对，总之赔本是铁板钉钉的事了。

弟弟低迷了一阵子，关掉炒米饭的外卖，就着原本的设备，在平台上重新注册，把售卖内容换成胡辣汤、包子、饺子、砂锅、凉皮等我们实体店里卖的东西，生意算不上太好，但也不差，比炒米饭强多了。

店开的时间久了，会遇上各种各样的顾客。实体店三不五时遇到不好说话的顾客，在外卖店也会遇上，但是花上一两个小时不慌不忙跟你讲道理纠缠，你却摸不透他到底为了什么的，很少见。这样的奇遇，弟弟竟然碰到过。

事情起因于他们一次配餐失误，把那位顾客的砂锅米线做成了砂锅粉带。餐送到之后这位男士先是跟平台投诉，平台联系过来，弟弟当即表示愿意退款。谁知挂了平台的电话，这位顾客的电话就到了，弟弟一听是他，立刻道歉，又告诉他已经同意退款。但这位顾客不依不饶，大体对话内容是：不是钱不钱的问题，是你们工作态度有问题，这样粗心大意要引起警惕，这次只是配错了餐，保不齐下次会弄错什么……以后注意？这次为什么不注意？现在我拿到了砂锅粉带是不是意味着要宽粉的那个人拿到了砂锅米线？你们的一个失误引得两个人都不开心，被破坏心情了你知道吗？……不是我希望你们怎么做，是你们自己应该怎么做，这么热的天，你们站在炉子前面也遭罪是不是？快递小哥顶着太阳送餐也很辛苦对不对？都能理解。既然都这么辛苦，为什么做事情的时候不能用心一点呢？……你说以后一定注意，谁知道你会不会注意。马虎的人不可能一下子就变得不马虎，你们是开店的，造成的损失是谁来承担？顾客，知道吗？……诸如此类没完没了，弟弟说了不下一百个对不起，解释的话也说到尽头了，口干舌燥，干脆住口，让对方说痛快了，才终于挂断电话。

这还不算完。电话刚挂没一会儿，平台客服又打电话过来，说有客户投诉我们餐送错了，退款没有退全额。弟弟说："首先，退款是平台系统自动退款；其次，他下单时参加了减免，当然无法全额退款。"客服恍然大悟："对啊，我怎么晕了。行了你不用管了我跟他说。"挂了电话，弟弟说："看来这个客服也是被这人一顿道理说晕菜了。"

不过这样的顾客毕竟还是少数，大多数顾客都比较宽容，很有同理心。有一些虽然难讲话，但也不会一直纠缠。

当初弟弟开炒米饭的外卖店时，他租房子的那个院子里只有两三家外卖，如今已经全院子都是了，起码有十几家。这还只是一个小区。然而市场只有这么大，吃饭的人就那么多，店开得越多，客源就越分散，这么一来生意下滑就是必然趋势。

这时候，他加盟舅舅的那个连锁店，因为两年之内的第二次封路（又要封半年多），已经彻底不赚钱了，妈妈、小姨一商量，与其这样白白浪费力气，不如干脆点结束了好。于是店铺租期一到，就退租了。

小本餐饮生意愈发难做，弟弟和弟媳妇又商量着开直播店卖衣服。两个人信心满满，看别人的直播，看货，找货源，折腾两个月，终于如愿以偿开了直播店，目前生意时好时坏不太稳定，但两人也都不太着急，慢慢研究学习着。就好像三十多年前，我爸爸只身一人从陕南绕过秦岭来到关中，他也不知道自己要干什么，只是想要闯一闯，一步又一步地试探深浅，最后开辟出一条自己的路。弟弟和弟媳妇也在不断试探，希望找到一个前进的方向。不同的是，那时候爸爸是追赶浪潮的人，而今弟弟是被浪潮推着不得不向前迈步的人。

落榜

李金声

四十多年前的那次高考,录取率是百分之四,我不幸被挤在了分数线的下面。

1977年秋季,中断十年的高等学校招生考试恢复。当了三年知青后,我再次走进考场,名为接受国家的挑选,实际上是自己在赌一次命。那年,全国五百七十多万人参加考试,录取二十七万三千人,录取率只有百分之四多一点。这个录取率包括了北京上海这样教育基础好一点的地方,如果只算我所在的偏僻小县,录取率大概在百分之一左右,名副其实百里挑一。

我是落榜生,在那场你死我活的战斗中,我壮烈地牺牲了。

喜讯传来

1977年10月21日（这是我一生都忘不了的日子）早上，我给红薯地锄草，锄了一块地以后，我打开随身携带的半导体收音机，收听中央人民广播电台的《新闻和报纸摘要》节目。

这是我多年来保持的习惯。在大山坞里，报纸只有《人民日报》和省报，还是一周送一次，靠读报了解山外的事情，存在严重的时间差。下乡第二年，我向妈妈要了三十块钱，买来这台上海产的"春雷牌"晶体管收音机。1976年，周恩来、朱德、毛泽东相继逝世，我比大队其他人都更早获得消息，就得益于这台小小的收音机。

那天早上的新闻，第一条是华国锋主席会见一位非洲外宾，第二条是邓小平副主席出席一个科技工作会议。我一边收听一边继续锄草，揣摩着新闻背后的信息。

第三条的标题是：我国改革高等教育招生制度。

几个字蹦出，让我一愣，这可是和我有关系的事情。我停下锄头，站在红薯地里，继续听下去："恢复招生考试，自愿报名、严格考试、择优录取。"

我瞬间呆了。这是真的吗？自愿报名？学校按照考试成绩录取？也就是说能不能上大学全看自己的本事了？

这是我下乡的第三个年头，地点是江西省乐平县临港公社九墩大队。在江西省地图上，临港公社只是一个很小的点，九墩大队根本没有。在乐平县地图上，九墩是一个句号大小的圆圈，四边一片空白。小山村孤零零地藏在山坳之中，即使在乐平县，也没有多少人知道这里。

初来乍到的半年，我在知青队里当社员，耕地、插秧、耘田、割稻，学会了很多农活。来的时候一身让人羡慕的健康皮肤，在太阳的烧烤下，变成了紫铜色。指甲和趾甲都被农药烧成深褐色，经久不褪，用小刀都刮不掉。来的时候体重一百三十多斤，人称胖子，仅仅一年，就瘦掉二十多斤，从此这个绰号再也与我无缘。

1975年"双抢"过后，大队把我调到村办学校，让我当了一名民办教师。所谓民办教师，就是不占国家编制，不领国家工资，只领取微薄补贴的农民教师。农民教师兼有教师和农民两个身份，上课时是教师，不上课时是农民，身份还在生产队，口粮也在生产队，学校放假的时候，要回到生产队参加劳动。

从下乡的那天起，我就用倒计时的方式计算每一个过去的日子。每过去一天，我就在心里画一横，反复数着两年还剩下多少天。当时政策规定，知青满两年，就有资格被推荐上大学、招工或者当兵。当时，我和知青乡友们都以为，两年一过，我们就可以回到城里了。两个寒来暑往，七百多个日日夜夜，很多时候我都有一种坚持不住了的感觉。可是，上学、招工杳无音信，最初给我们的那些承诺，一个也落实不了。我多次到公社知青办询问，负责人连头都不抬，嘟嘟囔囔地说："你刚来多久，就想飞了，扎根农村干革命，安心当一个农民吧。"

当兵是条出路，可名额很少，身体要求又严，还有很多潜规则，对多数人来讲，等于没有这条路。

后来我才发现，旁边的一个大队有九个上海知青，他们1969年从上海来到这里，一晃已经八年多了。除一个女知青嫁给当地社员，生下一个孩子，已经彻底放弃回城的梦想，其余八人，一个也没能离开，他们已经苦熬四个两年了。

恢复高考！体面地离开这块伤心之地，重新走进校园，这对我来讲，简直比梦境还温暖。

几天后，报纸到了，我逐字逐句地研究这篇消息，确认自己的理解无误后，再次捂住狂跳的心脏，喃喃自语："我的机会来了。"

我毕业于一个三线工厂的子弟中学。这所工厂1970年由哈尔滨搬迁至乐平临港汪家岩。最初，工厂没有计划建子弟学校，在与战争抢速度的情况下，孩子读不读书并不是重要的事。可是，战争并没有打起来，生活还要继续，建学校便提上了议事日程。我的初中二年级和高中一年级，都是在树林子和竹棚子里上课，到高二才搬进了建好的校舍。教师来自东南西北，大多数都是工厂职工的家属，正规学校调来的教师没几个，而且长期配不齐，我们的物理和英语课到了高中才开，历史和地理课一直到毕业也没有上过。加上"一打三反"和"批林批孔"等运动的影响，我的中学基本上可以说是混过来的。

工厂子弟也有好的一面，很多家长都是大学生，有的甚至是清华、哈军工、北航这样的名校毕业生，家庭的熏陶和父母的辅导，一定程度上弥补了学校教育的不足，因此，我们学校少数尖子生比地方学校并不差多少，甚至还更强。

我喜静不喜动，读书还可以，数学物理成绩一直比较好。在校时，很多次考试，刚刚考完，老师就把我得了一百分的试卷贴在走廊墙上，让同学们对照检查，发现自己错在哪里，对我而言，这是一种什么也比不了的褒奖。虚荣心是激励学习的一种有效措施，我在中学阶段，成绩一直名列年级前茅。

1973年，教育出现了一个短暂的小阳春，在乐平县举行的一次中学生数理化竞赛中，我代表乐河中学参加了数学和物理两项赛事。让很多人想不到的是，我获得了物理竞赛第三名，数学也进入了前三十名，是唯一在两项赛事中都获得好成绩的学生。乐平是一个大县，包括厂办的一共有三十二所中学，参加竞赛的学生三百多名，我的成绩让校领导和老师也都长长舒一口气，物理课老师说："如果像'文革'前一样，李金声考上北京航空学院应该是有把握的。"

算命

周末我回了一趟家。家人已经知道了高考恢复的消息,都对我抱有很大希望。姐姐说"这次你的机会来了",爸爸说"争取考好一点,能上北航最好,考不上北航能上南京航空学院也行"。父母的工厂是制造直升机发动机的军工大厂,工厂里有很多航空院校毕业的大学生,在爸爸妈妈心目中,北京航空学院是最好的大学,学航空是最好的选择,如果我能考上北航,会让他们在工友面前很有面子。

离家三年,家里已经大变,我的书柜被搬走了,所有书籍被东放一堆、西放一堆。我用半天时间,找遍家里的角角落落,终于找齐了自己各个学期的课本。

当时没有任何参考书,教材是我能找到的唯一复习资料。在翻箱倒柜的过程中,我意外找到两本上海人民出版社出版的知青自学教材。那是一年前,我去乐平新华书店,发现了这套《知识青年自学读本》,包括数学、语文、政治、英语、物理、化学、生物、历史、地理。几本书放在架子上,在我眼里金光闪闪,十分诱人。可惜我的钱不够,倾尽囊中的一块多钱,只买了《数学》和《物理》两本。等我再去乐平的时候,这套书已经下架了。营业员说"书中有问题,上级通知不能再卖,已经被省新华书店收回去了"("文革"中这种怪事屡见不鲜)。我的这两本自学教材成为漏网之鱼,让我有几分庆幸。

这两本书，我读了几次，一个感觉是深奥，比我们原来学过的教材深很多，对我而言，能看懂的只是很少一部分；二是原理讲得少，主要讲应用，大量的工农业生产实例。严格说来，这并不是一套适合知青自学和提高的教材，读这种书需要整块的时间，我在农村学校当老师，一天忙到晚，不是读这种教材的时候，所以当时没有把这两本书带到九墩。幸运的是，我随意做了其中的几道数学题，其中一道就出现在不久后数学的高考试卷上，不知是不是天意。

我姐姐是1969年初中毕业生，勉强算是"老三届"（标准的老三届指1966、1967、1968三届高中毕业生），也能报考，并且年龄上限扩大到三十五周岁。可她已经进厂工作，在车间里当了三年徒工以后，调到厂宣传科，担任工厂广播站广播员。她对我说："我不考了，咱家就看你的了，希望你为我也争一口气。"我知道她是没有自信心，中学三年都交给了文化大革命：写大字报、发放传单、到各地串联，没有正规上过一天课，她实际上只有小学毕业的文化水平。再说，当时在一个国营军工大厂里工作，到处都是羡慕的目光，她也没有改变自己生活状态的愿望。

那次考试，报名比较自由，知识青年可以在公社，也可以在自己的户口迁出地报名。那天，我与很多知青一起，在乐河厂教育科报了名，成为工厂参考的一名考生。

我家距离九墩并不太远，徒步一个多小时。晚饭后，我背着十几本厚厚的复习资料步行回九墩。在路上，我边走边在心里琢磨这次考试。我有很自信的一面：虽然离开学校三年多了，可我当年的基础不错，在全县中学生大赛中获得了那么好的成绩，说明我具备相当的实力。也有不自信的一面：1976年10月之后，学校走上了正轨，教学质量大幅度提高，在我后面毕业的师弟师妹学得比我们多，掌握得比我们好，与他们一起比高低，自己的劣势显而易见。我的强项是数学物理，可是我们高中时两门课的教材，范围和难度只相当于1977年的初中三年级，现在高中的数学和物理我基本上不懂，靠自学赶上去，时间够吗？

回到九墩以后，我开始了系统复习。早上早起一个小时，围着小学校，边散步边背诵政治复习题。下午放学以后，我端一张小方凳坐在校园里的老樟树下，一个章节一个章节地复习物理数学。我把常用公式写成一张一张字条，贴在床旁边的墙壁上，每天睡觉前认真读几遍。字条越贴越多，一大面墙都成了我的公式板。最开始我躺在床上就可以一张一张翻看，后来要蹲在床上，再后来要站在床上才能读到贴在高处的字条。

离开九墩以后，我混得还不错，官职节节上升，九墩人以我为骄傲，渐渐流传了很多我当年的所谓逸闻趣事，其中之一就是在墙壁上贴字条。开始传的是我贴满了自己一个房间，后来又说我把字条贴满了整个九墩小学。九墩成长起来的学生,也把在墙上贴字条作为一个复习方法。前几年我去九墩,一个妇女就说"那个贴字条的老师来了"。

高考唤醒了每一个知青,大家都进入紧张的复习备考。在知青点上的同学纷纷请假回家,一心一意复习,我也犹豫,到底是复习工作两不误,还是放弃一头,背水一战。校长老李说:"学校不可能给你太长的复习时间,如果你要回家备考,我就提请大队换一个老师,考上考不上你都不用再回来了。"

这是一个相当严峻的选择,对我而言,实在左右为难。当时的规矩是,特别出色的民办教师,经过一定年头的试用后,可以转为公办教师。一旦转正,就有了国家正式编制,开始吃皇粮,也就等于跳出农门了。我到九墩小学以后,教学成绩出色,一至五年级都可以教,数学语文及其他的副科也能胜任,几次公开教学都很成功,多次被公社教育办公室表扬,是有希望转正的。在这个重要时点,如果主动放弃教师岗位,是否明智呢?

可是,一边工作一边复习,又能有多少时间复习呢?在两个多月的时间里,我要把中学学过的主要课程全部重温一遍,还要自学现在的高中教材,时间显然是不够的。

家人都不同意我冒险一搏。妈妈说:"早起一点,晚睡一点,能考上最好,考不上继续教书。你们一起去的那些知青,很多都不如你,你还是给自己留条后路吧。"

更关键的是,我对未来完全看不清楚。我不知道这种考试能否持续下去("文革"中朝令夕改的事情很多),如果是一次性的实验,明年重新恢复推荐上学,还是由基层组织说了算,我现在搏命似的一赌,如果考不取,今后怎么办呢?即使这次有幸考上,按照当时的惯例,录取前还要政治审查,大队党支部的态度也是非常重要的因素。我自己放弃教师岗位,肯定要得罪大队领导,他们会认为我自私自利,在政审时再把我拉下来,这不是舍了孩子又没有打到狼吗?

瞻前顾后,左思右想,时间一天一天过去,在万般无奈的情况下,我到邻村找一个还俗的和尚给自己算了一卦。

这个和尚原来在浙江的一座寺庙出家,"文革"初"破四旧",他们的寺被查封了,他辗转回到家乡。"批林批孔"运动的时候,他在公社大会上台发言批判佛教,被公社树为改邪归正的典型,我也知道了这个人。他住在一个破旧的仓库里,光线暗淡,一股霉味。一个女人怀里抱着个孩子,好像是正在哄孩子睡觉,不知道孩子是他们共同生的,还是这个女人从外面带来的。

带我去的小王老师,陪着自己的母亲来过多次,和"老和尚"很熟悉,对他算卦的灵验程度十分迷信。她对我说:"他算命相当准,公社周书记的母亲总是找他,他还为县里的大领导算过,没有人不佩服他的。"

"老和尚"明白我的来意以后,再三再四推辞,说他已经歇手很久，现在再不弄那些东西了。他说："我现在是公社社员，一切听党的话，你们说的那些都是封建迷信。"

小王老师向我使眼色，我明白她的意思，急忙从兜里掏出一元钱，强行塞到"老和尚"口袋里。他虚情假意推让一番，然后说："你们大老远地跑来，让你们就这么回去，我心里也过意不去。"

他不知道从哪里变出来一个签筒，用手摇晃几下，让我从中抽一支签。他看过以后，先是赞扬了我几句，说这个签多么难得，我多么福大命大造化大，然后故作神秘地对我说："今年不是你的运气年，你的福报还没到时候，明年是你最好的年头，到时候应该能转运。"

"老和尚"给我的这个签解，并不是我期望的。为什么是明年而不是今年？不过，我转念一想，年底考试，明年入学，不是正好到了我的转运年吗？他应该没有算错！

我一激动，又给了对方五角钱。一块五在当时可不是小钱，"老和尚"被我感动了，在送我们到门口时，说了一句"你和这个妹子可是好姻缘呀"。这句话让我刚才有点兴奋的心情顿时像被泼了一盆冷水，心里想：他这是什么眼神呀，小王老师比我大几岁，我和她怎么会有姻缘呢？算命不会也是瞎掰吧？

算命归来，我决定一边工作一边复习，像妈妈说的那样，给自己留一条后路。

补习班

大约是十一月下旬,工厂应广大考生要求,举办了高考补习班。补习班每天晚上六点钟上课,九点半结束,每次三个半小时。上课的老师主要是工厂设计科和教育科的大学生,也有几个子弟学校老师。为支持我备考,爸爸把他的自行车给了我,我在九墩小学下班后回家,吃过晚饭去上课,下课以后再骑车返回九墩。

补习班分文理科,参加补习的考生必须明确自己的选择。这是我从来没有想过的事,一直以为高考像高中考试一样,考时不分,考完以后填写志愿的时候,再分文科理科。我在学校的时候,数学物理不错,化学较差,语文还行,历史地理虽然没学过,但我喜欢看书,中国历史也知道一些。怎么选择?很伤脑筋。我专门请教我的老师钱淑兰,她对我说:你最好还是报文科,你们那个年级,数学学得太浅,如果和后来的几届尖子学生相比,你的理科优势并不明显。能否被录取,取决于招生规模,招生数量大,你的希望大;招生数量小,你就没什么希望。钱老师一直是我最信赖的老师,一些和妈妈都不说的话,我也愿意和她说。对我而言,她是老师,也像母亲。我接受了她的建议,报名参加文科考生补习班。

上课第一天,补习班的场景吓了我一跳。六点钟不到,通往子弟学校的路上,人挨人黑压压的一片,男男女女，大大小小，甚至还有夫妻一起来的。平时坐四十多人的教室，挤进去至少八十人，还有十几个人坐在走廊里。我原来以为，除了我们首届学生，其余的都应该是我的师弟师妹，即使不认识，也都脸熟。实际情况完全不是这样，我认识的人连一半都不到，很多都是在工厂已经工作了将近十年的南昌航空学校毕业生，有的都有两个孩子了。南航学生是中专生，虽然工作很多年，但大部分还是小于三十五岁，符合这次报考条件，他们想通过这次考试为自己的人生再做一次选择。

文科班第一个晚上讲数学课，讲课老师是厂教育科副科长赵宝林。赵科长在乐河厂很有名，毕业于北京航空学院，曾经是他们那个县的高考状元。来厂以后是技术骨干，最拿手的就是为青年工人辅导数学物理等基础知识。

赵老师说，我们是高考补习班，任务很明确，就是帮助考生完成最后冲刺。能帮助你们提高二十分是我的梦想，如果只能提高两分我也满意。走上考场的是你们自己，作为老师，我们只能起到推波助澜的作用，代替不了你们自己。

补习班没有教材。他说着摇晃了一下手里的大本子，"我收集了1954年到1965年十二年的高考数学考卷，几天后我们还将拿到省里在鹰潭组织的试点考试试卷。我会按照这些考卷的题型和覆盖范围，为大家辅导数学。"

可能是第一天的起点有点高，推进速度又有点快，很多考生听不懂也跟不上，第二天上课，学习的人就少了很多。一个星期以后，教室里剩下不到四十人了。理科班的人更少，只有文科班上语文、历史、地理课的时候，人还拥挤一些。说实话，数学课我也听得云里雾里，一向好提问的我，课间休息的时候，竟然躲着赵老师。我担心他询问我是否能听懂，还存在什么问题，这些我根本无法回答。

鹰潭试点考试的考卷来了，教育科油印以后发给我们。不夸张地说，看了几张考卷以后我眼前发黑。不仅仅是数学，几乎所有考卷，除了填空和简答题，十分以上的题目，我一道也答不出来，有的考题我甚至不知道它属于哪个学科、哪个阶段。不仅我完全没有学过，应届毕业生也都看不懂。老师们都说："难度太大了，已经远远超出了预计。"

语文重点是补习古文，子弟学校的杨佐喻担任辅导老师。他说，你们在校的时候，古文接触得很少，文言文基本读不懂，必须恶补一下。杨老师选了五篇古文，要求我们必须背得滚瓜烂熟。五篇古文中有贾谊的《过秦论》、诸葛亮的《出师表》、陶渊明的《桃花源记》和范仲淹的《岳阳楼记》。晚上回九墩的路上，我边骑车边背诵，推车上程冲岭的时候，两边的山把星月遮挡得严严实实，山风刮过像鬼在嚎叫。为给自己壮胆，我大声吼叫其中的名句，吓得路边的野兔和蛇纷纷逃窜。我意外地发现，大声喊叫比低声吟咏更有助于记忆，那些我在程冲岭上喊过的句子，至今还能随口诵出。后来我曾把这个经验传授给经常考试的儿子，他不屑地说，整个北京能找到让你大声吼叫的地方吗？

考试临近，招生办下发通知，明确报考大学和中专的要分开考试（之前说考试一同进行，录取再分开），这样考生就不得不做出明确的选择。由于不知己也不知彼，大部分考生还是选择了参加高考，只有很少一部分人报名参加中等专业学校的招生考试。

我们九墩知青队的马秋明选择参加中专考试。她的家传很好，在校时成绩不错，基础比较扎实，在我当时看来，她报考中专有点吃亏了。后来的情况证明，这个选择才是量身定做，她顺利考上了江西省卫生学校，成为九墩知青第一个考出去的人。

马秋明住在我家前院，我俩又是一个知青队的乡友，关系一直很好。复习期间，她总是来我家，说是向我请教，其实是一起复习。一张不大的书桌，我坐在这边，她坐在那边，没有问题时我们很少说话，遇到问题时两个人讨论一番。很多时候房间里只有我们两个人轻轻的呼吸声，这时我们都会不好意思地抬起头来相视一笑，然后再低下头去看书。

考试的前几天，要填写报考志愿书，最重要的是选择学校。马秋明没有和家人商量，而是把志愿书放在我的面前，说"我也不怎么懂，还是你帮我选吧"。对这种超级信任，我当然非常享受，为她选了六所我认为非常适合她的学校。她的母亲和姐姐都在工厂医院工作，她熟悉医院，想报卫生学校，我也认为这是个不错的选择。最初她只敢报县卫校和地区卫校，说如果能考上已经很不错了。我认为她不够自信，在我的劝说下，她勉强填上了江西省卫生学校，结果真的被这所学校录取。多年以后，她在一家省医院当护士，我去看她，她不好意思地说："真应该好好谢谢你。"

那是一段苦不堪言的日子，也是一段甜甜蜜蜜的日子。紧张的复习备考仍然没有阻止我做梦，在我的梦中，有大学的校门、明亮的教室、欢快的校园生活，当然也有湖边柳下的约会……

补习班结束之前，工厂教育科组织了一次结业测验，按照高考的科目和考试时间，进行了一次近似实战的模拟考试。很多人并没有参加考试，我其实也不想，觉得浪费两天复习时间有点不值得。可是，我已经被列为重点考生，教育科认为我是很有希望考上大学的，如果我不参加，会造成一些不必要的影响。经过动员，我还是参加了这次模拟考试。

为了逼真，考题很难。我数学得了二十八分，政治得了七十二分，史地得了四十分，语文得了八十五分——这是补习班里最高的分数。

问题出在语文考试中的作文。杨佐喻老师出了一个作文题《难忘的时刻》，要求写记叙文，不超过八百字。所有人都没有想到，包括杨老师自己也没有想到，九天后的语文高考，作文题就是《难忘的时刻》。杨老师的神来一题让他名声大振，我却意外遭遇一场横祸，因此名落孙山。

我是一个文学爱好者，在县里小有名气。一年前，中央要求宣传华国锋同志，出版社印制了大量华主席的画像，进村时要举行欢迎仪式。我取材于此，写了一首三十六行的小诗《喜迎华主席彩像进村来》，发表在地区的报纸上。模拟考试语文试卷发下来以后，我以这首小诗为基础，写了一篇八百多字的作文。

对这篇作文，杨佐喻老师给予了很高的评价。他的评语是：角度新颖，文字流畅，感情充沛，充满了诗歌的味道。作文满分是六十分，他给了我五十八分。厂教育科为证明补习班很有成效，把这篇作文作为范文油印下发，考生人手一份，教育科写的按语最后一句是"供广大考生参考"。

让我万万没想到的是，很多考生竟然像背诵政治复习题标准答案一样，把我的这篇作文一句不差地背诵下来。当他们在正式高考试卷中看到这个作文题的时候，也像我一样兴奋地心跳。他们凭着记忆，把整篇作文默写在考卷上，于是，乐平考场出现了十几篇从内容到文字都差异不大的作文。

走进考场

1978年1月7日,全省统一考试开始。乐河厂参加考试的考生近三百人,为帮助考生到县里参考,工厂联系了县银行等几个部门,请他们腾出会议室、仓库等地方,让乐河考生在考试期间有一个休息的地方——乐河厂距离县城三十多公里,都是山路,不可能每天来回,住宾馆或招待所,考生又负担不起。

1月7日凌晨,工厂运输科门前,七八辆解放牌大卡车按顺序停在路边。考生加上送行的家长超过千人,在厂保卫科人员的引导下,分别走到不同的车子前面。我背着一个行李卷,外面是草席,里面裹着被子,手里还提着一个旅行袋。没有人送行,我一个人站在路边,看着眼前这令人伤感的场面,心里有一种被送上刑场的感觉。

考场设在乐平县中学。我第一次走进乐中,发现校园很大,超过一百亩地。教室掩映在树林之中,大礼堂、运动场、实验楼,都是我在乐河中学所没有见过的。我们跟随导考人员找到自己的考场,把随身所带的书包放在门外,手持准考证进入考场。考场是普通的中学教室,一张条桌坐两个人,之间的距离很近,想偷看的话很方便,当时的考试还没有像后来那样戒备森严。

与我坐一桌的人,是来自临港公社的J。我俩认识,我曾经和他一起在水库工地上做过宣传工作。他是乐平县知青，毕业于这所学校，据说在学校的时候是高才生。坐下以后，距离开考还有几分钟，我们聊了几句。我问他报了哪几个学校、什么专业。他告诉我，第一志愿是北京大学，第二志愿是江西大学，都是马列主义专业。我问其他志愿呢？他说就报两个，其他学校也不想去。他的自信让我有一种自愧不如的感觉，不敢再抬头看他。我当时的心理是，随便一所什么大学，只要肯招我，我都会乐不得跑过去。

第一天上午考数学。我浏览了一遍卷子后，感觉和自己预料的差不多，难度非常大，我会做的题目不多，考及格完全不可能。但我也意外地发现，一道二元二次方程题，和我在知青自学教材《数学》上看过的那道题相似，我曾经解出来过，这十五分能确保。其他大题，只有撞大运了。

下午考政治。中共党史和哲学类的考题我都答出来了，时事政治题答出了一半，国际共运史答得最差，我粗算了一下，得分应该在六十分以下。

第二天上午考语文。第一部分是语文基础知识，包括四大名著分别是什么等十道小题。第二部分是古文，两篇不长的古文，先翻译，再解释其中的文言虚词。第三部分是作文，题目是《难忘的时刻》，边上标着70，意味着作文满分是七十分，比杨佐喻老师预料的比重还大。

浏览了语文考卷，我悬着的心平静下来，当时的感觉就是幸运。语文基础知识部分，我能答出一半。古文部分，两篇古文中的一篇，小学四年级语文课本选用了，我正好教过四年级语文，对我而言这十分是白送。作文题自己曾经写过，老师给了高分，再写一遍只会更好一些。

大意容易出错。在高考这样特殊的时刻，一点错误都将带来严重的后果。我按照顺序答题，在翻译另一篇不熟悉的古文时，耽搁了太多时间。开始写作文的时候，已经只剩不到四十分钟了。我本来想在原来的基础上再调整一下结构，写出几句更为优美的句子，因为时间不允许，只好匆匆把写过的作文默写了一遍。

其他三门考试，我都是比较早交的卷子，只有语文考试，我差不多是全班最后一个走出考场的。监考老师说，你再不离开我们就不收你的卷子了。最后一行字我写得非常潦草，自己都无法确信改卷老师能否认出来。

地理我考得不好。一道考题要求把亚洲、欧洲、非洲、美洲每个洲写出五个国家的名字，我只完整地写出了亚洲五个国家的名字，其余三个洲只写了几个国家的名字。越南、朝鲜和中国关系不错，报纸上经常见到；日本侵略过中国，自然忘记不了，印度和中国打过仗，这四个国家的名字很容易想起来。印度尼西亚共产党曾经给毛泽东主席送过芒果，当时报纸广播宣传声势很大，让我罕见地记住了这个比较长的国名。非洲我只知道坦桑尼亚和赞比亚，因为中国为它们修过铁路，马季为此创作过一个相声《友谊颂》。美洲我只知道美国，在交卷之前，又想起了一个古巴。"文革"前我们总是吃从那个国家进口的糖，名字就叫古巴糖，舌头的记忆帮助答出了这道题。

地理考卷上还有一道题，让考生在江西省地图上准确地标出江西周边的省份。1970年，为了三线建设，我们一家从哈尔滨南迁至江西，乘坐浙赣线火车在鹰潭下车，这个经验让我知道浙江在江西的北边。除此之外，江西周边的其他省份我都填写不出来。

这在今天看来完全是个笑话。一个准备上大学的人，地理知识竟然贫乏到如此程度，还配持有那张高中毕业证书吗？但这就是当时的实情，我肯定还算好一些的，更多的人连我都不如。

走出考场，我如释重负，有一种濒危病人被抢救过来的感觉。考生们大都比较兴奋，炫耀自己解答出了多么艰难的问题。我的同班同学Q说："谢谢你写了一篇好作文，我把你的作文搬到了我的考卷上，如果我考上了，一定请你喝酒。"他在校时学习成绩很差，如果考体育特长生也许能有点机会。之所以这么说，是因为他完全不知道这是抄袭，在他看来，政治、历史、地理，大家回答的不都是一样吗？为什么作文不能一样？

其实，坚持到四科全部考完的还不足一半人。送我们来的时候，工厂派了七八辆大卡车，接我们回去的时候，只来了四辆。

在工厂运输科下车的时候，爸爸推着自行车来接我。他问我考得怎么样，我轻轻地摇了一下头。爸爸看我与其他考生完全不一样，便有几分生气，站在路边大声咆哮：快说呀，到底考得怎么样？

落榜了

大约十天后，传来了录取的消息。第一批录取的分数线是二百零四分，每科平均五十一分。因为是第一次考试，组织者缺乏经验，不公布录取考生的考分，也不允许考生查分。考上还是没有考上，只能以学校的录取通知书为准。

乐河厂第一个被录取的人是厂总工程师的儿子杜野兵，录取的学校是上海同济大学。杜野兵是应届高中毕业生，学习成绩一直非常优秀，他的录取完全在情理之中。第二个被录取的是南昌航空学校毕业生唐志钦，他被江西师范大学录取。而后，乐河厂再没有传来录取的消息。三百多考生只录取了两个，算百分比还不到百分之一，这是不是古今录取比例最低的考试，我不知道。马秋明被江西省卫生学校录取，也轰动了临港公社。

我一直焦急地等待。我对自己的考试成绩很不满意，但扪心自问，平均五十一分的录取线还是超过了。实际上，第二批第三批录取分数又降了，据说还有平均分不到四十分的人被录取。

一天晚上，杨佐喻老师意外地来到我家。他到地区参加语文科目评卷，工作结束后教育局送他们到井冈山等地游览了二十天，下午才回到乐河。教育局之所以送他们去游览，一是犒劳他们，评卷毕竟十分辛苦；二是避免考生与他们接触，给招生工作带来麻烦。

杨老师说，他在评卷时，听说乐平县考场出了问题，十几篇作文结构基本一样，语句差别不大。评卷组分析，肯定是监考不严考生互相抄袭造成的。当时通讯不便，不能及时听取乐平方面的解释，时间又非常紧急，本着从严把握的原则，招生办决定这十多张卷子涉嫌作弊，作文都给零分。杨老师对我说，他当时就想到，一定是我的那篇作文出了问题。

我惊呆了，我们一家也都惊呆了。作文零分，对我而言，最有把握的作文失守，肯定上不了录取线了。

爸爸接受杨老师的建议，次日，到厂教育科开了一个我是这篇作文原作者的证明，火速赶往地区教育局。

几天以后，爸爸垂头丧气地回来。他说，辗转多处，好不容易找到高等学校招生办公室，有关人员带他到了考卷存放处。已经录取考生的考卷，早被录取学校取走，落榜考生的考卷，堆在一个农村小学的十几间教室里，等着作为废品处理。教室里堆得像山一样，一个人想在其中找出一张考卷，无异于大海捞针。工作人员对我爸爸说：

"你去翻吧,找到试卷以后给我们看一下。"少顷又说:"今年录取工作基本结束,就是能证明别人抄袭了你儿子的作文,也找不到录取你儿子的学校了。现在大家都这么忙,谁有闲工夫管你家这些闲事呢?"

爸爸是一个老工人,对工厂外面的世界认识有限,简单地认为,今年考不上明年再考,明年再不会出现这种事情了吧?他甚至都没敢抗议一下。

本来应该是我自己到地区去申诉的,祸不单行,因为复习过度劳累,加上迟迟收不到录取通知书的打击,我大病了一场。在爸爸去地区查分的那天,我就被送进了工厂医院。

一切的一切都是命。我想起了那个"老和尚",想起了他为我解签时诡异的神态。我甚至迷信地认为,自己之所以碰到这种倒霉事,就是因为晚上过程冲岭时大喊大叫。那一带被九墩老百姓称为"鬼山",夜里有很多鬼魂游荡,我一定是冒犯了哪个主管考试的小鬼,所以才遭此大难。

身体的病和心里的病一起暴发,那个春节我过得死去活来。几次高烧不退时,我竟愤怒地诅咒:"高考、高考,杀人的高考,为什么要恢复呢?还不如像'文革'那样,永远不再高考。"

诅咒归诅咒,考试还要参加。1978年7月,我再次参加考试,这次再无事故发生,我顺利拿到录取通知书,背上行李,登上了去往省城的火车。

相信未来

梁一良

这首诗让我感到很新奇，是我识字以来第一次看到中国人自己写出这样的文字。

一

1967年末，红卫兵运动已经退潮，下乡运动刚刚萌芽，开学依旧遥遥无期。一部分老三届的学生开始走向农村，留在城市里的红卫兵们一下变得无所事事起来。这时的他们已经不敢大规模聚会并参与到破坏活动中，三五成群的私密小聚成了主流。

在这次聚会中，张郎郎依然是故事的主讲人，他讲的是"基督山恩仇录"（即现译的《基督山伯爵》）。一群年轻人将他团团围住，轮流为他点烟、递茶、买饭，除了上厕所，他们是不会允许张郎郎停下来的。张郎郎的故事让这些失落之中的红卫兵进入了一个从未接触过的世界。直到天色已晚，大家困得睁不开眼睛，才横七竖八地睡去。

郭路生就是张郎郎的听众之一。

这是1968年的北京，此时，张郎郎已被列为通缉犯，正在逃难之中。他的两寸照片贴满北京城的大街小巷。

1960年，中国进入三年困难时期的第二年，粮油、蔬菜和副食品极度匮乏，死亡率提高，出生率大面积降低。据《剑桥中华人民共和国史》中的数据，1960年的粮食产量低于1957年产量的26%，达到1950年来的最低水平；油料作物和肉类比1957年少了一半。死亡率从1957年的1.11%上升到2.54%，以致在1960年当年，人口减少了1000万。

饿肚子的时候，精神上的管控就放松下来。张郎郎在好友张久兴的劝说下，从北京一零一中学转到了氛围更加轻松的北京外国语学院附属中学。两人凑在一起时，就写诗。一开始，这件事只是秘密进行，结果张久兴因为爱上实验中学的一位女同学，一下子变成高产诗人，在学校里光芒四射。很快，他们周围就聚集了一群文学爱好者。人一多，就自然而然地办起了沙龙。这些初生牛犊对外界的政治环境一无所知，他们只沉浸在自己的文学世界之中。

张郎郎的母亲陈布文是中央美术学院的教师，很有才气，是鲁迅的学生，年轻时就给《论语》《宇宙风》[①]等刊

[①]《论语》《宇宙风》和《人间世》为林语堂等人主编的文艺期刊，被称为"小品文三大名刊"，鲁迅的很多重要杂文作品也刊发在这些刊物上。《论语》1932年9月创刊，主编先后由林语堂、陶亢德、郁达夫、邵洵美等人担任，1938年因抗战停刊，1946年12月复刊，1949年5月停刊。《宇宙风》1935年9月在上海创刊，抗战时期曾在广州、重庆等地出版，1947年停刊。

物写稿，对官僚和文化界的趋炎附势十分鄙视。看到自己的五个儿子当中有一个居然想成为艺术家，她内心还是十分支持的，但是又不免对他今后的生活担忧。张郎郎在一篇文章中说起这件事：

母亲常常告诉我，艺术家就是叫花子，问我是否甘心如此。那时候，我已经看过《梵高传》《米开朗琪罗传》等等，心里有了一个价值标准，恨不得自己再穷困潦倒些才好。最后，母亲劝我好好学门手艺，以谋食粮，譬如理发等等。

陈布文不仅支持儿子搞艺术，还给沙龙的青年人修改诗文，也会在读书会上给他们一些忠告。她几乎参加了每一期沙龙，见过沙龙的每一个成员。她保存下来的几乎全套的《论语》《宇宙风》《小说月报》等三十年代的文艺月刊和解放前的旧版小说，就成了沙龙成员的精神来源。

沙龙的另一个精神来源是作家张海默①家里的书。张海默在劳改过一段时间后，因为劳动过于沉重，外加营养不良，导致半身麻痹，经申请，回到北京治疗。他的家里不仅有解放前版本的雷马克的《凯旋门》《流亡者》，巴尔扎克的《刚巴拉》，还有当时国内绝对见不到的《基督山恩仇录》。张郎郎讲述的基督山伯爵的故事，就是从张海

---

① 1923年生，笔名海默，曾任中南文联创作组组长，北京中央电影局剧本创作所编剧，著有长篇小说《突破临津江》，剧本《矿山的主人》《春城无处不飞花》《血染的哈达》等，1959年被打为"右倾机会主义分子"，1968年5月16日被迫害致死。

默家里看到的。

读书、抄书、背书……几乎成了这群青年文学世界的全部。有人可以把《麦田里的守望者》全部抄写下来,而张郎郎的发小董沙贝则可以大段大段背诵《在路上》。

1962年,中央工艺美术学院的一群诗歌爱好者,打算在陈布文家中举办一次大型诗歌朗诵会。当时张郎郎也在,建议和他的沙龙联合举办,上半场朗诵名家名篇,下半场朗诵自己创作的诗歌。

朗诵会当天来了百十人,座无虚席,连后面都站满了人。下半场结束的时候,张郎郎朗诵了自己创作的诗歌《燃烧的心》。这首诗很长,全文也早已散佚,但张郎郎还记得诗歌的最后一句:"我们——太阳纵队!"

大家耐心听完之后,报以雷鸣般的掌声。

当时很多年轻人都痴迷于西班牙内战的历史,更对其中的国际纵队充满幻想。红卫兵运动初始,很多人便以"纵队"命名,如"红卫兵地下纵队""红卫兵东八二纵队"等。散场之后,已是半夜,人们沿着马路漫无目的地走,兴奋地交谈,一向话不多的董沙贝突然大喊:"咱们就真的立刻成立'太阳纵队'!"这句话像抽拉了一下鼓风机,瞬间将尚未熄灭的兴奋火苗燃成了熊熊大火。

大家立刻筹划起来:如何定期活动,制定纲领、目标和宗旨,如何印刷诗集……那一夜,没有人想睡觉,有一半的人回到张郎郎家中,聊到天亮,另一半人则在大街上兴奋地遛了一夜。

1962年底,"太阳纵队"在北京师范大学的筱庄楼召开了正式的成立大会,从那以后,每月都会搞一次比较正式的沙龙活动,并要求每人每次必须有新作品问世,画家要把画挂到墙上,诗人则朗诵自己的作品,并出了油印的小册子。

可他们哪里知道,当时的中国已经不允许这样的组织存在。1963年,被并称为"文革"时期两大地下沙龙的另一个组织"X诗社"全员被捕,原因是,组织者、郭沫若之子郭世英"想去法国"①;"太阳纵队"里也有人因为"想去法国留学"而被送去农场劳动。

1964年,地下沙龙的压力越来越大,同时在成员内部也出现了严重分歧,沙龙变得四分五裂。

1966年,因为组织"太阳纵队"、秘密集会、与法国留学生交往、写诗、开政治玩笑……张郎郎被通缉,并四处躲藏。

关于"里通外国"的罪名,张郎郎在《诗歌、革命与爱情:张郎郎的悲喜剧》中解释道:

原因是我们和外国留学生聊天。多年之后,北京市公安局向我出示了"铁证",我们和外国留学生在颐和园划船时,把一张小报递给他。这个瞬间被公安干警抓拍到,就成

---

① 1968年4月22日,遍体鳞伤的郭世英被捆绑在椅子上,从关押他的三层楼破窗而出,去世时仅二十六岁。

了传递"情报"。实际上,那不过是份公开发行的报纸……

1968年,张郎郎逃离北京时,在朋友王东白的本子扉页歪歪斜斜地写下了"相信未来"。

据郭路生的好友李恒久回忆,1968年初春的一个早上,郭路生约他在北海见面。见面后,郭路生兴致勃勃地说:"我昨天写了一首诗!"接着,就用沙哑低沉的嗓音为李恒久背诵了那首之后传遍全国的《相信未来》。

李恒久听后十分喜爱,请郭路生马上写给他,但郭路生觉得诗歌还存在一些欠缺。两天之后,李恒久才拿到郭路生修改后并工整抄写的《相信未来》。

李恒久给出的这个时间应是记忆错误。据郭路生和张郎郎双方的回忆,《相信未来》这首诗是因张郎郎的那四个字而起,而张郎郎初春时尚未逃离北京。郭路生在《我的生活创作大事记》中所述的"夏秋之交"更为可信。

拿到诗稿后的李恒久,自觉在诗歌方面已无法超越郭路生,从此不再写诗,但他将郭路生的几十首诗反复诵读,牢记在心中。这些铭记在心的诗歌躲过了搜查和销毁,几十年之后,李恒久凭借记忆,将郭路生的三十八首诗歌全部"归还",其中很多诗歌的原稿,郭路生都已经佚失。

1968年4月,毛泽东在对哈尔滨工业大学关于毕业生分配工作的批示中,提出了"四个面向"原则,即面向农村、面向边疆、面向工矿、面向基层。这个指示不仅针对大学毕业生，也针对积压在中学的六六、六七届初、高中毕业生。上山下乡运动走向高潮。

1968年下半年，李恒久离开北京去呼伦贝尔插队时，也将郭路生的诗歌带到了广袤的内蒙古大草原。

二

1948年11月，淮海战役打响。挺着大肚子的时维元随着机关北撤转移。11月21日上午，行至山东朝城时，时维元突然出现临产征兆，急忙叫人去医院找医生。当医生和护士赶到的时候，孩子已经生下来了。时维元晚年时，不止一次对儿子讲述护士当时脱下自己的棉袄给冻僵的孩子裹上，而自己只穿着一件衬衣走了三华里的事。经过救治，母子平安。院长提议，孩子是在路上出生的，就叫"路生"吧。等孩子父亲赶到的时候，"路生"这个名字已经在医院叫开了。

时维元在郭路生三四岁①的时候就开始给他诵读诗词，比如姚燧的《凭栏人·寄征衣》："欲寄君衣君不还，不寄君衣君又寒。寄与不寄间，妾身千万难。"金昌绪的

---

① 在广为流传的由食指本人校订的《我的生活创作大事记》中，食指记载自己听母亲诵读的年龄是五六岁，后来在《食指：在无欲无望中潜心写作》的采访中（单于、桑眉对话食指）更正为"三四岁"，是食指健在的六叔回忆的。

《春怨》："打起黄莺儿，莫教枝上啼。啼时惊妾梦，不得到辽西。"小小的郭路生并不懂这些诗词的意思，只觉得词语往复重叠，有余音缭绕之美，十分好听。

上初中后，郭路生读到贺敬之和郭小川的诗，竟然找到了儿时听母亲诵读时的感觉：

> 云中的神啊，雾中的仙，
> 神姿仙态桂林的山！
> 情一样深啊，梦一样美，
> 如情似梦漓江的水！
> 水几重啊，山几重？
> 水绕山环桂林城……
> ——节选自贺敬之《桂林山水歌》

> 乡村大道呵，也好像一条条险峻的黄河！
> 每一条的河身，至少有九曲十八折；
> 而每一曲、每一折呀，都常常遇到突起的风波。
> ——节选自郭小川《乡村大道》

1964年，郭路生参加初中升高中的考试，一向成绩优异的他因为晕场造成失误，焦急地等到结果之后，转天头上就生出了许多白发。他决定复习一年，第二年继续考。于是他参加了西城区教育局办的补习班。

当时的郭路生已经成为一名"问题学生"了。

在补习班,郭路生上的是函授课程,主要是在家里温习功课。由于底子较好,空闲时间比较多,他就系统阅读了外国文学经典和一部分中国古典文学作品,以及一部分优秀的白话文作品。当时学校正在搞"反修防修"的反"自来红"①教育,老师就让郭路生作为典型发言,批判自己爱看外国小说的行为。郭路生不干,于是老师联合团委书记一起整他,为此郭路生一度退团,并产生了自杀的念头。在采访《食指:在无欲无望中潜心写作》中,郭路生回忆起这件事:

> 1964年底或1965年初,曾在一天夜里走到复兴桥上,想投护城河自杀,前思后想,最终获解脱。我在桥上徘徊至黎明时,农村进城拉粪的马车经过,马铃声将我从黑暗中唤回。之后的一天早上迎着阳光骑车出行,心情和阳光一样灿烂,想了四句:喜逢朝阳送,清风款款从;飘然辞嚣市,田园育乡童。

1966年5月7日,毛泽东在给林彪的信中指出(即"五七指示"):"学生也是这样,以学为主,兼学别样,即不但学文,也要学工、学农、学军,也要批判资产阶级。学制要缩短,教育要革命,资产阶级知识分子统治

---

① "反修"即"反对修正主义",源于二十世纪六十年代对苏共理论意识形态的批判。"自来红"原指老北京果仁冰糖馅月饼,"文革"中特指父母是革命干部,则子女根正苗红,建立在"血统论"之上。毛泽东曾说过:"没有自来红,只有改造红。"

我们学校的现象，再也不能继续下去了。"而干部子弟，尤其是高干子弟居多的北京一中和北京四中的学生，灵敏地嗅到了政治气息，共同提出了"废除现行高考制度"的倡议，该倡议于1966年6月6日见报。

1966年底，开始了对"资产阶级反动路线"的批判，红卫兵的"联动"被定性为反革命组织。1966年12月16日，北京工人体育馆召开大会，学生代表做了《宣判反动对联死刑》的发言[①]。

失去了权力的红卫兵，前途渺茫，情绪低落。据回忆，"广州八一学校的某些干部子弟开始堕落，十分消沉，吃喝玩乐，从楼上往下摔自行车"[②]。更多的学生开始小范围的交流，读书或者听音乐，张郎郎就在这种情况下成了一个讲故事的人。而此时的郭路生还没有遇到张郎郎，作为一个"老兵"，他加入了"老兵话剧团"，并参与执笔创作了《历史的一页》，后来的相声演员姜昆当年就是这部话剧的主演之一。

话剧演出十几场之后就解散了，但是在话剧团里，郭路生认识了何京颉，何京颉是著名诗人何其芳的女儿。热爱诗歌的郭路生请何京颉安排他与何其芳在1967年初夏见面。

[①] "反动对联"即强调"血统论"口号的"老子英雄儿好汉，老子反动儿混蛋"。该口号由刘辉宣提出，后以笔名"礼平"发表反思"文革"的作品《晚霞消失的时候》而引起巨大争议，并因此从部队转业。

[②] 《走出乌托邦：秦晓口述》，观察者网。

何其芳是最早一批被打倒的走资派、黑帮分子，很少有人敢去看他。约定的日子那天，何其芳早早地换好了衣服，还为郭路生准备了红茶、柠檬和小吃。虽然二人年龄相差悬殊，但何其芳并未将郭路生当作孩子看待，二人聊了很长时间。从那以后，郭路生就常常到何其芳家，看书、唱外国歌曲，还把自己写的诗给何其芳看，让他提意见，何其芳则教授郭路生新格律体诗歌的创作、诗与歌的关系、中外诗歌从古典到现代的发展过程……郭路生称："和何其芳的交往是我诗歌写作道路上的最大幸事，对我一生的诗歌创作影响极大，使我终生受惠。"

在这期间，一次郭路生去石油学院附中玩，碰到了正在避难的张郎郎，两人从此结识，郭路生也成了张郎郎的听众之一。但不久张郎郎就逃离北京，何其芳也在1968年5月7日下放河南"五七干校"。郭路生依然是何家的常客，他召集了一些人来，朗诵诗歌、讲故事。郭路生也成为故事主讲人，《简·爱》《安吉堡的磨工》《约翰·克利斯朵夫》……每当一个长篇讲完，大家才发现天已经黑了。

三

1968年5月1日，潜逃在杭州的张郎郎与一位姑娘订了婚，没想到6月14日就被逮捕。分手时，张郎郎说："别等我了,走好自己的路,你有幸福的未来,我就知足了。"

1968年下半年,毛泽东号召:"知识青年到农村去,接受贫下中农的再教育。"郭路生在北京的朋友接二连三地离开北京,去往全国各地,在这期间,他写出了许多离别诗。

1968年12月18日,郭路生收拾好行李,也要出发去往山西省汾阳县杏花村插队,户口也将随之落在山西。

在北京,下午四点零八分的火车被称为"知青专列",每天都有一班火车将北京知青送走,欢送的锣鼓声被哭声淹没,场面十分悲凉。戈小丽在《郭路生在杏花村》中回忆起当时的情景:

那时每天四点零八都有一班火车把北京知青送走。当时的电影故事片显示了这样的情景:在火车徐徐离站时,知识青年从车窗中探出上身,脸红得像打蜡的大苹果,人人手持红宝书,整齐地喊着:"毛主席万岁!"而实际情景是,车上车下哭成一团。有的学生被打成反革命,关在学校,连家也不能回,被工宣队直接押上火车。他们的父母抱着为他们准备好的行李,来见最后一面,哭成了泪人。有的父母是剃了阴阳头的黑帮或反革命,被单位造反派押来见孩子最后一面。有的人当时就哭晕了,被抬到站东大铁栅栏门前临时设立的急救台抢救。随着汽笛的拉响,哭声顿时变大,知青们冲向窗口,每个人都像郭路生诗中所描写的——哭喊着想抓住一只手,因为这是他们的"最后的北京"。

四点零八分到了,火车发出"咣"的一声后,郭路生心头一震,随后火车开始缓缓启动。在车上,同行的朋友说:"给你找个空点的车厢写诗去吧。"

在一节人比较少又有暖气的车厢里,郭路生写下了《这是四点零八分的北京》:

> 这是四点零八分的北京,
> 一片手的海洋翻动;
> 这是四点零八分的北京,
> 一声雄伟的汽笛长鸣。
>
> 北京车站高大的建筑,
> 突然一阵剧烈地抖动。
> 我双眼吃惊地望着窗外,
> 不知发生了什么事情。
>
> 我的心骤然一阵疼痛,一定是
> 妈妈缀扣子的针线穿透了心胸。
> 这时,我的心变成了一只风筝,
> 风筝的线绳就在妈妈手中。
>
> 线绳绷得太紧了,就要扯断了,
> 我不得不把头探出车厢的窗棂。
> 直到这时,直到这时候,

我才明白发生了什么事情。

——一阵阵告别的声浪,
就要卷走车站;
北京在我的脚下,
已经缓缓地移动。

我再次向北京挥动手臂,
想一把抓住她的衣领,
然后对她大声地叫喊:
永远记着我,妈妈啊,北京!

终于抓住了什么东西,
管他是谁的手,不能松,
因为这是我的北京,
这是我的最后的北京。

郭路生带着这首诗来到杏花村,开始了插队生活。

出身好、根正苗红的青年不是参军就是留城,真正聚集到杏花村的都是黑帮高干、臭老九高知、靠边站中层干部和平民百姓家的子女,这样共同的遭遇和相似的背景,让杏花村,尤其是远离运动尊重文化的村西堡暂时成为一个小小的世外桃源。

孩子们的情绪总是多变的，离开北京时的愁绪在到达目的地后逐渐散去，他们开始翻出自己带来的各种宝贝：外国名著、《外国名歌二百首》、唱片、电唱机、手摇留声机……每次下了工，大家就聚到一起读名著、唱苏联歌曲，逢村里有电时就用电唱机听唱片，没电的时候就用手摇留声机。

杏花村村西堡知青的另外一个业余活动，就是听郭路生念诗。

当时郭路生的名气已经慢慢传播开了。戈小丽回忆当时的情景时说：

但大家最感兴趣的事是听郭路生念诗。诗人朗诵诗歌的场地是我们那破旧的砖砌厨房；厨房左侧是一个大灶和用木架支起的长条案板，大灶上方的窗户早就没了窗纸，右侧是一口大水缸及一副扁担和两个水桶。朗诵会都是在晚饭后，郭路生总是在大灶旁，身着褪了色的布衣裤，背对窗外的黑夜，灶台上小油灯的微光映出诗人瘦长的身影。烧粥的大锅仍有余热，不断升腾出蒸汽。观众席在水缸和案板之间，座位是水桶、扁担和南瓜。郭路生通常选一些自己的旧诗来朗诵，有时也发表新作。我们最爱听并一遍又一遍要求郭路生朗诵的总是《这是四点零八分的北京》和《相信未来》……一次他朗诵《这是四点零八分的北京》……两个女生还没听完就跑出厨房，站在黑夜中放声大哭。凡是经历过1968年冬北京火车站四点零八分场面的人没有不为此诗掉泪的。

渐渐的,郭路生的名气开始传遍方圆百里,正如当年很著名的一些地下文学一样,他的《相信未来》也随之传遍了全国各地。附近的北京知青纷纷来拜会诗人,他们穿着破棉袄,腰间系着草绳。

紧接着,山西、内蒙古的知青,黑龙江和云南的建设兵团都在传抄他的诗歌,不断有人给他写来信件索诗、谈诗,还有崇拜他的女性写信求爱。郭路生在晚年回忆当时的一个传言:有人写信给中央并附上郭路生的诗歌,称他"写资产阶级的、消磨革命意志的诗",江青见后轻蔑地说:"不过一个小小的灰色诗人而已!"

郭路生自己都不相信这个传言,但传抄他的诗歌确实会冒一些风险。严力在《阳光与暴风雨的回忆》中回想自己第一次读到《相信未来》时的情景:

1969年夏天,百万庄的朋友给我看了一份手抄的诗稿,一张皱皱巴巴的纸,歪歪扭扭的字体,是郭路生的《相信未来》。这首诗让我感到很新奇,是我识字以来第一次看到中国人自己写出这样的文字,尽管无人能回答未来在哪儿。那朋友说不要把《相信未来》传给你不相信的人看,因为有可能被告发。我认认真真把这首诗抄了一遍,经历过抄家的惊吓,不知道该把它放在什么地方最安全。最后我把它背下来撕掉了。

1970年春天,处于文化饥渴之中的郭路生开始远游,他先后到了湖北、南京，为体验军旅生活、创作出军旅诗，他又于12月份，赶在入伍年龄的最后一年，在济宁应征入伍。

1973年1月，郭路生退伍后回家，被安排在北京市第二光学仪器厂做技校辅导员。郭路生认为，红旗渠是中国农民用人工创造的奇迹，令世界震撼，写红旗渠一直是他的梦想。为写出有关红旗渠的诗，1973年3月，他离职前往红旗渠。

郭路生在《我的生活创作大事记》中回忆当时的情景：

记得很清楚，我是穿着棉袄、绒衣、绒裤，背了一（军用）挎包馒头，带着部队发的搪瓷茶缸出发的。先坐火车到安阳，再打听着去红旗渠，沿着红旗渠走到拦河大坝，看到了漳河。一路饥了啃干馒头，渴了舀红旗渠的水喝，晚上住两毛钱一夜的大车店，在大车店才能喝到热开水。后来钱花完了，把身上的绒衣脱下卖了五元钱，买了张到邢台的火车票。我的一位本家大爷在邢台，去了他家，让他给我买了张回北京的火车票。

1973年，过完二十五岁生日的第三天，郭路生被送到北医三院精神科，诊断结果为精神分裂。

对于诗人的精神分裂，有各种说法。在林莽编写的《食指生平年表》中称：1972年这一年，郭路生由一个活跃的、积极向上的青年突然变得沉默寡言，年底大弟郭新生去部队看他，已发现其状态不对，每天精神抑郁，以烟为食。一说,"文革"极左思潮影响到部队,他内心的理想和现实发生了极大的冲突;二说,入党外调时他档案里有以前的黑资料;三说,是因为恋爱受挫。郭路生《食指诗集》英译本(俄克拉荷马大学出版社出版)序言《写给美国读者》中则称:从部队复员后,由于我对身边发生的事不理解,甚至可以说我根本不知道怎么回事,而我的言语和行动别人也不理解……"文革"结束后,由于我不理解也根本不接受老一代领导人摆下的这个棋盘,精神病院我就常进常出了。

1974年9月30日,郭路生康复出院,被安排进北京光电技术研究所。但出院不久,再次发病。林莽编写的《食指生平断代(1964–1979)》中记载:

为写焦裕禄而赴兰考,在郑州火车站,钱和郑州亲友的地址均被偷,按记忆寻找亲友家又迷失道路,身无分文,再次发病。夜宿过车站,饥饿待毙,乞食度日。父亲向各地亲友挂电话寻找,不知其下落。二十余天后,神智忽然清醒,记起新乡技校有一叔伯哥哥,便用腕上尚存的手表换了五元钱,用四元买了去新乡的车票,剩下的一元买了碗粥,一盒香烟,便去了新乡。不料又坐过了站,下车连夜步行几十里,清晨抵达新乡。堂兄见其蓬头垢面,骨瘦如柴,十分惊诧,陪同他回到北京。郭路生再一次入住北医三院。

直到1984年,郭路生都过着每天上半天班、不断进出精神病院的日子。

而郭路生的夫人翟寒乐在文章《坏的名声是永远挣不脱的枷锁》中称，郭路生去兰考那一年是1984年，而不是1974年，此事郭路生记在了台历上。当时郭路生到郑州，计划先找六姥姥家的姨妈，再商量下一步，结果在车站上厕所时，将帆布包托付给一个中年男子，出来时包和人都没了。郭路生试着找了两次姨妈，都没找到，但是仍然不想回北京，就把钟山牌手表卖了五元钱，除去吃喝，剩下的钱胡乱买了一张去汲县的火车票，在汲县又因为躺在水泥地上睡觉，右腿失去了知觉，只好拖着右腿沿公路往回走，到新乡找堂哥。住了一夜后，次日堂哥陪着回北京。没过几天，到1985年1月初，就被送进安定医院，开启了长期的住院生活，直到1989年。

四

1968年6月14日被捕之后，张郎郎于1969年被押回北京，三个月后，又被送到河北省饶阳县的大狱之中。1970年2月9日，再次被押回北京看守所，关进了死刑牢房。

进入牢房的当晚，死刑号里的人都感受到了死亡，但是每个人都想走好最后一步。那一晚，每个人都躺在炕箱上小声唱歌，歌声传到值班队长耳朵里，队长来检查，他们就装睡，人一走就继续唱。最后，张郎郎干脆用意大利文放声唱起来："哦，我的太阳，那就是你，那就是你！"队长班长都跑进来看，死囚们继续装睡，队长们就嘀咕："准是撒癔症。"离开之后再也没进来。不一会儿，大家伙就都悄悄爬下地，不让脚镣发出声响，站到门口，贴在观察孔的小窗户边小声聊天。这里面有从小习武的玩主，有越境失败的，有给苏共提供情报的，还有张郎郎这种"恶毒攻击中央首长"的，还有一个叫"金豆儿"的小佛爷（未成年扒手）。

张郎郎在《宁静的地平线》中回忆起当时令人动容的一幕：

聊着，聊着，有人说："真的，家里人这会儿不知道会怎么想呢？""就是，就是，要是他们知道我们最后，还开了晚会，还都乐呵呵的，那就好了。""我说，咱们这里头，谁还有可能活着出去？"

我们公认，只有那个小不点儿——他是个小佛爷，那不至于上刑场。他的名字我真的忘记了，我给他起了个外号叫金豆儿。

我不禁笑了起来，说："谁会想到，咱们这会儿还开晚会，还唱歌，还聊天。"

"是啊，这就叫：望乡桥上唱小曲——一群不知死的鬼儿啊！"

"你们心里都和明镜儿似的，还有什么放不下的？"那小佛爷问道,"万一我出去了,一定把话给你们带到。"

"我们就想让家里知道,最后的时刻,我们没疯、没傻、没哆嗦,我们平静、轻松地走完了人生的最后几步。你丫出去了,一定带话给我们家,告诉他们,我们最后都乐和(呵)着呢。"

"好吧,放心吧,各位大哥,到时候我一定把话带到。"

别看人家金豆儿一个小佛爷,照样仗义。

在接下来的日子里,他们每天都面临着两次批斗。一次,把张郎郎带到了他父亲工作的中央工艺美术学院批斗,居委会的主任和两名警察赶到他家里,要找他的母亲陈布文谈一谈,叫她想开些。警察说:"你孩子犯了大事了,又赶上点名儿了,你可得想开了。"

陈布文平静地说:"我小时听说过车尔尼雪夫斯基他们,因为写东西被判处死刑,那时候他们就是我心目中真正的英雄。没想到我儿子也成了这样的人,我没什么想不开的,我为他感到骄傲。"

主任连忙对警察说:"老太太疯了,快走,快走。"

1973年3月5日清早,许多卡车就开到了牢房院墙外,每个犯人发了两个窝头,一块咸菜,没有菜汤,也不给水——这是去刑场参加的最后一次审判大会。死囚们被一个个点名带出去,连小金豆儿也被带了出去,又在院里被"轰隆"一声撂倒,挣扎几声后安静下来。经过处理,他们已经失去了叫喊的功能。张郎郎最终也没有听到有人点他的名字，也再没见过这些死囚朋友。

后来张郎郎听说，有关方面已经两次决定枪毙他，最后周恩来写下"留下活口"才救了他。但是当张郎郎出狱时，周恩来已经去世，当时负责案件的人要么自杀，要么去了国外，究竟是谁救了他，可能再也不会知道了。

1974年，张郎郎又被押回河北饶阳。参加劳动改造之余，他依然和从前一样，唱歌、背诗、给大家讲故事，每一次他身边都会围着一圈的人。

其中有一个北京知青不服气张郎郎的号召力，一天在张郎郎讲完故事后，这位知青突然开始大声背诵一首诗：

> 当蜘蛛网无情地查封了我的炉台
> 当灰烬的余烟叹息着贫困的悲哀
> 我依然固执地铺平失望的灰烬
> 用美丽的雪花写下：相信未来
>
> 当我的紫葡萄化为深秋的露水
> 当我的鲜花依偎在别人的情怀
> 我依然固执地用凝霜的枯藤
> 在凄凉的大地上写下：相信未来
>
> 我要用手指那涌向天边的排浪
> 我要用手掌那托住太阳的大海

摇曳着曙光那枝温暖漂亮的笔杆
用孩子的笔体写下：相信未来

我之所以坚定地相信未来
是我相信未来人们的眼睛
她有拨开历史风尘的睫毛
她有看透岁月篇章的瞳孔

不管人们对于我们腐烂的皮肉
那些迷途的惆怅、失败的苦痛
是寄予感动的热泪、深切的同情
还是给以轻蔑的微笑、辛辣的嘲讽

我坚信人们对于我们的脊骨
那无数次的探索、迷途、失败和成功
一定会给予热情、客观、公正的评定
是的，我焦急地等待着他们的评定

朋友，坚定地相信未来吧
相信不屈不挠的努力
相信战胜死亡的年轻
相信未来、热爱生命

五

1970年春,在北京市六建当建筑工人的赵振开,从河北工地回北京休假,约了同学赵一凡、史康成去颐和园。他们租了一条船,一路说笑。史康成站在船头,挺胸昂首朗诵诗歌:

> 解开情感的缆绳
> 告别母亲的港口
> 要向人生索取
> 不向命运乞求
> 红旗就是船帆
> 太阳就是舵手
> 请把我的话儿
> 永远记在心头……

停顿了片刻,他继续背道:

> 当蜘蛛网无情地查封了我的炉台,
> 当灰烬的余烟叹息着贫困的悲哀,
> 我依然固执地铺平失望的灰烬,
> 用美丽的雪花写下:相信未来……

在几乎人人写旧体诗,陈词滥调的年代,郭路生的诗就这样在不经意间为赵振开打开了一扇窗户,让他从此开始写诗。

1973年,赵振开在诗歌《回答》[①]中喊道:"我不相信!"

> 卑鄙是卑鄙者的通行证,
> 高尚是高尚者的墓志铭。
> 看吧,在那镀金的天空中,
> 飘满了死者弯曲的倒影。
> 冰川纪过去了,
> 为什么到处都是冰凌?
> 好望角发现了,
> 为什么死海里千帆相竞?
> 我来到这个世界上,
> 只带着纸、绳索和身影,
> 为了在审判之前,
> 宣读那些被判决了的声音:
> 告诉你吧,世界,
> 我——不——相——信!

[①] 北岛的《回答》在初稿时,叫《告诉你吧,世界》,写作时间是1973年3月15日,多年后改为《回答》,一说是1976年,也有考证说是1979年之后,但是在《今天》上刊发之后,就固定成了现在的样子。

> 纵使你脚下有一千名挑战者,
> 那就把我算作第一千零一名。
> 我不相信天是蓝的,
> 我不相信雷的回声,
> 我不相信梦是假的,
> 我不相信死无报应。
> 如果海洋注定要决堤,
> 就让所有的苦水都注入我心中;
> 如果陆地注定要上升,
> 就让人类重新选择生存的峰顶。
> 新的转机和闪闪的星斗,
> 正在缀满没有遮拦的天空,
> 那是五千年的象形文字,
> 那是未来人们凝视的眼睛。

转眼到了1978年,那是一个风云变幻之年。4月5日,中共中央决定全部摘掉右派分子的帽子;5月11日,《光明日报》刊登评论文章《实践是检验真理的唯一标准》,一时上访人数以十万计……

1978年9月下旬的一个晚上,赵振开、姜世伟(芒克)到黄锐家吃饭,喝了一些酒之后,大家都觉得形势不错,赵振开提议办个刊物,姜世伟马上赞成,《今天》编辑部就这么成立了。

紧接着大家开会、编稿、筹集设备和纸张……当时国内油印机管控很严，都是由党委和工会控制，不可轻易借出，最后黄锐不知从哪儿背回来一个特别破的油印机。纸张也是问题，姜世伟是造纸厂工人，黄锐又在宣传科工作，还有人在工会，于是大家就开始偷纸，这么偷了一个月，终于凑够了第一期的颜色各异的纸张。

12月20日，北京城下了一场罕见的大雪，一群人聚集到一个两不管的城乡结合地段的小房子里。他们在那里整整干了三天两夜，直到22日晚上十点半，所有人三班倒，从早到晚连轴转，手都磨破了。累了就倒头睡一会儿，饿了就吃大锅饭、炸酱面。

刊物印出来，怎么贴出去又成了问题，于是他们又骑车到东四十条的一处当时为数不多的夜间食堂开了一个会。有人说"我现在考大学，不行"，有人说"我现在比较困难"，有人说"我现在要结婚"……最后只好派赵振开、姜世伟和陆焕兴去贴。临别时大家痛哭一场，不知此行是否会"壮士一去不复返"。

为不让警察抓住，赵振开提议把自行车车牌号涂改一下。第一天，贴到了刚刚建成不久的纪念堂、西单墙、文化部、人民文学出版社和一些文化部门，第二天又去了北大、人大、清华……

1978年底，赵振开、姜世伟等人带着印好的第一期《今天》找到了郭路生，请他投稿。

1979年,郭路生在第二期的《今天》发表了《相信未来》《命运》和《疯狗(诗·外二首)》,并正式使用"食指"这个笔名。

在夜间食堂开完会回家的路上,赵振开想起头一次听到郭路生的诗句,眼里充满了泪水。他突然觉得"迎向死亡的感觉真美,青春真美"。

·后记·

2019年是苇岸先生去世二十周年,2020年又是苇岸先生诞辰六十周年,一直想为我最喜爱的作家写一些东西,于是在2019年的七、八月闭关断网,潜心写作。结果出关之后才写出三万多字——由于材料准备不够充分,实在写不出让自己满意的东西。

食指是苇岸生前最挂念的朋友之一,苇岸去世前,会定期去北京第三福利院看望食指,并为他改善生活(尽管苇岸自己坚持吃素,生活也按照很低的标准)。我原定的书稿就是以食指开始的,但是写完开头就又写不下去了。

随后我翻阅李陀、北岛主编的《七十年代》时,食指的名字不断跳出来。在这个名字跳跃的过程中,我的思路突然明朗了,那天晚上我流着泪给一位编辑朋友发信息说:"我刚读完北岛回忆的七十年代,把食指和苇岸完美衔接了。上天对我太好了,把我需要的都给我了。"

于是我又用了两夜时间把稿子写完,后反复修改,增添细节,呈现出的就是这篇文章。

在这篇文章里,我借鉴引用了很多细节,它们来自《七十年代》《我的生活创作大事记》《"太阳纵队"传说及其他》《持灯的使者》《暴风雨的记忆》《沉沦的圣殿》,张郎郎的回忆文章和许多报纸杂志。文中的每一个细节(和绝大多数的形容词)都有来源,我只充当了一个编织故事的角色。

其实这篇文章最后还有一段话:"1980年,一场雪刚刚停,光线开始昏暗,文化部的墙上贴着的《今天》连续三天改变了马建国(苇岸本名)的上下班路线。他带了本子,把诗句抄写下来,仿佛一间久闭的房间猛然敞开一扇窗,清新的空气和炫目的光线扑面而来。"紧接着苇岸就该出场了。但是后面的内容实在太多,短时间内无法写完,只好将第一章稍做调整,作为一个单独的章节,用一篇没有苇岸的文章来表达对他的纪念。

捂住口鼻和脸蛋

李 恪

口罩和呼吸器：瘟疫、毒气、雾霾、黑色风暴。

1918年，西班牙流感席卷美国，《亚利桑那共和报》这样描述当时的凤凰城："一个戴着口罩的城市，一个和假面狂欢节一样怪诞滑稽的城市。"

一百年后，几乎是全球都戴上了口罩。不同的是，如今的口罩早已不是数层棉质纱布。

空气中有什么？

空气中有什么？如果运气好，只有阳光下的浮尘，黄猫掉落的细毛，同事小心排放的气体；如果运气不好，可能会有致人过敏的花粉，有害的气体、颗粒物，致病的细菌、病毒。总之，空气中并不缺少让我们不舒服的物质。

我们很晚才知道"空气"的成分,但很早就意识到一些飘在空中、看不见的物质可能损害健康。出于简单而实际的想法,人们很早就用各式各样的东西捂住口鼻。

口罩是最常见的呼吸防护用品,日常所说的"口罩"是一个笼统的词,大多数时候指用于遮脸、保暖、防尘的普通口罩(mask),有时指医用口罩(medical mask),有时则指随弃式呼吸器(disposable respirator)。

呼吸器是一种分支庞杂的产品,最常见的就是随弃式呼吸器(如N95口罩)和防护面罩(防毒面具)。

谁发明了口罩和呼吸器?这个问题取决于另一个问题——什么是口罩/呼吸器?

实际上即便付出很多努力,我们也很难判断哪个装置才算得上历史第一。和其他很多器物一样,口罩和呼吸器的发明不是一时一人的功劳。

现代口罩和呼吸器有着不同的起源,一个起源于外科手术室,一个起源于矿井;一个为防止患者创口被医生的飞沫感染,一个为防止矿工吸入有害气体和粉尘。随着时间的推移,口罩和呼吸器的用途一直在扩展,并在二十世纪六十年代末、七十年代初有了交集。

首先,让我们来看看以前的人们用过哪些东西来捂住口鼻和脸蛋。

原始的呼吸防护

派提达那

如果口罩仅仅指遮蔽口鼻的柔软东西,我们很难明确它的起源——拿东西遮住口鼻,这几乎是一件接近本能的事情。

古代文献中最早出现也最常出现的口罩,可能是琐罗亚斯德教的"派提达那"(Paitidana)。琐罗亚斯德教(Zoroastrianism)是一个比伊斯兰教和基督教更古老的宗教,曾为古波斯国教,在中国也叫袄教、拜火教。为通俗起见,下文也用拜火教这个称呼。

拜火教认为人排出的东西都是不干净的,即便是呼吸也会带来污染,因此祭司举行仪式时必须戴"派提达那",以免气息触及圣火。"派提达那"形似口罩,样式通常是"两条白布,从鼻边下垂,至少至嘴下两寸,用两条带系于头后"。

拜火教祭司佩戴"派提达那"的最早记录,来自古希腊地理和历史学家斯特拉波(Strabo),他的生活年代是公元元年前后:"他们有火庙,其四周显然有围墙;中间有祭坛,坛上有大量的火烬。麻葛们(即琐罗亚斯德教祭司)保持着火永燃不灭。他们每天都到里边祈祷约一个小时……在火前,他们披戴头巾,头巾垂至面颊,遮住嘴唇。"

随着拜火教势力的扩大,"派提达那"从波斯、中亚,一路传到古中国,在北朝和隋朝的文物中,有不少拜火教徒戴口罩举行仪式的记录。

拜火教的印记常常出现在我们意想不到的地方,如尼采的《查拉图斯特拉如是说》,便是假借拜火教创始人琐罗亚斯德(Zarathustra,也作Zoroaster)之口创作的。

广为人知的日本汽车品牌马自达,其英文名Mazda来自拜火教的最高神阿胡拉·玛兹达(Ahura Mazda),同时也和其创始人松田重次郎的英文名(Jujiro Matsuda)相近。马自达曾经的标志也有拜火教的标志性图像"法拉瓦哈"(Faravahar)的痕迹。

祆教标志性图像"法拉瓦哈"。图片来源:Wikipedia

曾经贵为古波斯国教,遍及中亚的拜火教,如今只剩下不到十九万教众。世界各地的拜火教教徒,现在举行仪式时仍然佩戴口罩。

面衣和屏息

古代中国用来遮脸的器物,有时笼统称为"面衣",最早出现在周代,大部分用于遮脸和御寒。西北风沙大,当地少数民族用一种叫"冪䍢"的面衣防御风沙,大约魏晋南北朝时,这种面衣传入中原。

面衣的形式和称呼很多,它们或遮住整个面部,或露出口眼鼻,或只露出双目。和口罩相比,面衣更像是面罩和头罩。不少人认为,中国最早关于口罩的记录来自十三世纪末真实性可疑的《马可·波罗游记》:"在大汗身旁伺候和预备食品的侍者,都必须用美丽的面纱或绸巾将鼻子和嘴遮住。这主要是为了防止他们呼出的气息触及大汗的食物。"

明代文献中也出现了类似的口罩。明代探花顾起元写过一本堪称南京百科全书的书《客座赘语》,里面记录了一种叫"屏息"的器物:"太常供奉祭品如羹醢之类,其捧献人口鼻,用物作长袋系于颈后,俗名'抵须',非也,志名曰'屏息'。太庙以黄罗,它祀以红纻绢为之。"

有学者认为,明代的"屏息"就源自马可·波罗提到的元朝侍者的口罩,而侍者口罩可能是蒙古人在西征过程中从波斯或中亚人那里学来的。从考古资料来看,古代波斯和中亚的显贵,其侍者经常戴着类似口罩的器物。

瘟疫医生

疾病往往伴随着难闻的气味，自然而然，医生将恶臭、浊气和瘟疫联系到一起。从中世纪开始，从事防疫工作的医生开始有意识地使用呼吸防护用品。

英语中有pandemic（大流行）一词，指蔓延多个国家、影响大量人口的流行病，通常时间长、反复发生。老鼠和跳蚤为人类贡献了三次大流行，最早的一次开始于公元540年左右，横扫查士丁尼（Justinian）的东罗马帝国，也被称为查士丁尼鼠疫，最近一次开始于二十世纪九十年代的亚洲。

第二次鼠疫大流行发生于1347年到1351年。当时的欧洲，人们像苍蝇一样死去，而这只是随后几百年持续出现的瘟疫的开始。恐惧的人们将这次鼠疫称为大瘟疫、大死难、大灾难，到十九世纪，它有了一个更恰当的称呼：黑死病（black death）。

每一次鼠疫，死亡都是家常便饭。我们无法知道黑死病时期确切的死亡率和死亡数字，比较常见的说法是欧洲三分之一的人死去，人数大约有两千五百万。在查士丁尼鼠疫时期，面对无数死亡和垂死的人，拜占庭历史学家普罗科匹厄斯（Procopius）悲叹道："人们因为居住的地方不同，每日的生活规律不同，或天赋异禀或兢兢业业，或者其他种种而千差万别，只有在这场疾病面前变得人人平等。"

处理鼠疫的医生叫"瘟疫医生",早期医生的防护手段少得可怜,有的医生穿一件遮盖全身的长袍,鼻子上盖一块吸满醋、丁香粉、肉桂粉的海绵。1373年,一位名为雅可比的医生无奈地表示:"因为穷,我不得不一家家去给人看病,接触是免不了的。所以我在手里放了块面包或海绵,或是浸过醋的布用来盖住口鼻以避免患病,尽管朋友们都不相信我能幸免。"

直到十七世纪,瘟疫医生的防护手段才有一些改进。据传当时路易十三的宫廷医生查尔斯·德·洛姆(Charles de Lorme)为处理鼠疫的医生设计了一套防护服,最引人注目的就是它的面罩——一个鸟喙状的诡异面具,长约半英尺(约十五厘米),里面填充香料和草药。

据一些文献描述,这套衣服用打过蜡的皮革制成,鞋子用山羊皮,眼睛位置安有目镜。这些医生通常手持一根检查病患的木棍,在一幅讽刺作品中,木棍顶部加上了带翅膀的沙漏,代表tempus fugit(注:拉丁文,意为光阴似箭)。

并不是每个人都穿这样的衣服,有的防疫服没有鸟嘴面具,比如1819年马赛检疫站的医生,身着上蜡的亚麻衣,穿厚木底鞋,手持一根点燃熏香的棍子。

这些诡异的面罩防护效果如何,实在很难说,但它的视觉效果无疑是出色的,往往人没病倒,先被医生吓个半死。

不管是"神医",还是庸医,医生们都对鼠疫束手

十七世纪讽刺瘟疫医生的图像。
图片来源：Wikipedia

十九世纪瘟疫医生的图像。
图片来源：Wellcome Collection

无策。实际上很多医生要么是新手，要么是半路转行的骗子，佛罗伦萨医生公会曾抱怨："甚至从前是铁匠或从事其他劳动的人也开始行医了。"

瘟疫医生的打扮，如今已是瘟疫的标志性图像，几乎成为一个文化符号，不仅是威尼斯狂欢节的特色，还出现在众多游戏和影视作品中。因此，当你在漫展上看到一个"瘟疫医生"向你走来时，不要惊慌，面罩后面可能只是一位和蔼可亲的死宅。

早期呼吸器

正如之前所说,呼吸器起源于矿山,一开始就和矿业、工业、军事关系密切。公元一世纪,古罗马哲学家普林尼(Pliny the Elder)所著的百科全书《博物志》(*Natural History*)中,记录了用动物膀胱表皮过滤朱砂粉尘的装置。

十六世纪,达·芬奇在笔记中提出用有毒粉末攻击敌舰的想法,并建议用湿布捂住己方口鼻,防止吸入粉末,后来又描述了一种简易的防护口罩。

1556年,德国矿物学家阿格里科拉(Agricola)在他的著作《矿物学》(*De Re Metallica*)中讨论了矿工疾病和预防措施,他建议加强矿井通风,并描述了一种在矿井中使用的类似于呼吸器的装置。

"一战"前的呼吸器

一般认为现代呼吸器出现于十八世纪后期,最初用于保护消防员和矿工,第一次世界大战期间用来保护士兵。这些装置大部分由橡胶或金属制成,有的通过软管从外部供气,有的用填充棉花、木炭、羊毛、化学物质的过滤器净化空气。

十八世纪八十年代初,法国科学家罗齐尔(Rozier)发明了一种在深井或污水坑中使用的呼吸器,它通过地面上的软管提供新鲜空气。这种设备后来被称为"供气式呼吸防护用品"（supplied air respiratory），简称SAR。

这一发明得到法国皇家医学会的称赞，但没有得到普遍应用。罗齐尔既是最早的飞行爱好者之一，也是最早的飞行遇难者之一。1785年，他和同伴计划乘坐热气球穿越英吉利海峡，一场意外导致热气球坠毁，他死在了自己设计的热气球上。

十八世纪九十年代，年轻的科学家洪堡（Humboldt）在母亲的要求下去普鲁士当矿业官员。虽然这份工作做得不情不愿，但他特别关心矿山工人的安全。1795年或1796年，洪堡设计出更安全的矿灯和用于矿井救援的呼吸器。

这种呼吸器由一个面罩和一个储存空气的容器组成，两个部件用软管相连。这是最早的自给式/携气式呼吸器（self-contained breathing apparatus）之一，简称SCBA。

为了实验这种装置，洪堡多次下到矿井，有次差点死在里面。不久之后他的母亲去世，他终于摆脱束缚，立即辞职开始四处探索——或者说是疯狂冒险。几十年之后，洪堡成为当时世界上最知名的科学家之一。

1814年，布里斯·法登（Brisé Faden）设计了可能是最早的过滤式呼吸器，它的结构很简单，在装满棉花的盒子上装一根呼吸管。1823年，英国的迪恩兄弟发明了一种名为防烟头盔（smoke helmet）的装置。它采用密封的铜制头罩，用导气管和气泵输送空气。

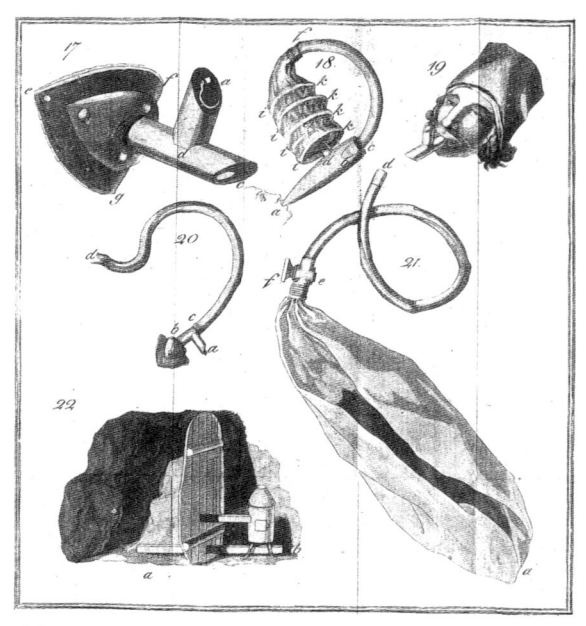

洪堡设计的矿井呼吸器。图片来源:"The Prussian Mining Official Alexander von Humboldt"

这款呼吸器本来定位于消防灭火,但销量太差,就被改装成潜水头盔。1836年,约翰·迪恩(John Deane)戴着这个潜水头盔,进入了沉没差不多三百年的军舰"玛丽玫瑰号"(Mary Rose)。

1849年6月12日,美国人哈斯莱特(Haslett)获得第一项过滤式呼吸器的美国专利,当时被称为"肺保护器"(lung protector)。这种呼吸器配备了单向阀,以羊毛

迪恩兄弟发明的呼吸器。
图片来源：The Diving Museum

织物或类似的多孔材料过滤灰尘。第二年，美国的本杰明·莱恩（Benjamin Lane）获得了配备压缩空气装置的呼吸器专利。

1853年，德国人施旺（Schwann）在比利时的列日大学当生理学教授，研究呼吸生理问题。以研究为基础，他设计了一种便携的化学氧呼吸器，它有一个可背负的气瓶，利用内置的过氧化钡生成氧气，还有一个装置用于去除呼出空气中的二氧化碳。

也就是说，这个装置实现了空气循环使用，这种呼吸器也被称为循环式呼吸器。施旺后来明确提出细胞为动物结构的基本单位，创立了现代组织学。

施旺设计的化学氧呼吸器。
图片来源：The rebreathersite

十九世纪五十年代，苏格兰化学家约翰·斯滕豪斯（John Stenhouse）一直研究木炭和活性炭吸附作用。1854年，他设计了一种圆顶形呼吸器，采用铜制框架，前后是两个金属丝网，中间填充木炭颗粒，边缘衬有天鹅绒。斯滕豪斯没有申请专利，而是将技术公开。伦敦的一些化工厂看到机会，为工人配备了类似的呼吸器。

1871年，爱尔兰物理学家和登山爱好者廷得耳（Tyndall）设计了一种消防员呼吸器（fireman's respirator），在1874年的英国皇家学会上进行展示。这种呼吸器配有过滤器，内置三层棉，每层之间有石灰、木炭和浸泡甘油的羊毛。

1874年，英国人塞缪尔·巴顿（Samuel Barton）为自己的呼吸器申请了专利，它包含金属和橡胶制成的面罩、玻璃目镜、单向阀等现代呼吸器常见的部件。过滤器是前端的金属罐，里面分层放置含甘油的脱脂棉、木炭颗粒、石灰颗粒。

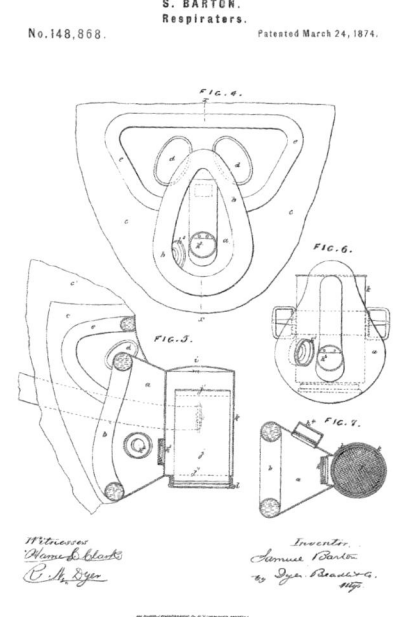

塞缪尔·巴顿的呼吸器专利。图片来源：Google Patents

尼尔利防烟面罩。图片来源:"100 Years of Respiratory Protection History"

1877年,英国人乔治·尼尔利(George Neally)发明了尼尔利防烟面罩,它包括面罩和挂在脖子上的水袋,用浸水的海绵过滤烟雾,需定期挤压水袋为海绵供水。

十九世纪七十年代,英国一家潜水设备公司Siebe Gorman决定进入陆上呼吸器领域。1878年,该公司的工程师亨利·弗洛斯(Henry Fleuss)开发了一款携气式呼吸器,它采用橡胶材质的全面罩,通过压缩氧气瓶和导气管供应空气。这款呼吸器在1880年之后英国的一系列矿难救援行动中派上了很大用场。

1891年,德国柏林的伯恩哈德·勒布(Bernhard Loeb)研发了一款呼吸器。这款呼吸器的特别之处是过滤器和头罩分离，通过软管相连。它的过滤器是一个金属罐，挂在腰间，里面填充液体、木炭颗粒等过滤材料。1892年，美国消防员梅里曼（Merriman）设计了一种供气式呼吸器，它用一根象鼻状的软管连接面罩和输气管道。

亨利·弗洛斯开发的呼吸器。图片来源："An Illustrated History of Gas Masks"

勒布发明的呼吸器。图片来源：Pixels

就在十九世纪快结束的时候,美国的瓦金·巴德（Vajen Bader）公司推出了一款消防员用的携气式呼吸器（patent smoke protector），它通过头罩后面的压缩气瓶提供空气。

瓦金·巴德公司的呼吸器。图片来源："That Foulsome Air May Do No Harm"

瓦金·巴德公司是二十世纪初知名的消防呼吸器制造商，产品卖到了全世界。有人推测《星球大战》中达斯·维德和机器人C-3PO的头盔外形受到了早期呼吸器的启发，而达斯·维德（Darth Vader）的名字可能来自Vajen Bader。

十九世纪后期，出现了不少杯状的呼吸器专利，比如赫森·赫德（Hutson R. Hurd）在1879年设计的产品和亚历山大·亨德森（Alexander Henderson）在1897年设计的呼吸器。

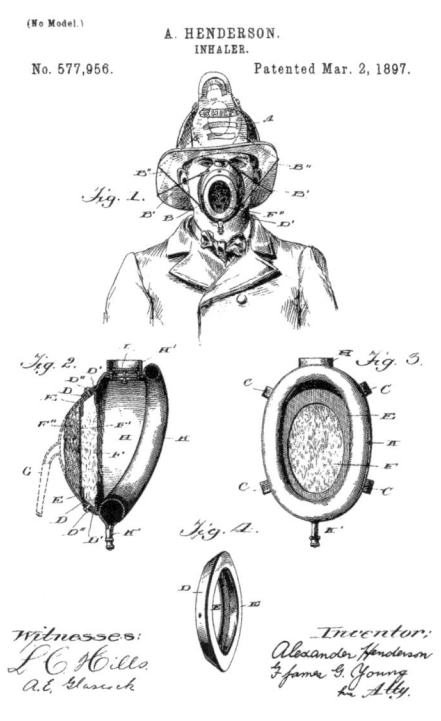

亚历山大·亨德森设计的呼吸器。图片来源：Google Patents

1902年，美国明尼苏达州的路易斯·蒙兹（Louis Muntz）发明了一种头罩呼吸器。如果你不介意其造型，那它倒不失为一款精巧的装置。它的长方形过滤器从前端伸出，里面填充木炭和充水的海绵，正面配有吸气阀，侧面配有呼气阀。

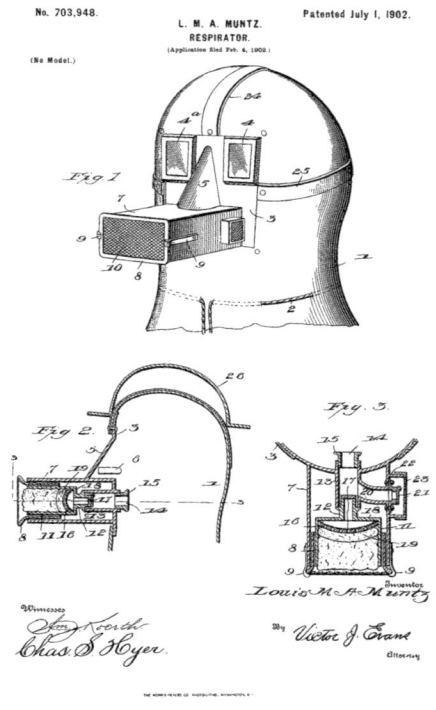

路易斯·蒙兹发明的呼吸器。图片来源：Google Patents

1904年，德国公司德尔格（Dräger）推出了用于矿井的1904/09款呼吸器。这款产品广泛应用于矿难救援，以至于Draegerman（德尔格人）一词成为地下救援人员的代名词。

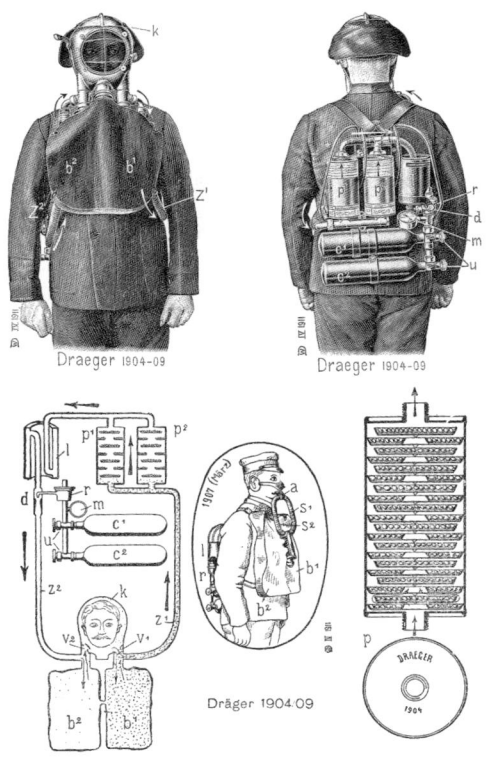

德尔格公司的 1904/09 呼吸器。图片来源：Google Arts & Culture

"德尔格人"曾出现在1938年的超人漫画中。图片来源：Dräeger FB

"一战"和"二战"期间，德尔格公司生产了大量防毒和氧气呼吸器。直到今天，他们仍然是呼吸防护用品的主要制造商，涉足医疗、安全、防护多个领域。

1912年，美国发明家加勒特·摩根（Garrett Morgan）申请了一项呼吸设备或安全头罩专利，该设备的主要部件是封闭的头罩和两根导气管，空气从外部输入。

摩根努力向消防部门推销自己的产品，为在种族歧视严重的美国南方推销产品，他甚至聘请了一个白人演员冒充发明者，自己则扮演助手。

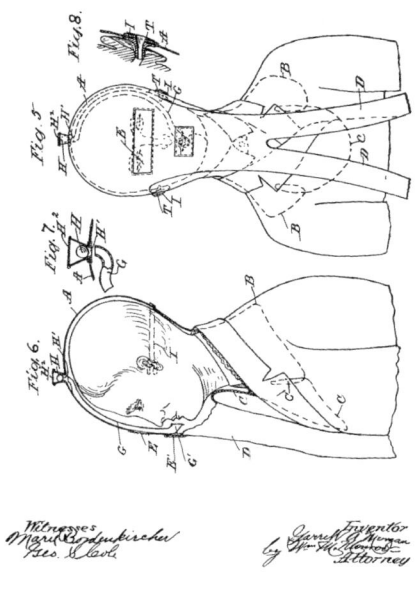

加勒特·摩根申请的呼吸设备专利。图片来源：Google Patents

1916年克里夫兰市的地下隧道爆炸，工人被困在隧道里，摩根亲自带队，使用自己的呼吸器救出几名工人。让人意想不到的是，很多人因为这件事知道了他的黑人身份，纷纷取消订单。

不过，这并未影响摩根后来的事业，凭借多个领域的发明，他成为一位成功的企业家。除了是三位式交通信号灯和几种直发产品的发明者之外，据说他还是克利夫兰市第一个拥有汽车的非裔美国人。

"一战"防毒面具

第一次世界大战有很多项第一，对当时的士兵来说，有一项"第一"尤为不幸——人类第一次疯狂使用毒气。

1915年4月22日，德国在比利时伊普尔释放了六千瓶液态氯，几个月之后，英国以五千五百个氯气瓶回应。从毒气瓶到毒气弹，交战双方接二连三将氯气、光气、芥子气投入战场。一个叫弗雷德·欧文的士兵写道："毒气！毒气！快，兄弟们！一阵疯狂乱找，终于及时戴上笨重的毒气帽；但有人在呼喊中跌倒，仿佛陷入大火中的呼喊，落入石灰浆中的挣扎。透过毒气帽的模糊的绿色厚镜片，我看到他在绿色的海洋里就要被淹死，就像在梦中，我绝望地看到，他向我冲来，摇晃着，哽咽着，窒息着。"

为保护士兵免受化学战剂的侵害，人们想出了各种各样的防护方法，gas mask（防毒面具）一词，正是"一战"时期（1915年）出现的。

毒气刚出现在战场上，士兵就有了应对的方法。德国在毒气战上先发制人，给士兵配发了纱布和棉花制成的简陋防毒面具，初次遭遇氯气的协约国士兵只能用泡过尿的手帕、袜子、毛巾捂住口鼻。

为防御杀伤力更强的毒气，人们开发出防护效果更好的防毒面具；为对付更好的新式防毒面具，人们又开发出更强的新型毒气——在这一串近似"矛"和"盾"的较量中，防毒面具快速更新换代。

早期的防毒面具只是浸泡过化学溶液的口罩，如英国的黑色面纱呼吸器（black veil respirator）。不久之后出现了带目镜的面罩和头罩，同样是以化学溶液中和毒气，如英国的Hypo helmet、PH helmet，法国的M2。

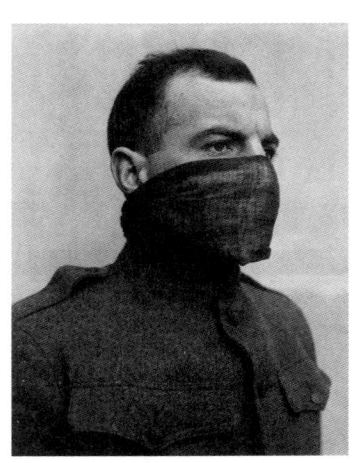

英国的黑色面纱防毒面具。
图片来源：Wikipedia

英国的 Hypo helmet 防毒面具。图片来源：Wikipedia

英国的 PH helmet 防毒面具。图片来源：Wikipedia

当时毒气更新换代的速度比现在的手机还快，早期的防毒面具越来越不能提供足够的保护，各国相继研发新型防毒面具。

这些新型防毒面具配有可更换的过滤器（滤毒罐），有的过滤器直接装在面罩下方，有的通过软管与面罩相连，过滤器内填充活性炭或可以中和毒气的化学物质。

1915年，德军开始使用GM15防毒面具，面罩用涂橡胶的帆布制成，带目镜，配备旋入式过滤器。很眼熟是吧？它们就是现代常见的防毒面具的前身。几年之后，德军又研发了GM17。

1916年，英军配发大盒呼吸器（large box respirator），装置顾名思义，需要随身携带一个盒子状的过滤器，里面有

佩戴GM15防毒面具的士兵。图片来源：Wikimedia

颗粒状的活性炭、碱石灰、高锰酸钾，用一根橡皮管连接面罩。几个月后，英军研发了大盒子的改进型，名字同样简单易懂：小盒呼吸器（small box respirator）。

大盒呼吸器。图片来源：Wikimedia

小盒呼吸器。图片来源：Wikimedia

1917年，法国开始使用新型防毒面具ARS，样式仿照德国防毒面具，配备三层结构的滤毒罐，带呼吸阀，并加入防止目镜起雾的独特设计。面罩有两层，外层橡胶，内层是浸渍亚麻籽油的织物。法军对这个装置很自豪，视之为"一战"中最好的防毒面具。

长时间佩戴防毒面罩是一件痛苦的事，而且防护能力越强，意味着呼吸越困难，湿热的空气堆积在面罩中，不

法军ARS防毒面具。图片来源："Yellow Cross: Measures to protect against Mustard Gas"

仅让人难受，过滤器变湿后过滤能力还会下降。为解决这一问题，新式防毒面具大多加入了吸气阀和呼气阀。

"一战"时马匹用于运送弹药，军犬用于传递信息、探测危险物，但毒气攻击显然"人畜不分"，于是动物也戴上了防毒面具。

防毒面具最初用于防御毒气，战争结束后，它们使用的技术进入工业生产领域，后来防毒面具经常作为过滤式呼吸器（air-purifying respirator）中滤除有害气体一类的代称。

马用防毒面具。图片来源：National Museum of the US Navy

犬用防毒面具。图片来源：National Museum of the US Navy

就在战争快结束的时候，德国巴伐利亚预备步兵团遭到英军的毒气攻击（可能是芥子气），大概是因为没戴防毒面具，一名德军下士双眼受伤。他当时几乎什么都看不见，据他自己描述，双眼就像"发光的煤球"。在医院休养期间，战争结束了，下士决定从事政治工作。他当时二十九岁，名叫阿道夫·希特勒。

"一战"后的呼吸器

二十世纪最初的十年,美国每年因矿难死亡的人数超过两千人。为提高矿山安全,国会在1910年成立了美国矿业局(USBM)。

在"一战"期间,美国战争部曾要求美国矿业局制定防毒面具标准。1919年,美国矿业局发布了第一个呼吸器标准,第二年,梅思安(MSA)公司生产了吉布斯(Gibbs)呼吸器。

梅思安公司创立于1914年,生产矿业设备起家,曾与爱迪生联手发明无焰矿灯,至今仍在生产安全防护产品。吉布斯呼吸器属于自给式,配备随身携带的压缩氧气瓶,最早使用它的是工业、消防和卫生部门。

1930年,使用浸渍树脂的过滤器问世。这种呼吸器不仅更便宜,还具有良好的过滤性能和较低的呼吸阻力。虽然有了更好的呼吸器,但在当时的世界,没多少人关心工人的死活。

1930年代初期,西弗吉尼亚州的鹰巢隧道开工,大量工人在几乎全是纯石英的山岩里钻孔爆破。由于通风不良,隧道中充满二氧化硅粉尘。缺乏个人防护的工人长时间暴露在大量粉尘中,很多人工作一段时间后患上了硅肺病(又称矽肺病)。据统计,在隧道工作的三千个工人中,有大约七百到一千人死亡。

吉布斯呼吸器。图片来源:"100 Years of Respiratory Protection History"

这一事件被称为美国工业史上最严重的灾难,经媒体曝光后引发全国关注,硅肺病问题几乎成为一场国家危机,国会召开听证会,劳工部召集工人、矿业公司、技术专家探讨解决方案。

在这一悲剧的促使下,美国矿业局发布了针对颗粒物的过滤式呼吸器标准。不过,直到二十世纪五十年代,呼吸器主要还是矿山和军队工人在用。

早期外科口罩

现代口罩的起点

我们可以将外科口罩(surgical mask)视为现代口罩的起点,实际上很长一段时间里,外科口罩是唯一的医用口罩,因此欧美常将mask(口罩)、surgical mask(外科口罩)、medical mask(医用口罩)几个词混用。

外科口罩的使用基于一个划破黑暗的学说——病菌学。十七世纪七十年代,荷兰人列文虎克发现了细菌,十九世纪中后期,巴斯德、科赫等人以科学方法证明细菌和疾病之间的关系,建立了病菌学说。

时间到了1897年,德国医生卡尔·弗卢奇(Carl Flügge)提出,外科医生讲话时从口鼻排出的飞沫存在细菌,会感染患者手术创口。同年波兰裔德国医生米库利奇(Mikulicz)提出,医生在手术期间应该佩戴口罩,并描述了一种一层纱布的口罩。

米库利奇被认为是外科口罩的发明者,与之竞争这一名号的还有法国医生保罗·伯格(Paul Berger),他声称自己在1896年就开始戴口罩做手术。

到1898年,德国的韦布纳(Huebner)提出,增加纱布层数可以提高过滤效率,建议采用增加到两层纱布的外科口罩。他认为口罩与鼻子应该保持一定距离,因为口罩太接近鼻子,会因吸收水分而降低过滤效率。

时间进入二十世纪,部分医生已经接受飞沫传播病菌的观点,开始倡导在手术室使用纱布口罩。但一些医生根本不信这个说法,另一些医生觉得只要闭嘴不说话就没问题。

在医生们争论要不要戴口罩时,让我们把目光移向东方。1910年,中国东北爆发了鼠疫。

中国东北鼠疫

1910年,中国东北,一种疾病在从事皮毛交易的猎人和商人中传播。后来人们才知道,这种神秘的疾病起源于蒙古旱獭。九月初出现了咳血的患者,但官方没有在意,随后几个月,传染病沿着铁路传播到东北各地,哈尔滨成为疫区中心。

就在一场大瘟疫即将出现时,一个马来西亚华人收到外务部右丞施肇基的一封电报,他先到北京,随后直奔哈尔滨。这个人是剑桥大学医学博士伍连德,当时三十岁。

伍连德二十多岁时曾在欧洲从事细菌学研究,当时外科口罩和飞沫携带病菌的理论方兴未艾。他到哈尔滨几天后就提出多项防疫措施,并指出:"该传染病几乎完全由人到人传播。目前老鼠感染的问题可以排除,因此当前扑灭瘟疫的所有努力,应集中在流动人群和居民中。"

当时的治疗手段,无论是知名的哈夫金疫苗,还是抗鼠疫血清,都没有明显的效果。在推行一系列防疫措施后,鼠疫才得到控制,这些措施包括隔离检疫、交通管制、集体火葬（中国首次）、严格消毒、招募防疫人员等等，其中一项重要措施就是戴口罩。

北洋医学堂首席医师梅尼不相信伍连德的说法，不戴口罩就去检查病人，没多久染病身亡。传染病暴发之初，平民百姓大都不以为然，梅尼病死之事被广泛报道之后，恐慌遍及各处。纱布口罩很快推广开来，志愿者在家赶制出大量口罩，结果是药棉、手术纱布等医疗用品大幅涨价，经营药品的商人大发横财。

在当时的傅家甸，至少有十多种口罩在使用。为让口罩更规范，伍连德设计了一种用纱布和消毒药棉制作的简易口罩，后来被称为"伍氏口罩"。这种口罩的形制为："用成卷的三英尺外科手术用的、宽度适中的洁白纱布制作。两边各剪两刀，分成各长一英尺的三条缚带，保留中间部分不再剪切，折叠面积为6×4英寸大小，裹住消毒药棉。"

在当时被日本控制的南满洲地区，主要使用一种叫"奉天口罩"的口罩，它由纱布和约一点五厘米厚的脱脂棉垫组成。一位在华南地区有丰富鼠疫经验的法国医生布罗凯（Broquet）也设计了一种口罩，由头套、口罩和护目镜组成。现在看来，与其说是口罩，不如说是防护头罩。

当时街上几乎人人戴上了口罩，不过不是每个人都清楚它的意义，据伍连德回忆："有的人把口罩松弛地挂于耳上；有的人套于颈上，犹如护身符，而真正应刻意保护的鼻孔和口腔却依旧暴露在外。"

中国东北疫区戴上口罩的防疫人员。图片来源:"Plague Masks: The Visual Emergence of Anti-Epidemic Personal Protection Equipment"

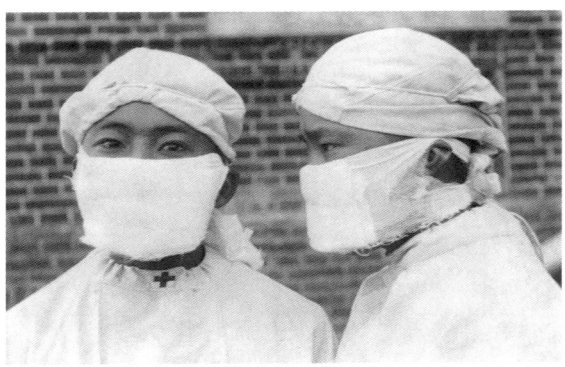

伍氏口罩。图片来源:"Plague Masks: The Visual Emergence of Anti-Epidemic Personal Protection Equipment"

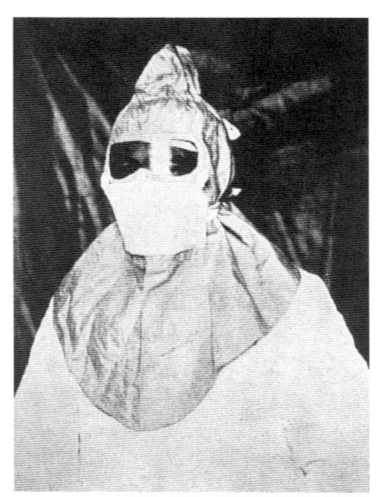

1911年,布罗凯制作的防鼠疫口罩。
图片来源:National Library of Medicine

    大部分中医坚持不戴口罩,成为工作人员中死亡率最高的群体。中医对这次鼠疫最大的贡献可能来自两位中医大夫,他们未采用任何特别防护,接触大量病患,却始终没被传染。在1911年的万国鼠疫研究会议上,两人被视为天然免疫者,各国专家反复测试他们的血清。后来两人受到官方褒奖,成为研究者的人体实验志愿者。

    这场鼠疫患者死亡率接近百分之百,在不到半年的时间里导致六万余人死亡。

西班牙大流感

中国鼠疫的照片出现在1911年世界各地的报纸上,防疫人员戴口罩的照片引发了广泛关注,但在当时的欧美,纱布口罩依然是手术室的专用品。在美国,梅尔策(Meltzer)医生1915年才开始提倡,患者和医护人员都应该戴上细网纱布口罩。

1918年,一场流感让一切改变。

这场灾难在1918年1月末2月初出现,3月爆发,共出现三波,一直持续到1919年底,感染了全世界三分之一(五亿)的人,至少将五千万人送进坟墓,杀死的人超过第一次世界大战(约一千七百万)。

流感很可能起源于堪萨斯州哈斯克尔县,随着参加"一战"的美国士兵传到欧洲,之后席卷整个世界,正如《大流感》所述:"病魔所经之处,随风飘荡着哀悼死者的悲恸哭声。"

这次大流行也叫西班牙流感,但它和西班牙没有多大关系,只是因为"一战"时西班牙是中立国,没有封锁会"有损士气"的新闻——在法国,医生甚至用代码maladie onze(疾病11)表示该病。当时的西班牙出现了大量关于流感的报道,在国王染上流感之后,相关新闻更是充斥报纸版面。

在流感爆发之前,芝加哥的维沃(Weaver)医生已经开始推行一项措施:让医护人员在照顾患者时也佩戴口罩。他发现佩戴双层厚纱布后,照顾白喉患者的医护人员染病率大大下降。

此后维沃为口罩的使用提出过很多建议，他建议口罩消毒之前不要重复使用，口罩变湿后要更换，以及不要用手碰口罩。不久之后，陆军医院的官员卡普斯（Joe Capps）看到了维沃医生的论文，随即推行护理人员和病患都佩戴口罩的措施，同样取得了成效。

维沃和卡普斯的发现获得大量关注，各路研究人员纷纷开始研究哪种口罩对预防传染病更有效，杜斯特（Doust）和雷恩（Lyon）两位医生还发布了一篇不同纱布口罩的测试报告。

同一年，美国医生丹侬堡（Dannenburg）设计了一种新式口罩，它的主体是一张贴合面部的镀锌金属丝网，用回形针固定两层纱布，两条带子绑在头后部。

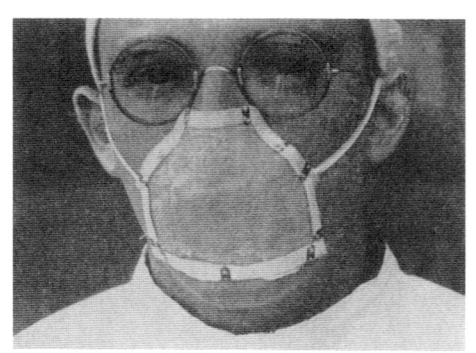

丹侬堡在1918年设计的口罩。图片来源："A Simple Face Mask for Use by Contagious Disease Attendants"

到了1919年，维沃医生发现，纱布口罩的过滤效率和纱布的紧密程度和厚度成正比，并开发了一种由三层脱脂纱布制成的口罩，密度为每平方英寸八十四根纱线。

流感最初在军队爆发，卡普斯当时还在陆军医院当负责人，基于之前的研究，他提出给所有患者戴上口罩。这项措施得到官方支持，很快推广到民间。旧金山市长和红十字会在报纸上发布了整版声明："佩戴口罩，性命能保！"并声称这样"对流感病毒有99%的抵抗力"。

红十字会在10月26日之前发放了十万只口罩，旧金山甚至出台规定强制人们佩戴口罩。于是行人戴上了口罩，警察戴上了口罩，清洁工人也戴上了口罩。

这些口罩大部分由半码（约四十六厘米）的纱布制成，像三角巾一样折叠起来。然而，当时的卫生官员发现口罩似乎并没有减少流感的传播，正如《大流感》中所说："那个时期，没有一种药品、一种疫苗能够真正预防流感。数百万人佩戴着口罩，但起不到作用，并不能预防流感。唯一的办法是避免与病毒接触。"

有一件事至今依然是问题，戴口罩怎么抽烟？1919年，《大众科学》（*Popular Science*）杂志给了一个解决方法：自制带吸烟口的口罩。为了遵循法规，这种口罩没有排烟口，你只能选择吞下烟雾。

平民和官方都被疫情吓坏了，最夸张的规定来自亚利桑那州的普雷斯科特市，它规定握手是违法的。最夸张的记录

美国大流感期间,西雅图的售票员禁止未戴口罩的人上车。
图片来源:National Archives

纽约的清洁工戴着口罩工作。图片来源：National Archives

来自南非的查尔斯·刘易斯（Charles Lewis）：他刚登上公交车，售票员就瘫倒死了，在回家五公里的途中，车上死了六个人，其中包括司机。他就只好下车，步行回家。

也许是西班牙流感让口罩大出风头，二十年代后期，纱布口罩逐渐在医院中普及。

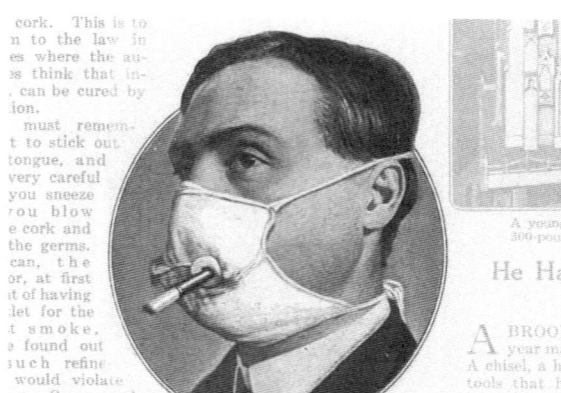

《大众科学》杂志刊登的可吸烟流感口罩（flu mask）。
图片来源：*Popular Science*

当时日本超过三分之一的人染病，图为戴着纱布口罩的日本女学生。
图片来源：*The Atlantic*

三十年代的改进

三十年代,纱布口罩有了一些新变化。1930年,沃克(Walker)设计了一种"防菌"口罩,在两层纱布之间放置一块橡胶,以增强防飞沫的能力。不过这种口罩最具价值的改进是在口罩上方加入一小片铝,可以弯曲贴合鼻子。

沃克设计的口罩草图。图片来源:"The Evolution of the Surgical Mask: Filtering Efficiency versus Effectiveness"

1930年,美国的梅林格(Mellinger)医生设计了一种口罩,金属框架,悬挂蜡纸。1933年,布拉特(Blatt)和戴尔(Dale)研究了一种玻璃纸纱布口罩,两层结构,防水不透气,可以将呼出的空气导向两边和后方,这种口罩也被称为"偏转式"(Deflection-type)。

1936年,美国妇科医生沃尔特斯(Walters)设计了一

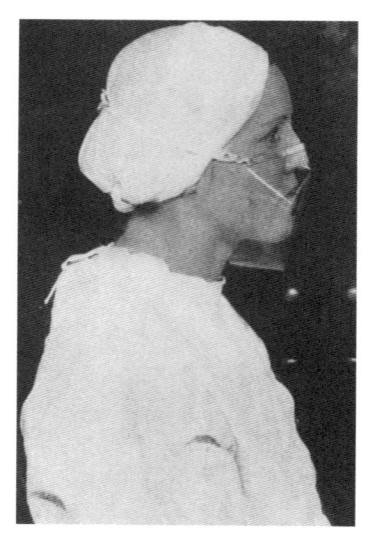

沃尔特斯设计的偏转式口罩。
图片来源："Adequate Surgical Masking: Problem and Solution"

种类似焊工用具的口罩，也属于偏转式，防水透明，用一种叫Plastacele的纤维素衍生物制成。由棉质扎带固定，下端可以接住汗滴，鼻子处有柔软铝带。

1938年，哈佛医学院的儿科医生麦肯（McKhann）等人测试了一种在纱布层之间放置压缩棉花层的口罩，因具备单独过滤部件，这种口罩被称为过滤式（filtration-type）。同一年，阿诺德（Arnold）医生测试了几种口罩的过滤材料，结论是纤维棉的过滤效果最好。

到了四五十年代，可能是因为抗生素成为预防手术感

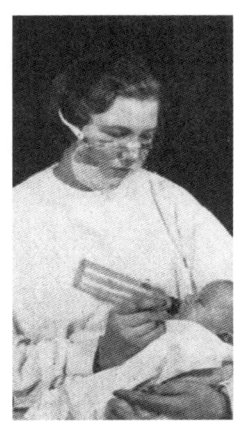 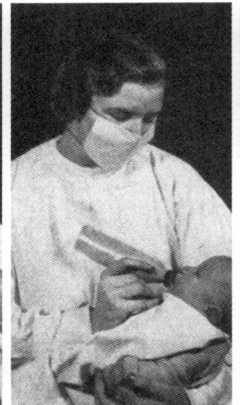 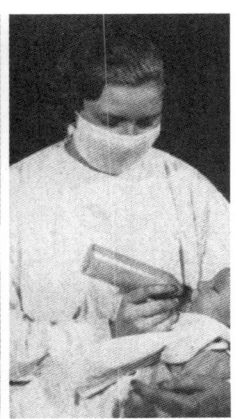

麦肯测试的塑料口罩、纸口罩、新式纱布口罩。
图片来源:"Hospital Infections: A Survey of the Problem"

染的主角,可能是因为没有适合口罩的新技术出现,外科口罩一直没有大的改进。直到五十年代后期,外科口罩才重新进入研发者的视野。

风沙和烟雾

黑色暴风雪

1934年,美国南达科他州,如果你身处现场,看到一排山脉般的黑云缓缓向自己推进,很难不相信这是世界末日。

二十世纪三十年代,干旱和过度开垦让美国中部和南

1934年美国南达科他州的黑色风暴。图片来源：Wikipedia

部干松的土壤随风汇集成沙尘暴。南起德克萨斯，穿越中部大草原，北至加拿大中部，在接近十年的时间里反复遭受风沙侵袭。

"如果您想伤心，那就出门吧。这是沙尘暴的国家，这是我见过最悲伤的土地。"这是一个叫厄尼·派尔（Ernie Pyle）的记者在1936年说的。

1934年5月10日，爆发了一场让人印象深刻的沙尘暴，两英里高的沙尘暴向东移动了两千英里，几日后，三点四亿吨尘土到达东海岸，尘土弥漫在华盛顿的林荫大道上，落在自由女神、国会大厦和总统办公桌上，"落在哭泣和咳嗽的纽约人眼睛和喉咙中"。

1935年4月14日,三十年代最著名的一场沙尘暴袭击了美国,风沙从白天刮到晚上一直持续到第二天,德克萨斯州许多人以为世界末日到了,媒体给了它一个广为人知的名字:"黑色星期天"。漫天风沙中,伍迪·格思里(Woody Guthrie)写下了他的代表作"So Long, It's Been Good to Know Yuh"。

皮肤、头发、家具、食物,任何物体表面都布满了尘土,人们几乎无法呼吸。一批又一批红十字会制作的防尘口罩被送到平民手里,没有口罩的人只能在鼻孔里涂凡士林,将手帕绑在脸上。

面对铺天盖地的风沙,口罩并不是总能奏效,人们翻出任何能保护自己的东西戴上,一时之间护目镜、士兵的防毒面具、矿工的呼吸器成为抢手货,大平原看起来就像"一战"时的战场。

当时专门出现了几个词来描述沙尘暴肆虐的状况:black blizzards(黑色暴风雪)、black rollers(黑色滚轮)用于描述铺天盖地的风沙,dust bowl(尘碗)成为沙尘暴侵袭的地区的别称,后又用于称呼这一事件。直到1939年底,尘碗才恢复正常降水,三十年代因而成为"肮脏的三十年代"(dirty thirties)。

伦敦大烟雾

同一个地球,不同的烦恼,让美国人烦恼的是风沙,

红十字会的工作人员加紧制作口罩。图片来源:LearningMedia

1935年,戴着防毒面具或呼吸器的堪萨斯州居民。
图片来源:Kansas Memory

让英国人烦恼的是烟雾。

就算没到过伦敦,在莫奈的画作、狄更斯的小说、福尔摩斯的案件、艾略特的诗歌、马克·吐温的抱怨中,我们都能见识伦敦的"豌豆汤"(pea soupers)——黄绿色的浓雾。

十六世纪时,伦敦的居民就经常抱怨城市的烟雾,进入工业时代,伦敦的烟雾问题只增不减。至少在十九世纪,受不了英国烟雾的人就已经戴上了口罩。马克思在1882年写给恩格斯的信中曾说:"现在我也戴上了'笼口',换个说法就是口罩,这使我在做必要的散步时少受一点天气变化的影响。"

当时一些人并不认为烟雾是污染,烟雾甚至是十九世纪文艺作品中的重要角色。法国画家莫奈声称:"我热爱伦敦胜过热爱英国的乡村,而我最爱的则是伦敦的雾。没有了雾,伦敦就不会是一座美丽的城市。"狄更斯则在《荒凉山庄》中将伦敦的雾霾称为"一种恶毒而滑动着的存在,一种力量"。

1952年,再没有人同意烟雾是个好东西。当年的12月5日到9日,伦敦的烟雾几乎让城市陷入停顿。行人看不见自己的脚,观众看不清舞台,警察举着火把指挥交通。短短五天,伦敦超过四千人死亡——有的人因为看不清河面,跌入泰晤士河中淹死。

1953年,雾霾再次笼罩伦敦,成千上万的医生建议普

1952年,戴着口罩的伦敦警察。图片来源:"Great Smog of London"

1953年,伦敦大街上戴着口罩的行人。图片来源:*The Guardian*

通人将六便士的纱布折叠成六层口罩绑在口鼻上，NHS（国民医疗服务）也开始发放防烟雾口罩。根据《伦敦雾：一部演变史》的记载，NHS的口罩有两种："一是有半硬的框架，可以整个扣在脸上的；二是更柔软的，由带子固定，类似外科医生戴的口罩。半硬的面罩更昂贵，需三先令六便士（相当于今天的四点四英镑），而便宜的款式也要保健制度付出一先令十一便士（约二点四英镑）。两种面罩都内置可替换的内芯，由薄纱布和棉织物组成，可以过滤污染颗粒。"

一时之间防雾霾口罩（smog mask）成为热门产品，之后的几年，各种各样奇怪的设计出现在市面上。最具科幻感的是一款来自法国的装置，它看起来就像宇航员的头

"宇航员"防烟雾头盔。图片来源：YouTube

盔，侧边装有一个过滤装置。

虽然越来越多的伦敦人戴上了口罩，但很多人还是只知道外科口罩。当时有个船员戴着口罩走在街上，一些人嘲笑他："手术进展如何，医生？"很快此人就不好意思地取下了口罩。

严重的空气污染直到1955年也未有明显改善，在下议员纳巴罗（Gerald Nabarro）的努力下，《空气清洁法案》（*Clean Air Act*）终于在1956年通过。

新时代的新材料

无纺布口罩

无论是出于直觉还是凭借实验，人们早已发现口罩的纱布层数越多、网眼越细，过滤能力就越强，但层数太多、网眼太细，只会让佩戴者感到窒息。五十年代后期，一种新的材料为口罩带来巨大改进——无纺布。

无纺布也叫非织造布，是不需要纺织织布而成的织物，以前的织物都是编织而成，而无纺布通过粘着、缠结、热熔等方法制成。

宽泛来看，古代的"毡"也算一种无纺布，现代无纺布则诞生于十九世纪末。"非织造布"（nonwoven fabrics）这个词出现于1942年的美国，五十年代末无纺布开

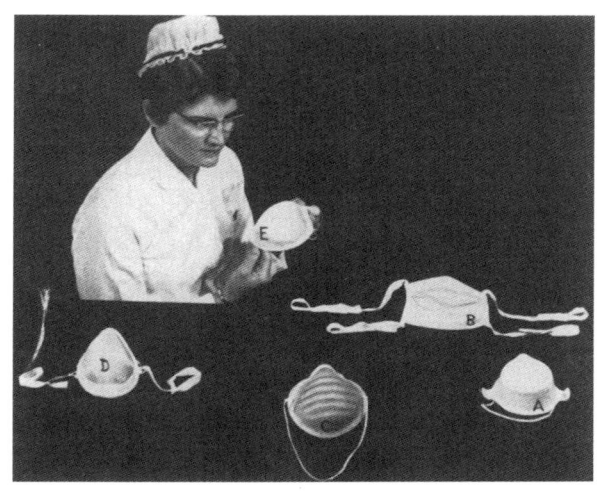

1963年，盖顿（Guyton）和戴克（Decker）测试了几种无纺布口罩，材质分别为聚乙烯和玻璃纤维（A）、玻璃纤维（B）、合成纤维（C）、玻璃纤维（D）、合成纤维（E）。图片来源："Respiratory Protection Provided by Five New Contagion Masks"

始商业化生产，以各种纤维制成的无纺布口罩在这一时期陆续出现。

无纺布几乎可以用任何纤维制成，早期是天然纤维，后来是化学纤维。1967年，一种以玻璃纤维毡制成的一次性口罩大受欢迎，同年曼德森（Madsen）医生测试了多种材质的口罩，得出结论：所有新材料一次性口罩均优于五层纱布口罩，而在新口罩中，聚丙烯纤维（PP）的过滤效率最高。

六十年代中期，以聚丙烯纤维制成的无纺布出现，使用这种材质的口罩逐渐成为主流。在六十年代末、七十年代初，外科口罩和呼吸器有了交集。

随弃式呼吸器

口罩和呼吸器，在很长时间里是截然不同的两种东西，前者主要用在医疗场合，后者主要用在建筑、消防、工业领域，一个小巧、柔软、简单、轻便、便宜，一个较大、较硬、复杂、笨重、昂贵——至少和口罩相比是这样。

五十年代无纺布技术日新月异，外科口罩发展迅速，一些聪明人开始思考：为什么不用外科口罩对付工业环境的粉尘？于是，生产外科口罩的医疗公司开始考虑进入工业市场。

先让我们回到1938年，当时3M的技术人员艾尔·伯塞斯（Al Boses）正在为自己不能调去技术部门而烦恼。他听说公司需要研发电工胶布的基底材料，要求是便宜、不腐、非编织，便自告奋勇接下任务，找来一台机器，将一束醋酸纤维压平并黏合在一起，踏上了研发无纺布的第一步。随后十年，伯塞斯一直在研究无纺布，但始终没有得到实际应用，管理人员曾有两次建议中止研究。

1948年，伯塞斯终于推出了第一款无纺布产品——礼品装饰带。这款产品大获成功。在随后到来的五十年代，3M加大对无纺布产品的研发，最终创造出从口罩、窗帘、思高胶带、清洁地垫、绝缘胶布、过滤器到汽车隔音材料、电脑软盘衬垫等等巨大的产品线。

有一天，开发人员帕特·凯里（Pat Carey）走过一家商店时，看到陈列的万圣节面具，灵光一闪，立即跑回实验室，将原型弯曲拿给同事，说："试试蒙着呼吸。"

1961年，3M推出了外科口罩Aseptex和防尘口罩3M 8500 Comfort Mask。

这两款口罩都是模压成型，采用杯状造型，和之前的平板式口罩大为不同。8500自推出之后就广受欢迎，一直卖到2003年。有意思的是，研发口罩之前，3M本来打算用它做胸罩，甚至为此申请了专利。

你可能已经发现，我们之前介绍的呼吸器，无论是金属、皮革、塑料还是橡胶材质，都是可重复使用的。什么是随弃式呢？随弃（disposable）是指一般不能清洗后再使用，任何部件失效即应废弃，有时可视为一次性（single-use）。

六十年代初，一系列采用外科口罩设计的随弃式防尘口罩（dust mask）出现在市场上，但是它们还不算随弃式呼吸器。

1970年，美国《职业安全与健康法》颁布，依据此法，职业安全与健康管理局（OSHA）和美国国家职业安全与卫生研究所（NIOSH）成立。1972年，随弃式呼吸器的标准公布，随后3M推出第一款获得NIOSH认证的随弃式呼吸器：3M 8710。

1974年，其他公司也推出了随弃式呼吸器。Willson公司推出了1400，A.O.公司推出了R1050，Safeline公司推

呼吸防护用品分类

Air-purifying respirators (APR) 过滤式呼吸器			Atmosphere-Supplying Respirators (隔绝式呼吸器)	
Particulate respirators 防颗粒物呼吸器			Gas masks 防毒面具	Air-Supplying Respirators (ASR/SAR) 供气式呼吸器	Self-contained breathing apparatus (SCBA) 携气式呼吸器
Disposable respirators 随弃式呼吸器 别称： - Disposable particulate respirators（随弃式防颗粒物呼吸器） - Filtering facepiece respirators（FFR/过滤式面罩呼吸器） - Particulate filtering facepiece respirators（防颗粒物过滤式面罩呼吸器）	Reusable respirators 可更换式呼吸器 别称： - Elastomeric respirators(弹性呼吸器) - Elastomeric facepiece respirators(弹性面罩呼吸器)	Powered air-purifying respirators (PAPR) 送风过滤式呼吸器			

美国常见的呼吸防护用品分类。本文作者参考 OSHA、NIOSH 制表

呼吸防护用品分类

过滤式 Air-purifying respiratory				隔绝式 Atmosphere-supplying respiratory			
自吸过滤式 Self-inhalation air-purifying respiratory		送风过滤式 Powered air-purifying respiratory		供气式 Supplied air respiratory		携气式 Self-contained breathing apparatus	
半面罩 Half facepiece	全面罩 Full facepiece			正压式 Positive-presure respiratory	负压式 Negative-pressure respiratory	正压式 Positive-presure respiratory	负压式 Negative-pressure respiratory

中国呼吸防护用品分类。本文作者参考"GBT 18664-2002 呼吸防护用品的选择、使用与维护"制表

出了5350。

防尘口罩和随弃式呼吸器有什么区别呢？实际上它们相似的地方多过差异，通常而言，符合NIOSH标准的才被称为随弃式呼吸器，如3M 8500没有NIOSH认证，就被视为防尘口罩；而3M 8710通过了认证，就被叫作随弃式呼吸器。

在中英文中，随弃式呼吸器的名称常让人感到迷惑。即便是在NIOSH的资料中，随弃式呼吸器也有好几个别称，经常出现的名称是过滤式面罩呼吸器（filtering facepiece respirators）。

在中国的标准分类中，随弃式呼吸器是自吸过滤式防颗粒物呼吸器（self-inhalation air-purifying respiratory）的一种，属于半面罩，常被称为颗粒物防护口罩。

不管怎么变换称呼，制造商的主要目标一直是寻找呼吸阻力更低、过滤效率更高的材料。七十年代，一种新的无纺布进入研发者视野。

熔喷和驻极

美国海军研究实验室为收集大气中的放射性颗粒，在1950年代开发了一种高效的过滤材料，使用的是一种被称为"熔喷"（melt-blown）的技术。

这项技术在很长时间里都没得到实际应用，直到六十年代中期，埃克森公司（Exxon）基于这项技术进行研究，在几年后成功生产熔喷无纺布。

七十年代初,埃克森公司将专利技术授权给其他公司,之后又有几家公司自行研发了自己的熔喷无纺布技术,其中就有美国的3M公司。

口罩和空气净化器的滤网基本上都是无纺布材质,放大来看,就是杂乱交织的纤维,这种结构既可以截留污染物,也能允许气流通过。

过滤,听起来好像只是利用内部的细小缝隙来拦截大颗的污染物。其实不然,无纺布纤维捕捉污染物的主要机制有四种(注:有的资料还会加入重力机制):惯性撞击(inertial impaction)、拦截(interception)、扩散(diffusion)、静电吸引(electrostatic attraction)。

惯性撞击和拦截主要负责捕捉较大的颗粒,扩散主要负责捕捉较小的颗粒,而静电可以提升捕捉颗粒的能力。大量测试结果可以证明,带静电的无纺布过滤效率更高,呼吸阻力更小。

熔喷无纺布在保留静电方面相当出色,为了使之带静电,通常进行"驻极处理",此后研发者一直在想办法增强无纺布的静电和有效时间。

让佩戴者把湿热空气呼出的呼气阀,很长时间里只有橡胶材质的呼吸器才有,还需定期清洁维护。1970年代后期,随弃式呼吸器开始配备呼气阀。

1994年,美国NIOSH发布呼吸器法规"42 CFR 84",

纳入了新的颗粒物过滤测试，广为人知的N95口罩就是这一法规的产物。新法规出来之后，3M开发了一系列防颗粒物过滤式呼吸器。

如今的随弃式呼吸器通常由三到五层无纺布组成，中间多为带静电的聚丙烯熔喷无纺布，依据用途不同，有的还有阻燃外层、除异味层。

为让呼吸更舒适，出现了更容易打开的呼气阀，比如90年代3M推出的Cool Flow（冷流）呼气阀，起初用于8511随弃式呼吸器，后来这项技术扩展到可重复使用的呼吸器。

外科口罩监管也逐渐规范，1988年，美国食品药品监

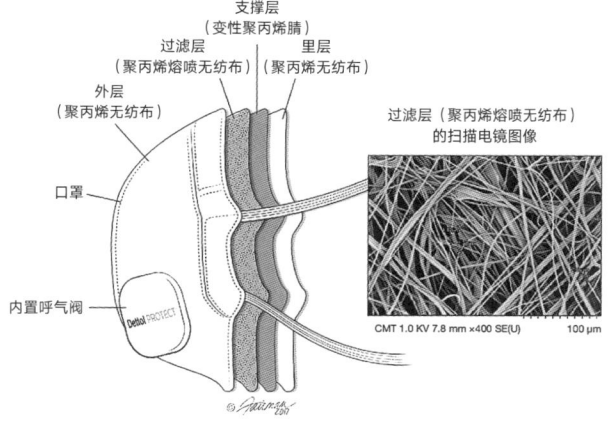

滴露（Dettol）智慧型口罩（N95随弃式呼吸器）的多层结构，配备了电动通风器（内置呼气阀）。图片来源："Assessment of a Respiratory Face Mask for Capturing Air Pollutants and Pathogens Including Human Influenza and Rhinoviruses"

245

督管理局（FDA）开始监管外科口罩；1991年，OSHA规定外科口罩必须能够阻隔液体，以免医生接触病人喷溅的血液和体液；2004年，FDA开始批准外科N95呼吸器（surgical N95 respirator）。

现在的医用外科口罩由多层无纺布组成，外层通常是防水的无纺布，防止飞沫、血液透过，中间层多为过滤性能佳的聚丙烯熔喷无纺布，通常还经过静电驻极处理，内层为吸湿的无纺布，以吸收呼出的水汽。

九十年代，结核病在全球卷土重来，1994年，美国疾病预防控制中心（CDC）建议，在医疗场所使用呼吸器预防结核病，密合性和过滤性能比外科口罩更佳的呼吸器进入医疗领域。

2003年SARS爆发。当时香港卫生署建议市民佩戴外

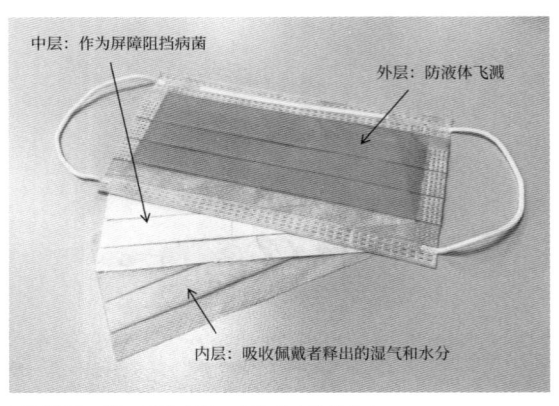

三层外科口罩。图片来源：香港卫生防护中心

科口罩，美国CDC则建议医护人员使用N95呼吸器预防SARS。当时中国内地"几乎没有医疗专用防护品标准，也没有对医用防护品质量进行检测的专用仪器"，卫生部发布的《传染性非典型肺炎防治技术方案》对医护人员的要求是佩戴十二层以上棉纱口罩，在《公众预防传染性非典型肺炎指导原则》中则建议，在人群密度高或不通风的场所内戴十二至十六层口罩。后来，北京医疗器械质量监督检验中心对口罩进行测试，发现十六层纱布口罩过滤效率为24%，二十四层的是36.8%，而N95口罩的过滤效率是98.49%。

从2008年开始，FDA开始批准突发卫生事件中供公众使用的N95型呼吸器。几十年来，研发者一直在改进口罩性能和舒适度，包括柔软的鼻垫、更好的鼻夹、对油雾防护更好的纤维，还将碳颗粒加入无纺布以增强吸附气态污染物的能力。

不过，最硬核的口罩应该是埃琳娜（Elena Bodnar）博士发明的RAD紧急胸罩：它的两个罩杯可以拆成两个口罩，胸罩主体还配备了辐射传感器。埃琳娜在乌克兰时参与过切尔诺贝利事故受害者的治疗工作，到美国后研发了这个产品。这款口罩获得了2009年的搞笑诺贝尔奖。在颁奖现场，埃琳娜掏出身上的胸罩/口罩，套在几位真正的诺奖获奖者头上。她在获奖感言中说："女士们先生们，女人有两个乳房，而不仅仅是一个，这真是太好了，我们不仅可以救自己，还可以再选一个人救。"

结语

口罩和呼吸器,两种起源,一种目的——保护人们免受空气中有害物质的侵害,但每次危机来临之时,我们身边都有比瘟疫、风沙、雾霾、毒气更危险的东西。

约翰·M.巴里在《大流感:最致命瘟疫的史诗》中记录了几个事件。西班牙大流感时,负责密西西比州东北部的美国公共卫生部官员帕森斯让地方报纸说:"德国佬要残杀无辜的平民……他们通过病原体散布疾病和死亡,并已经这么做了……更准确地说,传染病就是他们在法国、英国和美国的战场后方使用的武器。"

在威斯康星州,《杰斐逊县联合报》在大流感早期就已经揭露了疾病的真相:"但军队士气维护机构的司令官裁定这篇报道'令士气低落'并将它转给执行官,请他们'采取任何他们认为合适的行动',包括对其提出刑事诉讼。"

这些谎言和训诫最后生效了吗?正如约翰·M.巴里所说:"恐惧就是敌人——是的,恐惧!然而,官员们越是想利用半真半假和彻头彻尾的谎言来控制它,它就越快速地扩散开来。"

一次又一次教训告诉我们,人类永远记不住教训。

主要参考资料:

NIOSH. 100 Years of Respiratory Protection History. July 31, 2019

William P. Herris. How Regulation and Innovation Have Shaped Respiratory Protection. Jan 01, 2009

The Invention of the Gas Mask

Nathan L. Belkin. The Evolution of the Surgical Mask: Filtering Efficiency versus Effectiveness. 1997

Philip Brown, Christopher L. Cox. Fibrous Filter Media. 2017

Institute of Medicine, etc. Reusability of Facemasks During an Influenza Pandemic: Facing the Flu. 2006

Irwin M. Hutten. Handbook of Nonwoven Filter Media. 2007

3M Company. A Century of Innovation: The 3M Story. 2002

Timeline of 3M History

Christian J. Mussap. The Plague Doctor of Venice. May 13, 2019

Christos Lynteris. Plague Masks: The Visual Emergence of Anti-Epidemic Personal Protection Equipment. Nov 14, 2018

NIOSH. Respirator Trusted-Source Information.

NIOSH. NIOSH Guide to the Selection and Use of Particulate Respirators. 1996

OSHA. Respiratory Protection

[美]约翰·M.巴里著.钟扬等译.《大流感:最致命瘟疫的史诗》.上海世纪出版集团,2013

伍连德著.程光胜等译.王丽凤校.《鼠疫斗士——伍连德自述(上)》.湖南教育出版社,2011

[英]克里斯蒂娜·科顿著.张春晓译.《伦敦雾:一部演变史》.

中信出版集团，2017

张小贵著."派提达那"非"屏息"辨.《欧亚学刊》第五辑.中华书局，2005

［美］唐纳德·沃斯特著.侯文蕙译.《尘暴：1930年代美国南部大平原》.生活·读书·新知三联书店，2003

刘萌著.杀人魔术——"一战"后期毒气战的装备和战术.《战争事典044》.台海出版社，2018

王延熹主编.《非织造布生产技术》，中国纺织大学出版社，1998

［美］阿瑟·普莱斯等著.祝成炎等译.《织物学》.中国纺织出版社，2003

高春明著.《中国服饰名物考》.上海文化出版社，2001

［美］洛伊斯·N.玛格纳著.刘学礼主译.《医学史》.上海人民出版社，2017

［英］玛丽·道布森著.苏静静译.《医学图文史：改变人类历史的7000年》.金城出版社，2016

约瑟夫·P.伯恩著.王晨译.《黑死病》.上海社会科学院出版社，2013

朱迪斯·M.本内特等著.杨宁等译.《欧洲中世纪史》.上海社会科学院出版社，2007

香港卫生防护中心.《正确使用口罩》. https://www.chp.gov.hk/sc/healthtopics/content/460/19731.html

月上东山

秦玉兰

纪念巫宁坤先生。

"利奇马"台风从太平洋中心席卷而来,携带着巨大的风暴,在台州登陆之后,迅速北上,2019年8月10日抵达上海。正值周六,下午狂风暴雨,临窗看着窗外树木摇晃得如巨蟒般扭曲,庆幸自己身在安稳的屋里。

当晚得到消息,下午三时许,在美国东部弗吉尼亚州老年公寓的巫宁坤先生,离开了这个世界。

夜半时分,我走到书架边,翻出他回忆录的中文版和英文版,还有巫先生限量印制的一本小书,轻轻地抚摸着扉页上的题签,默默地流了两行泪。

书里还夹了一些别的东西,诸如巫先生的地址、我填写的回忆录选题报告单等。

令人吃惊的是,过了一天,热搜榜上"翻译家巫宁坤逝世"仅仅排在"利奇马降雨分布"和"明日之子节目道歉"之后,搜索数量1156万,登上了前三名。一个翻译家何以有这样大的流量?显然,仅用翻译家来形容巫宁坤是不精准的。我完全没有料到他的知名度已如此高涨。

为了灵魂的相遇

澎湃新闻写道:"2005年,是巫宁坤最后一次回国。他遍访旧友,还在上海博物馆前留影,这也是他命运多舛的一生中,对故土的最后一次回眸。"

巫先生和夫人最后一次回国,是在2005年10月,正值上海金秋。我是他们在上海行程的全陪。在见面之前,我作为其译著《手术刀就是武器——白求恩传》的责任编辑,已通过邮件和他联络快一年了。

巫宁坤先生:

您好!"寻找巫宁坤",是我本周的主题活动。印象中,在《英语学习》杂志上读过您的文章,于是电话打到了《英语学习》俱乐部。此外,我还问了上海的老翻译家吴钧陶先生,他说可以打电话到中国社科院外文所试一试,并告诉我一个重要的线索——巫先生可能在国外。外交学院、北外等等,均打电话查过一遍。最后,要感谢伟大的Google,是这个无所不能的工具,让我找到了您。这个世界真是神奇。

先自我介绍一下。我是上海文艺出版社的编辑，秦玉兰，1978年生，四川人，一直在国内接受教育，英文本科，中文硕士，毕业于复旦大学。因为喜欢穆旦，我一直十分关注西南联大，写过关于燕卜荪的论文，并于近期用力争取出版《未央歌》。通过这些介绍，您或可对我有所了解。而上海文艺出版社，您或许比我更了解。

满世界地寻找您，却是因为您多年前翻译的一本书——《手术刀就是武器》。文艺出版社的老社长江曾培先生近日再读此书，感动得落泪，遂推荐给现任社长郏宗培先生，郏先生立即决定重新出版，并交代我来联系译者和原作者。我也看了这本书，认为这本书在今日中国的出版价值不仅是怀念一个伟大的人，而且，他多年前对于医疗制度的设想，尤其对贫苦者如何得到医疗救助等的思考，依然有强大的现实意义！这一点尤其重要。我想，巫先生翻译此书多次，几番与白求恩先生精神交流，一定也拥有非同一般的人文关怀，济世为怀的胸襟。

非常诚挚地希望您同意给上海文艺出版社出版您的这部翻译作品。相对国外的物质水平，我们按照国内《出版文字作品报酬规定》（国家版权局 1999年4月）提供的翻译稿酬可能是微薄的，但是，请接受我们的诚意。我社重视质量的传统，会在内容的精校之外保证形式的美感。

如果您同意，我随即寄上图书出版合同，具体事宜再做商榷，愿此书早日再和读者见面。让良好的精神食粮影响更多的人，让好的翻译作品重新进入人们的视野，善莫大焉。

静候佳音！

顺祝

冬安！

上海文艺出版社
秦玉兰
2004/12/3

回信很快就发来了，他答应将《白求恩传》的翻译版权授予我们出版社，我也很快进入到图书的编辑之中。后来我才知道，巫先生虽然八十多岁了，却保持着高度的自律，每日回复邮件。除了感谢Google，还要感谢雅虎邮箱，可惜这两者在今日的中国都已毫无影踪了。正因为雅虎邮箱的停用，我已遍寻不到巫先生给我的第一封回邮。当时用Word方式保存了一部分邮件，在某个移动硬盘的幽茫深处，发现了我写的第二封信——

巫先生：

看到您的回邮十分高兴。

合同草稿见附件。郏宗培总编已经看过这个草稿。这次是征求您的意见。请尽管提出您的意见，我们共同定稿，然后只需要打印出两份后签字寄给我，我们敲好章后寄回一份给您，合同便签好了。

关于书名，英文原文还是压着头韵的，而翻译后修辞感稍微弱了些，我考虑若是改为《诺尔曼·白求恩》，读者更容易明白书的内容——毕竟时代变化了很多。这一点还请巫老斟酌。

请另写一份译后记。时隔二十五年了。郏总编高兴地说，译本回家了！因为细说历史，不仅是二十五年，竟然是半个世纪：这个翻译，从平明出版社——新文艺出版社——（三联书店）——上海文艺出版社，足足有半个世纪的春秋啊。

另外，不知巫老是否和原作者有联系？或者知道他们的联系方式？若找不到，我们就把应付款项直接放在版权局；当然，能直接找到他们最好，我也在网络上寻找他们，并联系Monthly Review Press。如有相关消息，请告知。

很感慨，在这个冬天收到您的诗。我将两年前写的一篇短文发给您，共同纪念心中的诗人。

顺祝

冬安！

上海文艺出版社

秦玉兰

2004/12/6

注：合同上的电话是我社总机，如需电话联系，请拨打021-6437××××。

隔了一天，就收到了巫先生的回邮。心中共同的诗人，穆旦，是我们心灵投契的真正原因。

说起穆旦，我一直坚定地认为是个人阅读经验史上的私人发现。那应该还是在上世纪九十年代，我在学校的图书馆里扫书，那时有着饱满的求知欲，恨不得把图书馆里的书都吞饮而下。在那样繁杂的阅读中，我猛然发现了穆旦的诗，很快就认定这是我挚爱的中国诗人。外国诗人，在高中读叶赛宁之后就再也没有找到更喜欢的。那时也读到了凌宇写的《沈从文传》。

直到后来读了中文系，在张新颖老师的课上，听他讲到穆旦，我才意识到热爱穆旦的人不止我一个。记得刚读中文系时，同班同学周鑫买了一本《穆旦诗全集》送给我，我就认定他可以做一辈子的好友。在给巫先生写第一封信时，仅仅知道他在西南联大外语系读过而已。当时提及穆旦，完全不知道穆旦就是巫先生在芝加哥大学时的室友。而当知道这一层关联时，我马上发过去自己写的穆旦诗评，仅隔一日，就得到回应。巫先生以非常温和的方式平复了我对穆旦多年的仰慕之情。

玉兰：

拜读了你写穆旦的文章，十分感动。他去世那年，你还没出世。今天你可以算他的知音啦，穆旦九泉有知，一定会含笑首肯的。我和他全家是几十年的患难之交。1987年，纪念诗人逝世十周年，在北京举办的学术研讨会是我主持的，你一定看过那本纪念文集《一个民族已经起来》吧。二十周年纪念，写了一首平仄不调的"仿七律"。二十五周年纪念，用中英文写了那首《安魂曲》，是适于吟唱的。本来预定在香港的《明报月刊》发表，人家临时改了主意，决定用我翻译的两首英国现代诗。后来，英文的在美国一个刊物 *Full Circle* 发表，中文的却只能上网。最近，我又写了一篇小文章，已发给上海《文汇读书周报》，希望能在诗人逝世二十八周年时（二月下旬）登出来。春夏之间，他们曾以"特稿"形式登过我两篇文章。若是你当时看过，就不用"上穷碧落下黄泉"寻找我这个天涯沦落人了。

我没有机会受教于燕卜逊教授，却有过几次交往。1986年我在剑桥大学作客时，应主人之嘱写了一篇小文章，"William Empson Remembered"，先后在英国的 *Critical Quarterly* 和 *Cambridge Review* 上发表，后来北京《英语世界》曾转载。1988年香港《大公报》和纽约《华侨日报》曾刊有香港大学翻译教师关品枢的中译。

最有意思的是，万里之外，托白求恩之福，把我们联系起来，我们又有这么多共同语言。我一直是相信缘分的，你呢？（我太太盛赞你第一封信情文并茂！）

祝新春康乐！

巫宁坤

2004.12.8

我曾经写过一个感情公式：A爱恋B，但无法对B说，对C说；最终，A和C成为至交，此乃"述说者的移情效果"。

我已无法对穆旦说什么，却持续不断地对巫先生讲述，而巫先生视穆旦为患难之交，于是我和他便从一开始认定是互相能懂得的灵魂之友。我们就这样通过邮件开始密集联络着，完全不限于即将要出版的这本书。他有时会给我看看文章，有时也会有照片。在2004年圣诞节前，我写了这样一封信，但已完全没有印象究竟寄给巫先生的那封手写的信里写了什么，更忘记寄了什么文章给他。

巫先生：

您好！

昨日我收到了您的来信，十分高兴。马上请总编签字、总编秘书敲章后，放进早就准备好的信封，由秘书当日邮寄给您了。信封里面还有一封我写的信以及复印的文章等。请查收。

现在我已进入编稿状态，疑问的地方汇总之后再和您讨论，可能要等上一周。不知新的译后记进展如何了，并不急，只要在一月中下旬发稿之前给我就行。

圣诞即将来临，郏总编也叮嘱我一定向您表达他的圣诞问候，祝新年快乐！我越发觉得自己笔拙，越是这样的时候，越是不知如何表达才尽意。万千祝福，汇于一言：愿您和您的家人幸福健康！

玉兰

2004/12/23

此书的出版过程颇多周折，我并没有讲述这个过程给巫先生听，只是说，如果有一天我们相见，彼此微笑，就能表达一切。其中各种邮件往来略下不表，倒是有一篇值得拿出来，因为里面大致讲述了出版的一些细节：

巫先生：

见信如晤。终于可以给您写这一封信了。一直在等待这一天的到来，可是当真要写了，抬手惘然。若是能够见到您，也许只要一个微笑就好，别的都不用说了。

今天是上海书展的最后一天。我在最后一天得到休息，在家仍然有书市人声沉浮，声音的延迟吧。最为称奇的是，《文汇读书周报》前些天在书展现场免费发放报纸，这一期的特稿就是您的文章，我接到报纸，看到您的照片，感到人事的交错。

拿到《白求恩传》（最后尊重原书，正式书名《手术刀就是武器——白求恩传》，突出"白求恩传"）的编辑样书是在8月2日，当天本来要给您写信的，可是8月5日书展开幕，事情忙多，就搁下来了。十二天后，拿到样书的心情已经无法追摹了。为什么要这样说呢，这本书耗时九个月，从去年12月初，到今年8月初，似乎太长了——在编辑过程中，由于领导过于重视，美术编辑请了三拨，清样出了四遍，这在我不长的编辑生涯中尚属首次，估计即便是老编辑也难有这样的"待遇"。大约在今年5月，新闻出版总署将本书列为全国百种抗战重点图书，居三十六位。8月4日《人民日报》撰文提到近期这一百本图书将在全国各大书店集中展示。这一本书,成了一本政治意味十分浓重的书籍,这似乎与我的想象有距离。这九个月里一直与您译笔下的白求恩生活在一起,我认为他是一个真性情的人,任何刻意的阅读都会掩盖他的性格,但真正有耐心的读者不多,对于过度宣传的人物更难公正地阅读。

白求恩家喻户晓,前期的宣传做了一些,均是总署做的宣传。当然,我也有一个想法,就是希望能见到书之后再做有特色的宣传,这是对读者负责,若是印制效果不好,或者书感不好,宣传出去,也不妥当。所幸的是,那天我看到书,悬了很久的心终于放下来了,完成了对您的承诺。同事见了也说不错,本书在这样的消耗情况之下,16开,25.25个印张,轻质纸,定价25元,确实是为读者着想。平常的定价应该要在35元左右。附件中有本书的封面(书影),我喜欢这张照片,有种灵魂对视的感觉。但愿我的工作合格,得到您的认同。

近期在书展现场和几家媒体联系过,可能逐渐会有报道出来。是否方便将您的新译后记发表在《文汇读书周报》上,要征求您的意见。拿到译者样书之后,会立即给您寄去。另外,稿费以何种方式付与,请告知。

缓了一口气,发现这封我一直盼望着写的信,完全不是我预期的模样——预期是什么样子呢,大概是一封舒缓的、淡定的信。而我写得仍旧不够放松。可能是您还没有看到书的缘故吧,还不到我放松的时候。又或许,这本书的意味深长。

这一次的经验独特,比如我读到书中白求恩访问苏联的经历,联想到《莫斯科日记》,还联想到加拿大描述白求恩的一本书 *Right Wrongs*。的确,oxymoron这种修辞法不仅是修辞,简直就是人生的隐喻。

已拉杂说了许多,背景里都是些很天真的音乐。

愿您及家人健康愉快!

顺祝

夏安!

玉兰

2005/8/14

那时,我已经读到了中文版和英文版的回忆录,看完了电子版的《孤琴》,足以充分地认识巫先生这个人,了解他的一切。当得知他们将在金秋时节回国访友时,就静静地期待着即将到来的秋天。

仿若春天的秋天

这一天真的就到了。《文汇读书周报》的徐坚忠和我在虹桥机场的出口处等了一个又一个航班,终于看到巫宁坤先生和夫人李怡楷女士:他们被机场的工作人员周到仔细地安排在轮椅中推着过来。看到我们,巫先生便伸出手给了我一个大大的拥抱,随即站起身来。我这才发现他们身手矫健,虽然巫先生八十五岁,夫人七十二岁,但是他们精神很好,状态很青春。很奇特,在国内八十五岁的人很多都显得老态了,更不大可能长途飞行,而巫先生他们可是从美国东部飞到上海的啊!这么长时间的飞行,他们依然看起来那么精神,我真是尤为高兴。

巫先生和夫人在上世纪五十年代相识于天津南开大学,结为伉俪,一直牵手相伴。"一直牵手相伴"是一句很重的话,读过巫先生回忆录的人尤其能够体会。1951年巫先生在芝加哥大学攻读博士时,决定回国接受燕京大学的教职。此后大半生,按照黄灿然的讲法,"完完整整地呈现了中国知识分子从五十年代初到七十年代末的全幅图景"。能经历全幅图景者不多,能用平实语言描述者更是不多,因此,黄灿然以为巫宁坤是上帝派来见证这一切的使者。这句话我深表赞同,尤其是见过巫宁坤先生及其夫人之后。如果不是夫人在几次关键时刻奋力奔走,巫先生的生命之线不可能如此强韧。我想到在绝境中投湖的老舍先生,还有那段黯然岁月里互生嫌隙的诸多不幸家庭,更加充分理解感情的可贵,体会到信仰的力量。

做编辑工作,最容易见到的就是知名作家了,尤其是在文学出版重镇上海文艺出版社做编辑,基本上叫得出名号的中国作家我都见过真人,也有一些和知名作家打交道的经历,要说哪一个令人特别着迷,还真的没有。文坛中人多数只可远观不可接近，光环脆弱，容易黯淡。那时，巫宁坤先生的名气并不是那么高涨，确切地说，我每每向友人们讲述巫宁坤，都必须讲很长的引子，他们才能大概明白一些，才稍微懂得这次倾心的见面，我那种由衷的幸福感。

在上海的三天时间里，天公作美，晴朗而明净——一年之中殊为难得的适宜游览闲逛的天气，既非夏天酷热煎熬，也非冬天冷风刺骨。每天一早，我就到陕西南路上的棠柏宾馆，坐在他们房间里，等他们收拾好，陪着他们走访友人、游览和参观。

为全面看一看上海的发展，我们还特意去了一趟陆家嘴滨江，坐在Red Dot咖啡馆喝下午茶，望着黄浦江上来往船只。在滨江散步时，我提及新近出版的陈伯海《穆旦传》，还发表了一番与凌宇写的《沈从文传》比较的言论。巫先生说："你也可以写一部《穆旦传》。"他夫人也附议。我感到十分忐忑。那日晚上在爱晚亭，巫先生和夫人神采奕奕，我们相谈甚欢。

他们此行有一个非常郑重的安排，即专程去上海博物馆看陈梦家先生捐赠的明清家具。巫先生已在《一代才女赵萝蕤教授》写了前因后果，我就不赘述。旧物仍在，斯人已去。那一天我为他们拍了很多照片。参观结束后，在上博门口的大石阶上坐着歇息，才想起来拍一张合影。

在上海最有意义的一次访友，应当是去武康路巴金家。那时巴老还在距离武康路家不远的华东医院里，巴老的女儿李小林接待我们。对于当天的访友，我后来在《秋天里的春天》里面详细记述了当时的场景——

10月9日上午，八十五岁的巫宁坤先生从美国回来探亲，路过上海，我陪着巫老及其夫人李怡楷去巴金住所与巴老女儿李小林话旧。巫宁坤先生与萧珊女士是西南联大的同班同学，这次被选为新闻出版总署纪念抗日战争暨反法西斯战争胜利六十周年100本重点图书之一的《手术刀就是武器——白求恩传》，就是巴金和萧珊推荐给巫宁坤翻译的。巫先生的译文经过萧珊的精心润饰，于1954年由上海平明出版社出版，1955年重版，1957年上海新文艺出版社再次出版，今年，上海文艺出版社出版修订配图版。在这次新版的译后记中，巫宁坤先生满怀感情地记述了这本书的缘由。

李小林拿出来半个世纪前巫宁坤写给萧珊的两封信的原件，递给巫先生。我坐在巴老家底楼的客厅里读这两封信，院子里的太阳光只能从门道中照射过来，并不是十分明亮，这信纸也很旧了，字是竖排繁体，一方面心情激动，一方面也读得有些费解。信中他们谈起巴老的"秋天里的春天"，我忍不住提出来，这是什么意思啊，巫宁坤先生和李小林女士便笑着解释说，这是一个双关语。巴老翻译了匈牙利作家尤利·巴基的长篇小说《秋天里的春天》，自己也写了一个中篇，叫作《春天里的秋天》。巫宁坤先生在信中和萧珊女士就《白求恩传》的一些翻译问题进行讨论，我看得非常仔细，作为这本书新版的责编，看到半个世纪前关于这本书的编辑通信，历史就这样清晰地展现在眼前。

客厅里放着萧珊的钢琴，钢琴上方摆着巴老的一张照片，巴老坐在一片花的海洋中。他们话旧，我听着这些往事，既感到惊异，也感到心酸，又感到温暖，那时在离武康路不远的华东医院里，巴老依然保存着微弱的生命。

10月9日在巴金住所访友，10月17日就传来巴老离世的消息。10月20日那天，我带着手书的条幅"您的良知永远引导我们"再次来到武康路住所时，竟与十天前的场景有天壤之别。至少我们在10月9日那一天，洋溢着的是老友重逢的温情。

记得那几天为巫先生和夫人拍了很多照片，但在我的几个电脑和硬盘里，都没有找到当时的影像，只有几张已经冲印好的巫先生和夫人与我的合影。记得他们离开上海时，我专门买了一本相册，把他们在上海的照片冲印出来放在里面，既方便他们观看，也可以留作纪念。近日在查阅当时工作日志时，发现里面清楚地记录着在10月11日冲印了巫老上海行的照片七十元，说明照片至少近百张，10月13日邮政快递给了夫人在天津的亲戚李世渝先生。为何这些照片的电子版我现在遍寻不到，令我困惑不已。

当时夫人有眼疾，在一起游览时，我主要陪伴在她身边，格外留心她的步伐。巫先生时时注意提醒路况，细微之处尽显体贴；正是由于夫人多年照顾，巫先生才步履矫健吧。在一个受难却哀而不伤的大师背后，站着一位坚强而有韧性的女性。夫人是天主教徒，"爱是恒久忍耐"，心中有宗教的支撑，俗世自然被看得清淡一些。那时的我尚未成家，经常思考究竟要不要结婚，究竟要和什么样的人结婚。看到巫先生和夫人，我是真实地被圈粉了，他们饱经风霜，却一直牵手相伴——虽然在上海期间，我牵着夫人的手，让巫先生有更多时间去游览，但他依然保留着平时的习惯，时时顾着夫人的步调。良配佳偶，是上天给人的最大奖赏。

在那个滋味绵长的秋天，我们终于相见。一次灵魂投契的相遇，这大概也算是我编辑生涯的最大奖赏吧。

No time for goodbye

此后的十几年，我个人生活中的大事件，诸如更换工作、结婚、生子，都会通过邮件给巫先生讲述，直到邮箱停用，后续联络就变得越来越少。一直盘算着去美国看望巫宁坤先生，从上海文艺出版社辞职去一家旅行杂志，当时最主要的一个考虑就是可以全世界活动，想必有很多机会去美国。不料，在全世界飞的那两年里，去了很多地方,唯独没有机会去美国。直到2015年,我与丈夫和孩子去美国旅行,当时想先到西海岸,到时候再订美国国内的行程,无奈父子俩一到美国本土就身体状况不佳,最后勉强结束西部的行程,我也未能再去东部。

2005年那个秋天,巫先生和夫人离开上海时,极力邀请我和他们一起去南京看杨苡,我因手头上工作实在太多而未能继续同行,在火车站台送别他们去南京之时,竟是此生的永别了。

人生憾事何其多。于我而言,没有一起去南京,憾也!巫先生之所以希望我一起去,是因为我提及最喜欢的翻译小说是《呼啸山庄》,无巧不成书,他去南京要见的老朋友恰好就是《呼啸山庄》的译者杨苡。其间缘分真是难以尽述。他认为他的老朋友一定会非常高兴见到我这个年轻人——想一想,能见到最喜欢的翻译小说的译者,是一个多么大的诱惑。如果当时自己排除万难,一起同行,那该多好啊。当时正在进行共产党员先进性教育,是不允许任何请假的。想想当年的自己,真的是太年轻了。

2010年,我翻译的小说《无暇道别》由人民文学出版社出版时,第一个想到要汇报的,就是巫先生。像这本悬疑小说的书名一样,*No time for goodbye*,人生中的离别总是猝不及防,毫无预兆,诸多憾事只能藏于心头。

在二十多岁的时候,生日会收到巫先生的邮件,写着"Enjoy your life when youth is blooming",有时还会有"We love you"这样暖心的结语。我们的邮件经常用英文。不论中文还是英文,我们随心切换,是在于诗歌情怀的认同。巫先生研究艾略特,我恰好也写过艾略特的论文,仿佛一切都能关联起来。还清楚地记得盯着电脑屏幕,看到这行英文,使劲地眨着眼睛,才把眼底的泪收回去。哪一个人的青春,不是容易感伤且思虑太多的呢?谁不是根据世俗的安排,一步步地走向真实生活,并一天天地变成行走的躯体,对精神世界的渴求变得毫无热望呢?可是,我遇到了巫先生,是他将对生命的永恒尊重与热爱传递给了我。而他们给予我的爱,明确地说出来的爱,给了我极大的生命力量,对从小家教过于严苛的我,如同春风拂面,每每支持我越过精神的绝境长城。

在青春最盛之时,他回国,来不及品尝生活的佳酿,随即陷入长期的困境中。然而,这并没有令他气馁,也没有让他保持缄默,他在七十多岁时开始用英文写回忆录,又在八十多岁自己翻译成了中文。他从未放弃过对真实世界的描述和探求,如同我挚爱的诗人穆旦,哪怕经历了缅甸战争,他依然真实地不虚空地活着,哪怕经历了数次政治运动,他依然在暮龄写下《人生到了这样一个冬天》,纯熟的诗艺,如同交响乐的华彩乐章,流泻而出。必须承认,心底里最深沉的喜悦,都来源于诗人,不管是诗人本身,还是诗歌的译者。

译诗乃命运的选择

巫宁坤被中国读者所熟知,是以《了不起的盖茨比》《手术刀就是武器——白求恩传》译者之名,更是以狄兰·托马斯的几首诗的译者而闻名。在中国大陆的出版界,巫先生文章零星见诸报端,整本小说的翻译数量却不多。其中,上海译文出版社《了不起的盖茨比》巫先生的翻译版本,正是通过我联系到了巫先生授权。他翻译的诗歌,或许因为数量较少,并未结集出版。

狄兰·托马斯这几首诗,巫先生很早就译了。"不要温和地走进那个良夜",是大热的美国科幻电影《星际穿越》里面最激动人心的语句,堪称全片的高光台词。显而易见,作为语言和情感最高形式的诗歌,具备敲击人类心灵的非凡力量。这部影片如此流行,大家都纷纷去查找原诗,也在查找译诗。自然,翻译的版本是很多的。在这部电影上映之前的十年,黄灿然就发表了对巫宁坤这几首译诗的详细读解,他是高度评价的,我非常认可黄的评价。黄灿然对苏珊·桑塔格的译介,也在国内知识界受到广泛赞誉。2019年7月,我站在萨拉热窝市中心苏珊·桑塔格广场上(在波黑战争期间,桑塔格为了做战地记者的儿子来到萨拉热窝,在城市中心的国家剧院排演《等待戈多》,期待救援而引起广泛关注,这个广场现在以她的名字命名),不仅想起了译者黄灿然,也想起了译者巫先生,我并不知道,在大洋彼岸的巫先生还有一个月就快走进那个良夜。

《收获》杂志曾经刊载过一篇北岛的文章《狄兰·托马斯：通过绿色导火索催开花朵的力量》。在这篇文章中，北岛仅引用了一次巫宁坤的译文，其余则不予提及。于是，在给巫先生的邮件中，我说到这件事情，巫先生回信说那篇文章他看过，并说"仁者见仁，智者见智"，不必介意。关于评价译文的标准，向来有较多的争论；对于诗歌的翻译，则更是如此。对于巫宁坤译诗的评价，有像黄灿然一样极力推崇者，也有视而不见者。巫先生对此保持着淡然的态度，他的译诗，实乃出自生命的呼吸，出自命运的选择。

仁者见仁，智者见智

"诗者，译之所失也"（Poetry is what gets lost in translation）。巫先生晚年重要作品，其回忆录，至今仍为大陆出版界所失。不知在这块土地上，是否有人和我一样，曾经为这本书的出版殚精竭虑。

在上海文艺出版社工作时，我曾极力推动巫先生回忆录在大陆出版，至今仍旧保留了一份2005年9月27日填写的选题报告单。那些年写的很多随笔，都随歪酷博客消失而不见了，就像与巫先生的邮件通信，保留下来的大都是我自己写的邮件,而巫先生的回邮单独保存下来的极少。许多工作文档也只简略地保存,但当时却有一种清明的认知,这份具有非凡意义的选题报告单一定要单独打印一份,妥当地保留起来。我搬了许多次家,都没有遗失,一直完好地夹在巫先生送给我的书里。在报告单中,我在"选题的主要内容和特色"中这样描述:

作者晚年用英文以回忆录形式撰写的自传体小说 *A Single Tear* 于1993年初在纽约出版,同年6月英国版在伦敦发行,稍后日、韩、瑞典文版相继问世。英文版问世后,英美和其他英语国家的媒体发表了不少评论,日、韩、瑞典、法国、哥伦比亚等国和中国香港、台湾的报刊也有专文评介,北京的《英语世界》独家刊载了片段摘录并发表了编者按等。中外各家评论众多,仁者见仁,智者见智。

本书主要叙述一家三代人在中国数十年的亲身经历,忠实地记录下来其中的悲欢离合,和众多知识分子家庭大同小异,沧海一泪而已。故事涵盖了新中国的诸多历史时期,这部纪实作品有强烈的个人感情色彩,不仅可为当代中国生活提供独特的见证,而且对于以悲悯情怀理解人和历史或有所裨益。

这一本书仅从知识分子的角度描写一家人的生活经历,很少涉及国家领导人。且本书部分文字也在国内发表过,政治上并不危险。在西方,这已是畅销书和长销书;在国内只是圈中人对这本书有耳闻,关注度较高,希望能够出版。

在"实现本书的两个效应的途径"中,我这样写道:

1. 社会效应:"文革"爆发四十周年,从戏剧(最近国家话剧院的话剧《红尘》便是描写一个妓女在新中国历次政治运动中的经历,估计准备申报舞台艺术精品工程项目)到文学,都将有较多的表现。本书作者文字流畅,经历坎坷,在国内读书界有一定知名度,尤其在全国的重要读书论坛上对本书的关注度相当高,相信本书的出版能够取得较好的社会效应。

2. 经济效应:以递进式版税支付稿费,确保作家与出版社双赢。

在"同类书比较及市场预测"中,我详细列举了冯骥才《文革秘史》、季羡林《汗洒北大,感愤文革》、许子东《为了忘却的集体记忆——解读五十篇文革小说》、于光远《文革中的我》、叶永烈《文革名人风云录》的出版时间、出版社信息等,认为与上述图书比较,巫宁坤的回忆录较多地从一个普通知识分子家庭的角度来叙述,且本书先在国外火起来,已经造成了一定的阅读期待;此外巫先生是西南联大毕业生中硕果仅存的人物之一,仍活跃在国内重要的读书媒体如《文汇读书周报》等。市场预测一万册。

我虽然预估了难度,但依然提交了这份选题报告。在当时的环境下,这类图书出了不少,那年,高尔泰《寻找家园》也在国内出版,并不会因为记述"文革"就完全得不到出版，出版并不能阻隔真实的历史，那本来就是无法回避的。然而这家曾经出版过《重放的鲜花》的优质出版社，不知为何，错失了一个再次获得尊重的机会。

我对西南联大的热爱，早在认识巫先生之前。那时非常喜欢《未央歌》，掘地三尺在《中国现代文学补遗书系（小说卷八）》里找到文本，到处寻找鹿桥先生的后代，后来托了好多人终于找到鹿桥的公子，希望能出版一个简体字版本，鹿桥遗愿不想出简体字版，我当时想的折中办法是可以出横排繁体字版，一定会有人喜欢的。这件事情费了很大周章，却以失败告终，当时出版社的领导认为五十万字的青春小说，谁会有耐心看啊。近日阅读到魏心宏老师回忆出版社旧事的随笔，提到那时的出版是为"年老者服务"的，不出青春小说，倒也算得有依据有理由。但巫先生回忆录的出版项目，应该是为年老的阅读者所喜闻乐见吧？这只是一部非虚构作品，但我从未得到任何官方的反馈，拖到后来不了了之，也基本以失败告终了。

扁舟来往无牵绊

2007年春节后，我独自一个人去昆明寻访西南联大旧址，在翠湖边走了几圈。当时巫先生知道我去昆明，发给我他写的汪曾祺纪念文章，提到他扬州中学毕业后去镇江军训，与镇江中学的汪曾祺同住三个月，后来一起考上西南联大，又经常一起在翠湖边散步，在小馆子里闲聊。在云南师范大学里面的西南联大旧址，我盘桓了一个下午。

细想起来，和巫先生一见如故，概因相见之前，我从小说里，从文献里，从各路人马的回忆文章里，已经对他的求学时代格外熟稔。因而，他相信我既然看明白了前情提要，自然能读懂后来回忆录的悲剧性，这种悲剧性绝非个人意气的宣泄。是因为那本书已经在国外爆得大名，它在国内的出版才如此崎岖吗？我也不得而知。曾有人说，只有等时局更好的一日，才能懂得诗人穆旦的意义；或许只有等时局更好的那一日，才能得见一本正常的书获得出版。

不在大陆出版，并没有阻碍它的被阅读、被熟知。我一直是电子阅读的拥趸，在出版社工作时就极力倡导互联网出版，如今看来，这已被证实了。有生命力的出版，一定是对人本身的严重关切，对历史真实的探讨，对万物真理的追究与发现。否则出版再多，也不过是热闹的纸张而已。巫先生故去，大量的纪念文章都提到他的回忆录，有没有正式出版，这本书已经在那里了。

巫宁坤先生写完回忆录之后，又将他多年来所写的散篇文章集结成《孤琴》一书。《孤琴》文章精练，优美，深沉，我读的是巫先生发的电子版，非常惊讶地发现，当时我正在责编哈金的《新郎》，巫先生早就写过书评，并且已经归在《孤琴》的集子里出版了。当时在国内真正读过哈金作品的人并不多，我虽编辑了这本小说，这本书最终并没有在我手里出版，而在四川人民出版社出了。可以想象当时读到巫先生书评时内心的狂喜——难得的际遇，天涯何处不相逢。

汪曾祺写给巫宁坤的信里有一句诗："往事回思如细雨，旧书重读似春潮。"张新颖在《九个人》里专门写了巫宁坤，并用更细致的笔墨写了穆旦与萧珊，读之怅然。好神奇，十几年前，我在张新颖老师的课堂上听他讲穆旦，十几年后，我在他的新书里读到巫宁坤。虽然毕业后我与张新颖老师几无联系，但人物勾连自有情由。

2019年春节，我带着孩子回到家乡过年，闲暇时一起看风评颇高的纪录片《西南联大》，在其中蓦然看到了巫宁坤的一段视频，距离我们在2005年相见已有十四年之久，坐在故乡空旷的客厅里，我目不转睛地盯着画面里的巫先生，热泪盈眶，孩子见状十分莫名，我也无法解释。

2019年8月22日九点，巫先生的遗体告别、追思弥撒、追悼会在雷斯顿的St. John Neumann教堂举行，下午两点葬礼在墓地举行。巫先生走完了漫长的一生，生年不满百，常怀千岁忧。一介书生，既没有从政，也不算反动学术权威，照样在历史洪流中被席卷。重读他的回忆录和散文集，记忆春潮并未涌来，仿佛被阅读的大雪深深覆盖。当下的情景，与十四年前，已有差别。世异时移，一切仿佛都不曾发生，然而一切又仿佛再次重现，"历史往往有惊人的相似性",难道不值得警醒吗?

回忆巫先生二三事,关联着我并不引人注目的平凡人生——所有相遇,都是久别重逢;而所有分离,都是无暇道别。我们曾经的联络,因互联网而失联;我们曾经的相处,在有限的照片和文字里部分存留下来,得以成全此文。

2019年8月25日傍晚,我携子来到扬州彩衣街,这是巫先生真正的故乡,他在《腥风千里扬州路》描写过当年旧事。站在熙攘混乱、并不宽敞的彩衣街巷中间,抬头望天,看见一抹淡淡的绯红云彩,在天空中静静飘浮。在文中,他"出天宁门,沿瘦西湖走到绿杨村"。看到天宁门路的小路牌,我怔在那里,耳边响起了婉转至极的《板桥道情》。走完了短短的彩衣街,连着中华十大名街之东关街,走进扬州的繁华旧梦里。

若巫先生魂归故乡,似是故人来,会看见彩衣街喧闹如昨,瘦西湖上"扁舟来往无牵绊","驀抬头月上东山"。

2019年9月2日写于上海
2019年11月4日第二稿

电流之战

毛继军

历史上最著名也最重要的科技争论之一。

2011年7月,我到位于美加交界的尼亚加拉瀑布游玩。从宾夕法尼亚州北部小镇米德维尔(Meadville)出发,沿伊利湖一直向北,到达纽约州的水牛城后,一拐就到尼亚加拉镇了。尼亚加拉河连接安大略和伊利两大湖,河的中央线就是美加交界。

大瀑布的壮观自是让人感叹,乘船在尼亚加拉河往上看,加拿大一侧的马蹄形瀑布和美国一侧的美国瀑布如从天降,水汽就像冒烟,但让我记住更多的,是瀑布上面国家公园里的一座铜像,它带我走进了尼古拉·特斯拉的传奇故事。

特斯拉是物理中磁场强度的单位,这个名字倒是不陌生,让我疑惑的是,他跟尼亚加拉瀑布有什么关系?为什么他的铜像会出现在这里?我拍照片的时候,旁边有两个人正在谈论特斯拉,其中一个是公园的管理人员,他提到了爱迪生和威斯汀豪斯,一下就引起了我的兴趣——当时我正在威斯汀豪斯创立的西屋电气公司接受技术培训。我转到侧面,看到铜像底座碑上写着:特斯拉的众多发明在1896年应用在尼亚加拉水电站上,开启了电力能源的革命。

当天回到酒店,我就开始找资料探寻特斯拉的故事,整理照片时发现,瀑布对面加拿大一侧,还有一座已拆除水电站的残留建筑。

十九世纪七十年代前后,在美国、欧洲以及日本先后出现了工业技术的又一次飞跃,电力开始被广泛应用于家庭生活和工业生产,第二次工业革命由此掀起。

电力的应用,使工业生产的规模和范围都上升到前所未有的高度,同时科技发明与创新又极大促进了工业革命的进程,尤其在美国,各种发明专利在短时间内不断涌现,美国政府也马上出台了相应的专利保护措施和法律,保护专利拥有人的权益,客观上很好地促进了科技发明与创新,这是美国在二十世纪一跃成为世界超级大国的重要原因之一。

人类得以利用电力能源,其理论基础一是丹麦科学家奥斯特在1820年发现的电流的磁效应,另一个是英国科学家法拉第在1831年发现的电磁感应现象。这两个发现将电和磁紧密联系在一起:运动的磁场可以产生电流(发电机),而通入电流的线圈也可以在磁场中运动(电动

位于美国尼亚加拉公园中的特斯拉铜像。毛继军摄于 2011 年 7 月

机),这便是整个电力工业的重要构成,即发电站和负载电动机。

美国十九世纪末期电力工业的建构和发展,离不开三个重要人物,他们分别是尼古拉·特斯拉(Nikola Tesla)、乔治·威斯汀豪斯(George Westinghouse)和托马斯·爱迪生(Thomas Edison)。这三个人当中,最著名的当数爱迪生,他发明电灯的故事广为流传,一直放在教科书中激励青少年,但很多人不知道的是,爱迪生并不是第一个发明白炽电灯的人,维基百科词条"Incandescent light bulb"里说,两名历史学家指出,在爱迪生之前,已有不同国家的共二十二人单独发明了白炽电灯,但爱迪生的电灯以实用性和经济性胜出,历史成名。

爱迪生的其他伟大发明包括留声机和摄影机,就发明家而言,爱迪生比与他同年出生的威斯汀豪斯更为出色。后者当然也有一些有影响的发明,最为人称道的就是二十三岁时发明的火车气动制动器,极大提高了火车运输的安全性。

但是与晚生十年的特斯拉相比,爱迪生和威斯汀豪斯都逊色不少。

十九世纪八十年代末期,电力工业刚刚拉开序幕时上演的技术路线之争,将特斯拉和爱迪生两位伟大的发明家拉上了擂台。

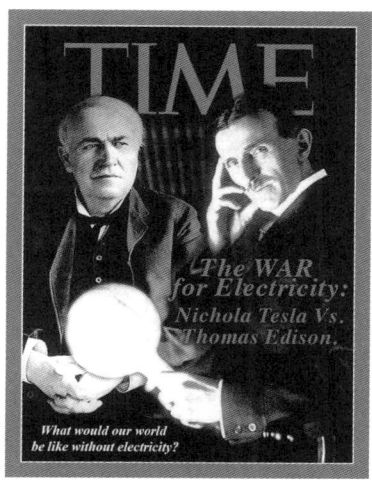

2010年9月27日的《时代》周刊封面主题为特斯拉与爱迪生的电能之争。

2017年,好莱坞拍摄的剧情片《电力之战》(*The Current War*)在加拿大多伦多电影节首映,两年后在美国公映。

特斯拉1856年出生于欧洲巴尔干半岛南部一个塞尔维亚族家庭，他出生的地方当时属于奥匈帝国，后来又并入南斯拉夫，南斯拉夫解体后现属于克罗地亚。他的父亲是一名塞尔维亚东正教（基督教的分支）的牧师。父亲肯定热爱这个职业，因为他对儿子的期望是继承父业。他的母亲是家庭主妇，非常手巧，特斯拉在后来的回忆中说，自己的创造能力和过目不忘的记忆力，正是从母亲那里遗传的。

十四岁时，特斯拉开始读高中，用三年就完成了四年制的高中学业。那时起，他就展示出超乎常人的能力：能在大脑中计算积分，这让他的老师和同学们难以置信，甚至有老师指责他作弊。真实的情况无从知晓，但是从特斯拉后来的成就看，尤其是交流电系统的发明，让我们有理由相信，他就是那种有智力先天优势的天才，中学时表现出来的数学天分，应该是他天才创造力的锋芒初露。他之后的很多伟大发明都是先在大脑中完成全部构思，然后才动手实践，其中就包括交流发电机和交流感应电机。

远远超出常人的高智商，也是后人评价特斯拉时最津津乐道的，有人说他是有史以来最伟大的"极客"（geek），在Google上检索特斯拉和爱因斯坦，能看到很多对两人的对比。据称爱因斯坦曾被问及作为世界上最聪明的人是一种什么样的感受，爱因斯坦回复道："我不知道，你得去问特斯拉。"1931年特斯拉七十五岁生日时，《时代》周刊曾做了一期致敬特斯拉的封面，爱因斯坦则

1931年7月,特斯拉七十五岁生日时,《时代》周刊的致敬特斯拉主题封面。

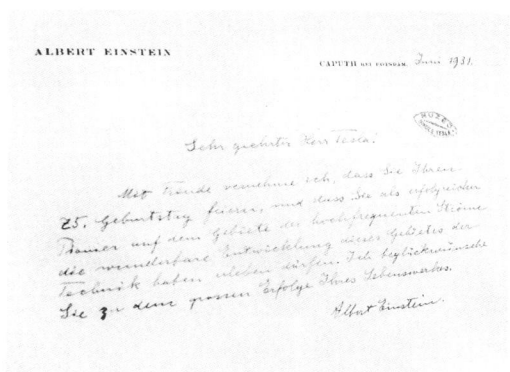

爱因斯坦写给特斯拉的生日祝贺信。

专门写信祝贺。

但另一方面，特斯拉曾几次公开批评爱因斯坦，认为其相对论是"巨大的错误"，"相对论的任何一个观点都未得到证实"。所以也有人认为，爱因斯坦说特斯拉是最聪明的人一说，也有可能是讽刺。

当然，一味强调特斯拉的高智商没有太多正面意义，而且由于近十几年来特斯拉在世界范围内声望和名誉的大幅回升，他的名字在流行文化中频繁出现，也有很多人给他披上了神秘主义色彩，他的发明被用来支持伪科学和UFO等等。本文则想重点讲述他对科学技术与发明创造的热爱和痴迷，热爱一件事并全身心投入也许是苦短人生里最大的乐趣。

高中毕业后，特斯拉很不幸感染了霍乱，卧床九个月，几次弥留。特斯拉的父亲在绝望之际承诺，如果儿子能好起来，就打消让他做牧师的想法，而是送他去读最好的理工大学。特斯拉幸运地活过来了，要知道那时候人类还没有可靠的治疗霍乱的手段，感染后死亡率很高。套用历史学家惯用的一句话，如果那次霍乱夺走了特斯拉的生命，二十世纪的科技和工业发展史恐怕就会被改写；套用蝴蝶效应，如果1873年巴尔干半岛南部小村庄里那位十七岁少年没有活过来，我们现在的电价可能要高出几倍。

战胜病魔的特斯拉为躲避奥匈帝国的征兵，逃到西南部的山区，一边登山探险锻炼身心，一边博览群书。正是在那里，他读到了马克·吐温的文学作品，二十多年后两人成为很好的朋友，马克·吐温经常去特斯拉的实验室观摩，这段文艺和科技界的联谊成为后人津津乐道的佳话。

1875年，十九岁的特斯拉进入位于格拉茨的奥地利理工学院（现在叫格拉茨技术大学）接受高等教育，正是从这时起，他痴迷上了电学。异于常人的天分加上勤奋钻研，很快他就引起了老师们的注意。不幸的是，第二学年特斯拉与他的教授发生了冲突。

两人争论的焦点是一种早期的小型直流发电机，当时只有二十岁的特斯拉免不了叛逆和气盛，那一学年期末，他失去了奖学金并开始嗜赌，最终未能从奥地利理工学院毕业并获得学位。1878年，特斯拉离开格拉茨，度过了两年的彷徨青春，这段时间他与家人的关系恶化，也经历了精神失常的折磨，随后因为没有居住证而被警察遣回家乡，无奈之下只好去做一名高中老师。

从1875年到1878年特斯拉在格拉茨求学的这段时期，远在大洋彼岸的新大陆美国，托马斯·爱迪生先后发明了复式电报、留声机以及改进的白炽电灯，已经声名鹊起，尤其是1878年碳丝灯泡试验成功，更让他在世界范围内获得了声誉。

1880年，在两个叔叔的帮助下，特斯拉赴布拉格再次求学，卡尔-费迪南德大学没有正式录取这位落魄的年轻

二十三岁时的特斯拉。

人,理由是他的报到时间晚了,另外他还不懂希腊语和捷克语。虽然未被录取,但这一次特斯拉没有再荒废青春,他用大部分时间泡在大学图书馆,还旁听了一些感兴趣的课程。

一年后,特斯拉来到匈牙利首都布达佩斯,正式开始了自己的职业生涯。他先是到布达佩斯中央电报局担任一名绘图员,几个月后,被派到新建成的布达佩斯电话局当电工。在这期间,特斯拉开始展露他的才华,那时候电话通信还刚刚起步,他设计改进了电话局的很多设备和仪器。

这时候，爱迪生的大名在欧洲大陆也已经家喻户晓，并在法国成立了爱迪生欧洲大陆公司。1882年，特斯拉离开布达佩斯去了法国，也许就是慕爱迪生之名而去。不管怎样，在这一年，二十世纪最伟大的两位发明家首次在名义上相交。

特斯拉先是在爱迪生公司下面的一个电灯工厂工作，负责给巴黎和其他大城市的剧院安装照明系统。不久后，特斯拉便提出对爱迪生公司一种电流调节器的改进方案，并得到公司批准，很快公司便开始使用特斯拉设计的自动调节器。此外，他还被派到法国东北部的斯特拉斯堡，成功维修了一套被损坏的直流照明系统。然而，特斯拉虽然做出了突出贡献，爱迪生欧洲公司却没有兑现给他奖金的承诺。

正是在同一年，大洋彼岸的爱迪生开始在纽约市铺建照明和工业电网。1882年9月4日，爱迪生在纽约开启了世界上第一个输配电系统，也就是电网，采用直流电系统。爱迪生的电网给纽约曼哈顿岛南部供应110V的直流电，用户包括大名鼎鼎的J. P. 摩根和《纽约时报》办公室。

这期间发生的一件事，对特斯拉的人生具有转折意义。

我们把时间线往回拉到1881年的布达佩斯，有一天他和朋友在公园里散步，一般常人难以理解的旋转磁场（交流电的基础）突然从他的脑海中闪过，特斯拉当即就用一根棍子在地上画图，向朋友解释利用旋转磁场原理工作的感应电动机设计。也就是说，这个时候特斯拉已经形成了交流电系统的基本构思。1883年，就在被外派到斯特拉斯堡期间，他向市长和几位潜在投资人展示了交流电动机的原型，介绍了旋转磁场的基本原理。遗憾的是这些人并没有表现出太大的兴趣，显然，他们并不理解交流电系统的潜在价值。这件事促使特斯拉踏上了新大陆旅程，去实现自己的人生价值。

美国是一个移民大杂烩国家，上层主流社会由欧洲人主导，年轻的移民国家没有任何封建文化的束缚和包袱，从十九世纪起，用一百多年的时间便已超过欧洲，在很多方面走在了世界前列，尤其是十九世纪后期第二次工业革命刚开始的时候，美国是一片科技的热土。

1884年夏天，特斯拉带着一封推荐信踏上了去往新大陆的旅程。

这应该是他人生最大的转折，他在这个朝气蓬勃的国家度过了余生，五十九年里完成了多项改变世界的创造。

特斯拉手里的推荐信是他在法国爱迪生公司工作时的上司写给爱迪生的，推荐信上写着："我认识两位伟大的人，一个是你，另一个就是这位年轻人。"

去美国的旅程并不顺利，先是钱包、行李还有船票被盗，随后船上发生了动乱，特斯拉差点被扔下甲板，到达纽约后身上只剩四分硬币，所幸他没有丢掉那封推荐信，如愿被爱迪生雇用。

初到美国的两年里,特斯拉被安排在爱迪生机器装备厂工作,他不负期望和机会,很快就帮助解决了爱迪生公司的很多难题。

当时爱迪生已经开始大规模布置直流电系统,也就是建立从发电到输电以及配电的完整电网,再加上制造负载电器(电灯和电动机),整个电力工业就都会被他控制,而他拥有多项专利权的直流电输配系统也会成为整个电力工业的标准。

但爱迪生面临的最大难题是,当时的直流发电机和电动机效率都非常低,而且性能差,无法满足商人对经济性的要求。初来乍到的特斯拉表现出的异于常人的才华,为他赢得了一展身手的机会,爱迪生把这个艰巨的任务交给了他,由他来重新设计爱迪生公司的发电机和工业电动机。作为回馈,爱迪生承诺特斯拉完成任务后向其支付五千美金(相当于现在的三百万美金)作为报酬。

通过将近一年的艰辛工作,特斯拉成功完成了直流发电机和电动机的改进设计,提高了运行效率和经济性,但是爱迪生却违约拒绝支付酬金,还说出了那句著名的"特斯拉,你不懂我们美国人的幽默"。不过爱迪生倒也不是完全没有风度,他提出给特斯拉的薪酬从每周十八美金涨到二十八美金,但是被特斯拉果断拒绝,随后特斯拉马上辞职离开了爱迪生的公司。

十九世纪八十年代初期，爱迪生的直流电系统得以在美国铺建，除了他个人的声誉和影响力之外，技术上也有几个方面的有利因素。首先，直流电系统采用并行模式输配电，这样终端负载（当时主要是照明和小规模工业电机）之间就互不影响；第二，直流电电网很容易实现负载平衡，通俗地说，就是负载用电量的波动不会对发电机发电产生较大影响。

但是，直流电输配系统有一个最致命的缺点，那就是非常难以变压。中学时我们都学过高压输电这个概念，不能变压就意味着不能远距离输电，即使把电线做到很粗（以降低电阻），也还是会造成很大的电能损失；再说，电线由于自重的原因也不可能做到很粗，这个经济性上的缺陷是导致爱迪生一方的直流电最终败北的决定性原因。

其实，在特斯拉为爱迪生工作的这段时间里，他就向老板提出过交流电系统的设想，但是被爱迪生否定了。爱迪生不屑地说道："特斯拉的设想很好，但都是完全不切实际的。"这也许是爱迪生一生中做过的最错误的决定。

这里有一个问题，直流电系统不能远距离输电是一个明显的硬伤，想象一下，在纽约这样的大城市，每隔几个街区就建一个发电站，城市会变成什么样？更为重要的是，交流电系统因为效率高，在经济上的优势很具诱惑性，尤其是对爱迪生这样追求利益最大化的商人，没有理由拒绝和否定交流电。

我觉得特斯拉对爱迪生的一句评价一语中的："如果让爱迪生在一堆柴火中找一枚针，他会马上行动开始找，直到找到为止。我很抱歉作为一名旁观者看到他做这些，要知道通过一点简单的理论和计算，就能节省他百分之九十的体力劳动。"

很多评论家也都认为，爱迪生坚决否定交流电，就是因为他无法理解和明白三相交流电背后的数学原理。爱迪生不懂复杂的数学，他的发明更多是靠暴力求解试验（brute force），或者叫反复试错（trial and error）。说到这里，我们不得不再次提起爱迪生发明电灯的故事，他试了一千多种灯丝材料才最终获得成功，这个故事被反复用来教导人们做事情（尤其做科研）要持之以恒。毅力的确很重要，2012年诺贝尔生理学或医学奖得主山中伸弥教授就是靠毅力和反复试验，找到了从体细胞到分化前的干细胞转化的诱导因子的。但是我们也应看到，有些问题靠毅力解决不了，需要具备复杂的理论知识才行。

1886年特斯拉离开爱迪生的公司后，在几个投资人的支持下创立了自己的公司，这一年特斯拉整整三十岁，而立之年也算是小有成就。

这家公司名叫特斯拉电气照明和制造公司（Tesla Electric Light & Manufacturing），制造特斯拉自己设计的电弧照明系统，还出售他在美国的第一项专利产品，一种早期发电机的电流反向器。但这种简单不连续并且非常态的电流换向不是特斯拉想要的，或者说直流电在他看来不能成为电气工业的标准，萦绕在他心头的还是高频率连续常态的电流换向，也就是交流电。

在1886年的美国，电气时代已经不可阻挡地到来，不管是人们的日常生活还是工业生产，对新能源的需求都迫在眉睫，所以用更具效率优势、能大范围铺建并可远距离传输的交流电系统取代直流电，客观上更像是一种历史使命。

爱迪生不是伯乐，特斯拉便很快向新公司的投资人提出了交流电系统的构想，提议公司应该发展交流输变电系统以及交流电动机，但却再一次遭到否定和拒绝。更为糟糕的是，在特斯拉完成新的电弧照明系统设计后，竟然被公司投资人直接解雇。疏于商业条款的特斯拉落得身无分文，被赶出公司，只好去卖苦力谋生，在纽约市挖地沟，每天赚取两美元，他后来用"苦涩的泪水"形容1886年冬天的这段经历。

特斯拉的这段经历让人唏嘘不已，一般说来，那些专注科学技术探索的科学家不注重金钱也是正常的，但特斯拉显然是太不在乎了，即便有这样酸楚的经历，也还是没有引起他的重视和反思。他的晚年一直伴随着穷困潦倒，那项堪称伟大的无线输电计划，最后也因为失去投资而被迫终止。

好在困境不长，1887年冬去春来的时候，特斯拉终于碰到了有眼光的投资人，他们是纽约州的律师查尔斯·佩克（Charles Peck）和西联（Western Union）的董事艾尔弗雷德·布朗（Alfred Brown）。这两位金主看中了特斯拉的交流电设想，帮他在纽约曼哈顿岛自由大街建立了一个实验室，由特斯拉来进行交流电系统铺建和负载电动机的试验研究。双方约定，特斯拉发明的专利出售后五五分成。

一年后，特斯拉在这个实验室里设计制造出世界上第一台无刷感应电动机（也就是异步电动机），原理就是旋转电磁场。这是一个惊人的创举，因为当时的很多科学家和工程师都已经意识到了交流电在远距离输电上的压倒性优势，但最大的制约因素是没有可应用的交流电动机，没有负载匹配，电能也就无法大规模工业应用。无刷交流电动机被认为是交流电系统难以攻破的瓶颈。

1888年，特斯拉相继注册获得了包括交流感应电动机在内的二十多项专利，形成了完整的交流电技术，完全具备商业化的条件。随后，《电气世界》杂志的编辑托马斯·马丁（Thomas Martin）邀请特斯拉去当时的美国电气工程师协会[①]做学术报告，特斯拉在这次报告会上首次展示了他的交流电系统。

[①] 现在著名的电气和电子工程师协会（IEEE）就是由美国电气工程师协会（AIEE）和美国无线电工程师协会（IRE）合并而来的。

在此之前，通过发明出售火车制动器获得名利的商人威斯汀豪斯也开始涉足电力工业，并创办了著名的西屋电气公司，他也不看好爱迪生的直流低压输电电网，一直在寻求将电压升高后再输送。早在1888年特斯拉发明感应交流电动机之前，威斯汀豪斯就开始研究交流电的变压输送，还从意大利的两位科学家手中购买了交流变压器的专利，但有一些技术难点始终无法突破，所以在特斯拉宣布完成全套交流电系统的研制后，威斯汀豪斯毫不犹豫地出手，购买了特斯拉的成套专利，专利价格为现金六万美元，同时西屋公司每出售一台交流电动机，再额外给特斯拉支付每马力（早期的功率单位）二点五美元的专利费。另外，西屋还以两千美金的高额月薪聘请特斯拉作为技术顾问，帮助西屋在匹兹堡建设交流电动轨道机车。

交流电技术的问世，不仅给特斯拉带来了直接利益，也让他在美国科技界声名鹊起。1892年到1894年期间，特斯拉担任美国电气工程师协会的副主席。

西屋电气公司利用特斯拉的专利，开始大规模推进交流电系统的建设，远距离传输相对爱迪生的直流电系统具有压倒性优势，利益驱动也将电流之战推向了高潮。

1890年，西屋在美国俄勒冈州俄勒冈市的威拉米特瀑布建造安装了试验性的交流发电机，建成世界上第一个使用交流电的长距离输送水电站。同年，尼亚加拉瀑布电力公司成立专家委员会，开始商讨开发利用尼亚加拉瀑布的水电资源，但是在电力开发模式上各方争议较大，该计划暂时搁置。

特斯拉和威斯汀豪斯获得"电流之战"压倒性胜利的时刻，出现在1893年。

这一年，在芝加哥举办的世界博览会上，特斯拉和他的交流电系统大放异彩，西屋成功中标，为博览会供应照明和其他电力需求，制造安装了多个交流发电机，供应功率一万多千瓦的多相交流电。

在这次博览会上，特斯拉和威斯汀豪斯向科学界和公众展示了交流电的可靠性和安全性。另外，特斯拉也借此机会，向科学界现场演示了他此前在纽约实验室完成的一系列电效应试验，其中就包括著名的无线点亮电灯实验。当然，特斯拉也不忘他最伟大的发明——交流电动机，他向人们详细解释了旋转磁场以及三相交流电动机的工作原理，在现场将一个鸡蛋形状的铜球放在交变电流产生的旋转磁场中，结果铜鸡蛋立着旋转了起来。这个看似简单的演示背后有着天才式的创造性，完美诠释了电和磁的交互作用，旋转磁场也打破了人们对磁场线性单一方向作用的固有思维。磁场能够产生任意方向任意大小的作用力，这才是最有现实应用意义的方向。

芝加哥世博会的成功，大大增加了交流电系统应用的筹码。就在同一年，尼亚加拉瀑布水力发电筹划委员会最终在水电开发模式上达成一致，决定弃用爱迪生的直流电提议，而选用西屋的交流电电网技术。水电站采用交流发电机，向附近的水牛城输送交流电，当时的交变频率是25Hz。尼亚加拉瀑布群水位落差大，水力资源非常丰富，特斯拉放出豪言，尼亚加拉水电站产生的电能能够满足整个美国东部的电力需求。第一个机组建成后，装机容量将达到75MW，这是当时最大的发电机组。

经过两年的建造周期，1895年，西屋完成了尼亚加拉瀑布亚当斯水电站工程，特斯拉直接参与整个项目的实施，西屋电气公司为合同方。特斯拉后来回忆说，在他的少年时代，他在书本上读到了北美洲的尼亚加拉大瀑布，那时候就梦想有一天能够开采利用尼亚加拉蕴含的无穷能源，如今在自己接近四十岁的时候完成了儿时的梦想。

1897年，尼亚加拉水电站正式建成发电，在落成典礼

特斯拉在芝加哥世博会上演示的铜鸡蛋。

上，特斯拉发表了演讲，他说道："人类在历史上建造了诸如金字塔、希腊神庙和基督大教堂等很多丰碑，体现出人类的力量、国家的伟大、对艺术的热爱和对宗教的奉献。而尼亚加拉水电站是一座科学时代的丰碑，也是一座启蒙与和平的真正纪念碑，它标志着自然力量屈从于为人类服务。"

特斯拉和威斯汀豪斯的合作取得了极大成功，他们被称为"最完美的搭档"。伟大的天才需要伟大的伯乐，特斯拉和威斯汀豪斯合作，有力推动了第二次工业革命，人类从此进入电气时代。

"最完美的搭档"：特斯拉和威斯汀豪斯。

科技的竞争本来应该是正面和良性的，但在利益面前，商业竞争的残酷可能甚于战争，爱迪生在"电流之战"中的所作所为，也许正是这场争论能如此著名的原因。

早在特斯拉刚刚来到美国的1884年，爱迪生就已经在纽约曼哈顿岛铺建了直流电系统。虽然传输距离很短，效率很低，只能小范围小规模铺设，但爱迪生完全控制着整个电力系统，从发电到输配电，电网系统上所有的设备基本上全由爱迪生的公司供应，很多甚至是他的个人专利。如果没有特斯拉的交流电，直流电就会理所当然成为电力行业的标准，基础设施一旦大范围铺建开来，想推倒重建就非常困难了，爱迪生当时在纽约建造的直流电系统，最后一个甚至到一百多年之后的2007年才关闭。

显然，西屋和特斯拉推广更具优势的交流电系统，极大触动了爱迪生的利益。面对竞争，技术上处于劣势的爱迪生采取公关诋毁策略，意图在舆论宣传上占得优势。他利用自己的巨大名望，在公众间散布关于交流电的谣言，从而误导舆论诋毁交流电。爱迪生制造和散播的关于交流电的谣言，都强调一个主题：交流电是危险和邪恶的。

在西屋和特斯拉发展交流电的前后十几年里，爱迪生不遗余力地宣传交流电的种种害处，甚至精心策划了两起轰动性事件，一个是发明使用交流电的死刑电椅，另一个是用交流电对一头大象实施了电刑。

死刑电椅的发明，可以说是爱迪生为诋毁交流电而一手操办的，他指使并资助两个下属工程师哈罗德·布朗（Harold Brown）和阿瑟·肯内利（Arthur Kennelly），设计制造了世界上第一台用于执行死刑的电椅。本来爱迪生之前公开宣传过自己不支持死刑，但为了抹黑交流电，他秘密指使下属，向纽约州政府建议用电椅代替绞刑对犯人执行死刑，以达到向公众传播交流电危害的目的。不幸的是，纽约州采纳了爱迪生一方的建议，于1890年8月第一次对死刑犯人施行电刑。更为糟糕的是，执行死刑的技术人员使用的电压偏低，那位叫威廉·凯姆勒（William Kemmler）的倒霉犯人，被执行了几轮电刑才最终死亡，过程非常残忍。威斯汀豪斯对此评论说："用一把斧子也比电椅好很多。"电刑此后取代绞刑，在美国使用了几十年，后来逐渐被注射取代。

同时，爱迪生不断指使下属公开对动物施行电刑，其中最著名的一次是1903年爱迪生亲自电死了一头大象，并让人把整个过程拍摄下来，在公众间传播，制造交流电的恐慌。这段视频被一直保存下来，现在网上还有，可以清楚地看到大象被电击后四脚冒烟，轰然倒地。

不管爱迪生怎样造谣抹黑，也不管他自己在美国公众中有多大的民望，在历史的车轮面前，这些诋毁不过是螳臂当车，交流电大势所趋，很快在美国乃至全世界成为电力工业的标准。

讽刺的是，早在1892年，爱迪生电气公司背后的投资

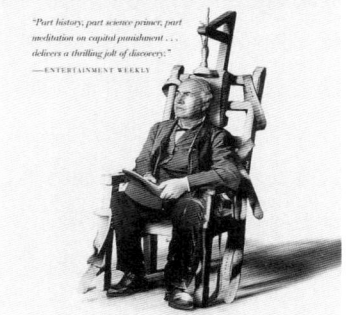

美国历史学者马克·埃西格（Mark Essig）有关爱迪生发明电椅的著作《爱迪生和电椅》（*Edison and the Electric Chair: A Story of Light and Death*）。

被爱迪生电死的大象，名叫 Topsy。

方（主要是J. P. 摩根）将其与另一家电气公司合并，组建成立了通用电气公司（GE），并马上掉头开始投资交流电领域。

虽然西屋占得先机，但通用很快也赢得了一定市场，这才是良性的竞争。

通用电气组建时，去掉了爱迪生的大名，很可能就是因为他一直以来热衷于诋毁交流电，不然以其当时的名望，用他的名字命名公司显然更合理。现在有很多人都在误传爱迪生创立了通用电气，其实只是历史制造的不公。

百年前的成都吃相

阿狐哥哥

一部奇书,描摹出历历在目的市井图景,细微到一座城市的毛细血管。

百余年前的成都,坊间出现了一种新式的丛书,手写石印,不按当时的出版惯例分成"卷",而是以一个个类别主题成集,有一百八十余类。后来出齐了,分装成八册,得名《成都通览》,于清宣统元年(1909年)九月至次年六月,由成都通俗报社陆续用石印方式印出。

这套《成都通览》,可以说是一部关于清朝末年成都的百科全书。用列举的办法根本不能简介,只能说,仿佛一座富矿藏,能挖出许多匪夷所思的好东东来。书中写的那些,很多有形的物质财富不存在了,无形的非物质文化遗产也逐渐成为"化石",一般人看不懂了。但是,仍然有很多跟今天的"两个文明"有一脉相承的历史传承关系。百余年里,虽然中间有过辛亥改朝换代、抗战大后方、文化被革命等阶段,但汉字记载的东西生命力很顽强，同时万幸百余年来成都没有遭到明末那样被一把火烧光的天劫。尽管近几十年城市发展对历史遗迹的淘汰很厉害，但看得见、摸得着、听得到的东西，在成都的大街小巷某些角落，在社会生活习性中，在旧文字的墨迹中，在一代代人的口耳相传中，都还多多少少存在着。

这些存在，使得书成一百多年后再读，依然能会心一笑二笑连三笑。

当年在没有公共图书馆资源、没有官方档案资源做参考，没有学术团体提供智力支持的条件下，作者依靠一支毛锥一叠纸，在自己的私人空间，依靠个人的学识和生活经历积累，恭恭敬敬写下了堪称巨量的七十多万字，记录下一个远远不止"成都省"[①]范围的社会生活几乎全部表象。

这个作者，就是傅崇矩（字樵村，1875–1917），四川简州石盘乡人，相当于今天成都东部龙泉湖地区人，自幼随父居省城，以成都人自居。他是个吃得很杂的人，即所谓"天上的事知道一半，地上的全知"，是当时成都省的"总乡约"。他博览群书，涉猎很广，思想又开放，提倡西学，还去日本游历考察过一番，带回了成都罕见的电影放映机。他办报，撰写编绘了很多地理方面的书籍，甚至

[①] "成都省"是清代中后期以来的非官方说法，意思不是说成都是一个省级行政区，而是指它的省城地位。为什么这样说？清代有成都府，但它的行政区划不止成都城区，还要统辖周边若干州、县。成都城区的市政管理，由成都县和华阳县共同负责，市区大体南北向一分为二，成都县管西半部，华阳县管东半部，成都府并不具体管理成都市区。一般人既然无法简单明确地说清楚成都市区的行政归属，就说它的省城地位，简单明了，还有点居高临下的俯视感。

还在去世前两年到松潘当过一回县长。据当时人周询的笔记和松潘县志记载,他做官政声不好,所以很快卸职回到成都,继续他的"文化个体户"生涯终老。

出版于百年前的《成都通览》编辑体例混乱,版面技术性错讹甚多。此后,到1987年之前,此书没有别的公开出版版本。1987年,四川巴蜀书社开始整理出版《成都通览》,将原书的竖排本改为横排本,使用简体汉字,对原书做了校点,对错讹处进行了修改订正,并对编辑次序做了调整。原书有一百多幅插图,全部描摹保留。本次再版分为上下两册,重新设计了封面。

2006年,成都时代出版社再版《成都通览》。2014年,四川天地出版社重新编辑出版了一个简编本,篇幅只有1987版和2006版的一半。

《成都通览》的内容实在太多,天文地理,农商劝工,街巷沿革,官场规矩,江湖切口,市井生计,俗语方言,三教九流,旁门左道应有尽有。三百六十行众生相,样样细大不捐,如数家珍。以一个一百多年前成都人的实用眼光看,就是当时社会的全方位"葵花宝典",吃透这本书,在三教九流都有资格操老大啦。

当然,傅先生是一个人战斗,难免会在某些方面挂一漏万。比如在"成都之树木及竹类"一节中,他把"桊子"解释为"桐子",这是错的。桊子是乌桕的别称,跟油桐不是一个种属。只是这两种树跟油茶、核桃并列为中国四大木本油料植物。又比如他在"成都之昆虫"一节中，对于"蛾蛾"项目，只列举了扑灯蛾、白蛾蛾、灰蛾蛾、黄蛾蛾。且不说这样分类是否科学合理，被漏掉的黑蛾蛾、花蛾蛾、绿蛾蛾、红蛾蛾、麻蛾蛾等广大成都蛾众，会严重表示不服。

再比如，成都最重要的地理元素——河流，在傅先生的书里基本上是一团糨糊，大约这不是他的兴趣点，没有去实地考察，所以能打马虎眼就打马虎眼，你要照他的书去某段河钓鱼捉虾或投水自杀，会找不到北的。不过，这一章唯独有一句，对成都河流沿革的认知是有贡献的。他说："陡沟河，由简州龙泉驿至中兴场入府河。"

什么是陡沟河？成都城东的著名湿地公园荷塘月色、白鹭湾知道吗？它们略带澡堂子或理发店下水道气味的水体，就来自陡沟河河道。据傅先生记载，陡沟河曾经是一条有发源地、有流域的"野河"，源头就从龙泉山而来。

今天划归成都的龙泉山，已经没有了陡沟河的源流。在位于龙泉城区西边的人造水道东风渠总干渠麻石桥节制闸到团结闸之间的右堤上，有一个小小的人造工程分水闸。这就是新的借名的陡沟河源头，只不过很少看见开闸放水。陡沟河渠道，绕进川师大成龙校区，穿过成龙大道之后，承接了一个污水处理厂放出的稍加净化的中水之后，一路往西，经过若干街道和生活区，又承接了若干未经净化的水体，就有了还算过得去的一沟水量，汇流到号称用自然生物方法净化污水的荷塘月色和白鹭湾。然后，多少被净化了一些的陡沟河，就从中兴场汇入府河。

这部书最大的问题还不是资料考证核实的对和错，而是今天的人会觉得好多内容没有用，也不懂，很严重的隔膜感，毕竟是一百多年前的事了。

当然，成都人和所有人类一样，尽管在历史风浪中沉沉浮浮，有几样本能却变化不大，很难达到"进化"级别的高度，其中最顽固的，就是口腹之欲。一百年前的成都吃货风尚，与今天动辄美食大神惊天出山、动辄美食巨著轰动问世、动辄美食攻略神秘发布的吃货新时代相比，今人并无本质的飞跃。尽管今天馆子店堂大了，厨具用不锈钢了，厨房铺瓷砖了，层出不穷的江湖新菜式发明了，点菜用手机了，收账扫码了，送餐有快递小哥了，但装进肚子的那几筷子几勺子的基本品质，跟当年差不多。

这个强烈的感觉，我就是从傅大爷的《成都通览》中获得的。

饭甑子装过的米

今天成都人买米，已经不把"成都米"作为必选项目了。市场上的商品米，大宗的是东北米、汉中米、湖北米、泰国米，间或也有本省的德阳米、广汉米等。要吃大概念的"成都米",恐怕要到大邑、蒲江、金堂这些边远县份去买,而且也没什么优势特色。本地米如今产量小、品种少的原因,一两句话说不清楚,总之是与"天府之国"稻米粮仓的盛名相去甚远了。

《成都通览》告诉我们,那时的成都市场上,作为商品粮出售的稻谷品种很多。仅举成都县、华阳县、双流县和温江县产的部分稻谷种类,就有:

大叶子谷、大毛香谷、二毛香谷、六十早谷、一箍紫糯稻、金瓜糯稻、叶子形糯稻、无芒白糯稻、铁秆黏饭稻、马牙形饭稻、小饭稻、八十早谷儿子、九十早谷、六月黄谷、早香谷、迟香谷、红嘴燕谷、白脚鹅谷、白毛早酒谷、黄毛迟酒谷、白花酒谷、红谷子、白花一苗酒谷、油条子小酒谷、随时谷、麻黏谷、紫稻、香稻、铁秆龙谷、猪油绿酒谷、黄丝糯谷。

除了稻米,作为主食的还有麦黍类(举成都县、华阳县、双流县和温江县的部分品种,以下同):

小麦、红花小麦、白花小麦、牛麦、南麦、油麦、细粟米、大粟米、高粱、白玉麦、红玉麦、黄玉麦、马牙白玉麦、花荞、苦荞、白花大麦、爆花玉麦、光头小麦、酒米高粱、粳包谷、方颗包谷。

能搭配做饭的杂粮很丰富:

白豌豆、麻豌豆、绿豌豆、大绿豆、小绿豆、穿心绿豆、黑豆、黄豆、大爬山豆、小爬山豆、红爬山豆、蚕豆、大板胡豆、二板胡豆、小板胡豆、茶豆、泥豆、红红豆、白红豆、麻红豆、篱笆豆、花生、蛾眉豆、大花豆、白扁豆、大白毛豆、水红花刀豆、红白刀豆、爬山豆、龙爪豆，还有多种饭豆。

"正规"的粮米之外，能够配搭主食的薯芋瓜类有：

江西苕、白红苕、牛尾苕、红皮红苕、脚板苕、芋子、大小洋芋、南瓜。

还有若干省内各地输蓉的粮食制品，如藕粉、中江挂面、高县蕨粉、汉州条粉等。

作为内陆城市的成都，当时竟有来自国外的粮食品种。来自日本的有：一寸蚕豆、于多福胡豆、斯卜黑天麦、乌音他大麦、金白小麦、麦八稞麦、福鲁次小麦、谷风大麦、压艮陆稻、信州早生陆稻、半芒大麦、魁大麦、阿特博黑陆稻、人细早生陆稻、克鲁大特大麦。后面的品种就不抄书了，还有十一个粮食品种，附带两个葱品种。

来自美国的有：马齿包米、乡下君子包米、喀罗喀罗斯小麦。

清宣统二年（1910年）三月，成都办了一次劝业会，其性质相当于今天的农业与手工业产品展示会，四川省各个州县都带来了本地的优势产品，农产品为主。其中稻谷品种之繁盛，令人叹为观止。名称非常多，远远超过前文所列举的成都境内产品，就不抄书了。不过有一样值得说一下，在多个州县的农产品列单上，都有"稗子"，品种好几个，包括成都府属下的县也有"稗子"参加展示。一般概念中，稗子是稻田里的害草，与稻秧争养料的。这里作为商品的稗子，是酿酒原料，稗子白酒的品质非常好。

当然，其中有很多稻谷产品是品种相同名称不同，但肯定也有优于成都地区品种的。农业界有个说法，成都平原虽然自流灌溉、水旱无忧，但由于日照相对少，以及都江堰灌区引入的岷江雪山水温度较低[①]，平原地区的稻米单位产量和质量并不是最优的。四川的稻米主要产区，是四川盆地的广大浅丘陵、江河小平原及河谷地带。清代四川的"四大米市"，就分别位于涪江的江油中坝镇、射洪太和镇，沱江的金堂赵镇和长江的江津白沙镇。

平常的年份，全省各州县输往成都市场的多品种商品稻米不少，也吸纳成都的优良品种。在自然经济条件下，农民作为个体的小生产者，选种育种受自然地理条件限制，受生产力水平限制。没有官府组织科研机构、商业公司来指导选育和推广，全靠农户小规模的精耕细作和不懈的经验选育，靠市场交换推广优良品种。能够在当时产生这么多稻谷品种并能够用于繁育生产，巴蜀农民前辈已经很努力了。

[①] 都江堰在平原地带的水冷问题，为外行所不知。在"以粮为纲"的时代，在川西平原稻田边还能看到一个特殊现象，就是从支渠斗渠里放出的水，并不直接灌入稻田。而要在田埂外，多挖一条供水回转的土渠，也就是渠水要在田埂边多打个转，接受太阳和土地的热度，相对提高温度后，才能进入田里。稻田的低产田有一种，就叫"冷浸田"。后来四川的农业专家着力研究推广"土壤热力说"，应该就是为了解决这类问题。可惜成都平原现在极少见到稻田，这个细节，乡村年轻人恐怕都不知道了。

对于红薯和玉米，说几句不算题外的话。这两种外来农作物，对清代以来四川经济发展和人口增加，起到过巨大的作用。据研究，红薯和玉米大约在十六世纪末分别由南洋和美洲引入中国，先在福建、浙江和广西等多地种植，到清代湖广填川时期，移民将其带到了四川。

清初四川农业生产效率并不高，农业易受各种自然灾害和社会动荡影响，传统的农作物产量低，无法承载过多人口。移民运动不仅带来大量人口，红薯和玉米等作物也给移民的粮食来源提供了高产新品种。这些外来的粮食和经济作物，经过四川农民的耕作培育，逐渐在四川扎下根，成为本地"土产"，繁衍至今。

粮食相对充裕，对于人口的繁殖也是有力的保障。据《四川通志》记载，清嘉庆十七年，官方统计的四川人口数是两千一百六十五万多，这是截至当年有史以来四川人口最多的一个记载，尽管数字存在争议。

说了粮米主食，再说成都居民煮饭的燃料。当时家庭炊煮用的柴薪多数来自彭州、灌县、眉山等地山区，依靠都江堰水系运进城市，零售价当然不便宜，所以不缺米的成都缺柴。

傅先生在《成都通览》的"柴类"中就说"近四五年成都柴贵"。当时成都市面上卖的柴分三种，一种叫火把柴，就是松柴，每把卖价一百二十文左右，而在嘉定（乐山）等岷江下游产地，不过十六文一把。一种叫围柴，就是成捆的青杠柴，每担两捆卖价银三钱八分。还有一种叫杂柴，是晒干的废竹篙纤藤①之类，用于引火，每斤卖价三四文。

柴价在当时是个什么概念呢？根据《成都通览》列举的物价，一把松柴与一斤菜油，或一斤猪肉，或一个猪肚，或四个猪腰，或一斤活鸡的价格基本相等。成都街市上，锅盔四文钱一个，皇城坝的牛肉面十二文一碗，盐煮花生九文钱十堆。

因此成都小户人家做饭，出于节省薪柴，用小木甑子蒸饭，一次可以蒸两顿，下顿只是热一下，少用柴。有的"节能"高手，甚至能在一口锅里同时焖出软硬度不等的饭。今天的煮饭神器倒是不断推陈出新，卫生便捷、智能控制，电力天然气敞开用。可是商品经济时代的吃货们，对照一下傅大爷笔下的粮米资源，今天的"饭品"②却远远没有盖过小农经济的一百年前啊！

① 纤藤的严格写法应该是繁体的"綘藤"，綘（音牵，去声），拉綘、綘绳。这个不是纯天然的产品，在农耕时代，是川渝地区的特产。拉船、架吊桥、架设河上的溜索等，需要绳索，但是棕麻绳索量少成本高，且易损。于是川渝人就用竹子（白夹竹最佳，其纤维韧性最好）剖成条，编制成长长的缆绳，叫"綘藤"，抗风吹日晒的性能比棕麻制品强。报废后，被剁短当薪柴卖，很容易燃烧。在没有钢索的时代，都江堰跨岷江的安澜索桥，就是竹綘藤承载桥面负重。川渝山区的众多跨河溜索，也是用竹綘藤承重。川方言里，綘藤进入日常生活的语词有不少。
② 年轻的成都人，已经不知道过去的米饭还有别的风格。比如秋末，能买到农民拿进城来卖的当年"新米"，都是本地品种，饭味清香新鲜，特别是煮稀饭，更是米香四溢。笔者小时候，母亲教做"滤米饭"的要诀是，米在水里煮一会儿，捞一颗用手指捏，里面还有三粒白色硬粒，就是最佳"起滤"状态，少于三粒太软，多于三粒偏硬。滤起来的米在铁锅里用柴火蒸，软硬合适，米香浓郁，还有黄脆焦香的锅巴。米汤是很好的佐餐饮料。这种口福，已经很难享受到了。

笕笕装过的蔬菜

"川菜"是个集合概念,分解开来是一个个具体的菜品;再还原,是若干做菜的食材。百年前,成都人做菜的原料是什么样的状态呢?除开今天现代科技培育的新作物、进口食材和成品、交通运输进步带来的异地新奇鲜活产品,比如生猛海鲜等之外,其余的,根据《成都通览》记载,跟现在差不多。

先说本地土地上培栽的蔬菜,"通览"关于"成都四时蔬菜"条目中,列举主要蔬菜的品类数不胜数,可以看到,这些蔬菜我们今天依然乐此不疲地还在吃着:

白菜、紧心白菜、白菜秧、白菜薹、莲花白、冬瓜、黄瓜、韭菜、韭黄、韭菜薹、白萝卜、红萝卜、芹菜、蒜苗、蒜薹、豌豆尖、新豌豆角、芥蓝、菠菜、笋子、芫荽、莴笋、藜蒿、青菜、青菜头、羊角菜、大葱、火葱、冬寒菜、油菜薹、红油菜薹、牛皮菜、椿芽、豆芽、茄子、四季豆、苋菜、蕹菜、苦瓜、新南瓜、新豇豆、豇豆、丝瓜、青辣子、红辣子、灯笼海椒、软浆子、藕、鸡丝菌、瓠子瓜、新黄豆、新姜、笋瓜、苤蓝、青豆、峨眉豆、茭笋、脚板苕、甜葫芦瓜、苕菜、芋荷秆等等。

芋荷秆是今天成都菜市几乎看不到的一个"野味菜",笔者所知道的这个东东过去是猪饲料,现在可能猪饲料都不用它了。芋荷秆,就是毛芋子的叶梗。毛芋分红梗、乌梗、白梗等品种。成都乡村普遍种植红梗和乌梗芋,白梗较少。能吃的芋梗,一般为乌梗,因梗中麻味较轻,容易去掉。芋梗富含纤维素,咬之有香滑的口感。从傅先生的记载看,当时成都市场上这个菜还不少。通常的吃法是盐渍,去叶洗净,晾至半干,切成半寸小节,加盐、花椒合匀,再装入坛中压紧密封半月,麻味消去,便可开坛食用,既可直接吃,也可炒烩。

这个蔬菜名单中,"新"当作"青"或者"嫩"解。常买菜的人知道,多数"新"蔬菜和已经成熟的,吃法和味道会很不相同。"新南瓜"可以切丝红锅快炒成脆菜,老南瓜则不行。"新姜"也叫"子姜",可以下泡菜坛子,做成白白嫩嫩的泡姜,还可以烹烧肉类,比如烧兔、烧蛙,都是餐馆点菜热门。老姜则另有用法,多数用于去腥调味。茭笋,就是茭白,今天成都人叫"高笋",紧邻火车北站荷花池还有个地标式的地名叫"高笋塘"。考虑到广东方言"jiao"发音"gao",这"高笋"有点名不副实,茭白的植株再高,也高不过竹子吧,所以完全可能是从"茭笋"的方音转来。君不见成都东北部住着众多客家群落吗?从清初"湖广填川"以来,至今他们内部交流,还往往是外人听不懂的"打乡谈"呢。

川人吃菌类有悠久历史,川内气候和地理特征,有利于菌类生长。多种干鲜菌类,今天依然是川人餐桌上的家常菜。在"成都之菌类"条目下的"无毒可食者"一节中，傅先生列举的菌品有：

香菌、三大菌、大足菇、黑芝麻菌、桤木菌、露水菌、竹根菌、胭脂菌、构菌、桑菌、竹丝菌、鸡枞菌、甘蔗菌、荞粑菌、莲花菌、黑木耳、干菌子等。

当时的这些菌品，都是"野生"的，人们只能在适宜某种可食菌类生长的时候及时采摘，跟今天的无季节差别商品化生产无法比拟。

吃野生菌有误食毒菌的危险，很多毒菌类是常人无法辨识的，中毒的悲剧在今天都难免有发生。这一点傅先生似乎办法也不多，在"有毒不可食者"项目下，只是无可奈何地说了一句"名多而杂，不能记出"。接着列举了两种毒菌：油蜡枯（黄色）、白芝麻。

在没有现代储藏和运销条件的当时，干菜应该是调剂蔬菜淡旺季行销的热门生意，在"干菜帮"项目下，傅先生一共记录列举了成都市区的一百五十三家干菜店店名。在涉及"入嘴"行业的商帮里，仅次于"油米帮"，比"酱园帮""盐酒帮"和"茶叶帮"的数量多。

可能是干菜的品种都来自新鲜菜，所以傅先生没有办法列举很多品种，只提到了干菜店和杂货店出售有酱菜、干菜，比如南溪县冬菜芽菜、新繁等地的干菜等、川南的玉兰片（楠竹笋干）。还有一些归入菜类的豆制品、粮制品，比如绵州豆腐皮，峨眉的黑雪豆腐、白雪豆腐，井研县的豆粉条粉等。实际上，来自州县的各种酱菜干菜，通过各种渠道进入成都,从劝业大会上的产品展示名单上,可以看到很多商品是有相当产量的,成都是省内最大消费市场,商家不会不重视。上述干菜店的数量多于酱园业和盐酒业,也佐证了这一点。

在那时的四川,还有一种今天已经"失传"的蔬菜制作工艺,就是"蜜"蔬菜。所谓"蜜",就是用做蜜饯的方法加工蔬菜。在光绪二年(1876年)的成都劝业大会上,有这样一些从州县带进成都的"蜜"蔬菜:

蓬溪县有蜜苦瓜、蜜大红海椒,梁山县(现在叫梁平县)有蜜莴笋、蜜海椒,遂宁县有蜜苦瓜,合江县有蜜芽姜;还有很多介于蔬菜与水果之间的蜜饯,就不列举了。

在宣统三年(1911年)的成都外来农产品陈列会上,还有一样很另类的东西:懋功县带来的"棋盘花",也就是蜀葵。这种据说原产于四川的美丽花卉,是很古老的药食兼用植物。

汉乐府里有一首很凄惶的《十五从军征》,写老兵回乡,采野生禾谷做饭,采野生葵草做菜,却不见亲人踪迹。蜀葵的嫩叶和花可以吃,全株又可入药,花可做食品染色剂。这里傅先生没有注明输蓉的蜀葵花是做什么的,是干品还是鲜花,只得存疑。不过在四川农村,农舍周围不乏蜀葵繁盛,确实有采花做菜的。

除了干、酱菜,腌制泡菜也是储存和调剂季节余缺的重要手段,川人做泡菜是高手,傅先生没有埋没这个长

处,在"成都之咸菜"一节中,他首先注明泡菜的腌制方法是"用盐水加酒泡成,家家均有":

鱼辣子、泡大海椒、泡藠头、泡蒜、泡萝卜、泡地瓜、泡藕、泡茄子、泡黄瓜、泡青菜、泡芹菜、泡萝卜缨、泡苦瓜、泡莲花白、泡李子、泡芋头、泡刀豆、泡姜、泡蒜薹、泡莴笋、泡笋子、盐白菜、酱白菜、萝卜干、笋干、豆干、伏瓜皮、伏盐菜、伏豇豆、伏大头菜、伏蒜薹、伏芋荷秆、鲊海椒、醋泡大头菜、酱莴笋、酱萝卜、冬菜、冲菜、大头菜丝等。

泡李子,即用水果做泡菜,这个传统做法今天大约是丢掉了。网上搜索,今天泡李子基本上是用糖醋水泡,做甜品小吃。倒是"伏蒜薹""伏大头菜"之类的"伏"值得一说。

"伏"是一种为了储藏而对蔬菜进行加工的方法,现在的成都已经少有人操作。请教老一辈做过"伏"菜的方法,就是把需要加工的蔬菜打理干净,再根据其特点切成适当大小,用盐和别的作料稍加"码制",再用一个特别的陶制坛罐装起来,这个坛罐又叫"倒伏罐",肚大,口小,没有泡菜坛一样的盛水沿口,因为这个坛罐不是直放,而是口朝下倒放。菜装进去之后,用细篾片在坛口内"别"一层,目的是固定住菜不让掉出来,最下的部件是个陶盘,装水,坛罐口向下,水起到隔离空气作用,菜里的多余水分,就渗漏到底座盘子里。经过一定时间,菜

"伏"好了,不生霉,不腐烂,存放期较长,还有一股酿造发酵后特有的醇香味。

据笔者请教的一位成都孃孃说,她家前几年都还在做"伏菜",她的母亲是从川南来的,可见这个工艺,川内别处也有。但是为什么叫"伏",一般人解释为因工具"倒伏罐"而得名,还是没有说清楚"伏"的本义。偶翻传统中药书,中药界对有些药材的炮制,称为"伏性",即通过加工工艺,使药材中某些成分的分量比例或性质发生变化,更加适合方剂的要求。想来"伏菜"也应该是这个道理。

灶台上摆放过的作料

做菜的作料,也叫佐料、调料,傅樵村的时代普遍叫作"相料"。

首先得说诸味之首——盐。

中国历史上,盐都是朝廷政府专营,是重要赋税来源,不仅私自贩卖盐巴属于犯罪,合法卖盐巴也有官府指定的范围。直到前几年,都还有盐政稽查人员对小餐馆老板从外地捎回几袋盐的"异地用盐"违法行为进行惩罚的新闻见诸媒体。写《杜甫的五城》的香港旅行达人赖瑞和,走到山西运城盐池,受本地人隆重推荐,想尝尝当地的池盐,却被告知不能买走。最后是有关部门开证明，才带了二两一小包回到香港。2017年，盐业迎来空前大改革，全国盐产品不仅价格放开，异地流通也不受限制。如今成都超市里，可以自由买到来自省内省外的很多种商品盐。

那么百年前成都人的盐罐罐里装的是什么盐呢？从清代四川盐政官营开始，供应成都的盐最主要是乐山牛华溪产的井盐，被称为"乐场盐"；有时候调剂一部分犍为产的，称为"犍场盐"。在漫长的清朝，成都人多数时间是按照官府的指定，吃这两个地方的盐。《成都通览》里，还记载着零售商店有"自流井盐"和"简盐"，即自贡和简阳产的盐，应该是晚清时期加入的了。

清代盐业官卖，销售商要预先缴税，才能领到官府发的经销许可证"盐引"，然后到指定地点进货，在指定范围销售，价格也是官方核定公布的，随意加价很难。个别分销商掺杂使假不是没有，但官府整治得很严，一般不敢乱套。但是在清代中后期，官营盐业出现了一些问题，因为川北、川东等多处有小型盐井生产，这些盐产品官府基本无法管控。因为利润高，私产私贩屡禁不止，官府划定的"盐引"销售范围经常被打乱。不过成都是省城，管辖相对严格，到清光绪年间，盐巴的运输也由官方直营，多少有些作用。成都人多数时间守着官方指定的那几个地方的盐巴吃了一个朝代。幸好盐巴只是个咸味，否则以成都人的刁嘴，早就吃烦了。

其余的调味品，被傅大爷归于"五味用品"，除了没有今天用滥的味精、鸡精之类，其余的完全能够满足今天成都人的口味需求。在当时，就是这些作料，承担起了川菜不断创新发展的重任。

"通览"主要记录了这样一些品种：

红豆油、白豆油、陈醋、酒醋、豆母子、干辣椒、热油海椒、辣椒酱、香油、芝麻酱、芥末、花椒、胡椒、花椒末、胡椒末、酱泡辣椒、甜酒、蒜头、蒜泥、红糖、冰糖、白糖、蜂糖、青糖、漏子糖等。

"豆油"，不是大豆压榨的食用油，而是"酱油"，因为用黄豆酿造而得名。"豆母子"，是大豆酿造后的产物，在酿造业，它可以是豆豉类的调味品原料。往昔在成都街头挑担叫卖的凉粉夹锅盔的作料中，有豆卤汁，就是豆母子做的，酱状，有很特别的鲜味。豆母子还可以是提取了酱油的剩余物，作为饲料出售。我住家曾经在一家大型酿造厂旁边，路边经常看到晾晒这个东东。

漏子糖是一种没凝固的红糖，黑红色液态，但口感和融化后的红糖有明显的区别，是土糖坊某道工序出的产品，是凉糕的绝配。现在好像没有了，卖凉糕的用红糖加白糖熬化了代替。

食用香料在那时候也不缺少：

山柰、八角、草果、五加皮、香附子、蓽片、藿香、橘皮、桂皮、木香。

薤就是薤白，川人叫作"藠头"，是做酱菜和泡菜的原料，有葱蒜一样的辛辣香味，这里说是"薤片"，应该是干货，做调料用的，傅大爷也将它归于"成都五味用品"之列。

有点遗憾的是，在《成都通览》里，今天被尊为"川菜灵魂""地标产品"的郫县豆瓣，当时还被埋没在众多调味酱料的队列中，远没有鹤立鸡群的风头。据傅大爷的记载，"辣子酱"和"胡豆瓣"是被归于"咸菜"类的，跟豆豉豆腐乳并列。看得出来，那时候"辣子酱"和"豆瓣"是稍有区别的酱料品种，从"通览"的排列分类看，当时被叫作"辣子酱"的，应该是辣味酱料的主流，还没有普遍被"豆瓣"一统而取代。今天被叫作"豆瓣"的，实际上应该是两者的结合，即加了霉化胡豆瓣的辣子酱。

从《成都通览》看，商品化辣酱在当时不是很大规模的产业。这个不奇怪，直到今天，不少成都居民在红辣椒上市季节，都还要自己买辣椒，或用菜贩的机器加工搅碎，或拿回家自己动手刀剁、机器绞，加豆瓣或不加豆瓣，制成相对安全的辣酱，品质与酿造厂制作的差不多，一般能吃一年。可以想见，百年前家庭自制辣酱的程度更高。辣椒从同治年间传入四川，到傅先生的生活年代，至少有三四十年，辣椒酱应该修炼成川人灶头上的资深作料了。

"通览"记载"成都之五味用品"项目下，辣酱产品唯有"彭山胡豆瓣"作为代表。而且在另外的章节"成都之川江水程"中,傅大爷写他乘船由府河进入岷江到重庆的水路里程和途中见闻,列举每个码头的地理、民俗和特产,说到豆瓣,还是只有彭山一处。而郫县辣酱的名目,出现在清宣统二年三月成都举办的全省范围劝业会的参会产品中,在郫县特产项目下,今天威名赫赫的"黑胡豆瓣""红胡豆瓣酱",只是被列在本县几十种农、副、手工业特产的最后。同期参加这个劝业会的不少县份,如青神县、巴县、内江县、射洪县、南部县、眉州、彭山县等地,也把"豆瓣酱""辣子酱""豆瓣"作为特产,信心满满地拿到省城来展示,可见那时候独树一帜的地标产品并没有形成。

说到郫县的"黑豆瓣",成都当代资深吃货车辐先生曾经深情地怀念说,小时候他吃过"黑豆瓣",下米汤泡饭那是绝配;流沙河先生也提到过这种豆瓣。黑豆瓣比一般辣酱水分少,所以吃起来"干香",是酿造作坊反复翻坛晾、晒、露制成的,据说要耗时三年。不过这东东在近几十年间消失了,车辐先生是小时候吃过,后来他也没见着了,到郫县去问,当地人表示茫然[①]。

[①] 近来黑豆瓣被郫县的民营酿造企业发掘出来,陆续有产品面世,不过还没有恢复从前的荣光。笔者2018年末在四川省图书馆的一个传统手工艺创新产品展示会上,买到过黑豆瓣。包装很精致,广告文字很扯眼球,味道品质,其实也平常。

砧板上剁过的肉

川人做菜,无论居家还是餐馆,纯粹的"素"只是流派一种。绝大多数的菜肴,还是离不开"肕肕"[①]的,也就是或多或少菜里都要有肉类。川菜的烹制法,基本上是针对荤菜而来。

别认为菜里有肉是很顺理成章的事,古代不说,近代以来,还是有过肉类的短缺时期,吃肉是奢侈的享受,称为"打牙祭"。甚至还有过凭票证一个月供应一斤或者一斤半肉类的时期,至今是很多人抹之不去的记忆。

傅先生生活的时代,买肉只要钱,而且品种之丰富,与当下相差无几,除了生猛海鲜没办法外,畜禽水产、干发海货都有。"通览"的"成都之肉脯品"这一节还在题目后说"随时均能买,极方便"。比较当时物价,并不贵。

列举一些畜禽肉类时价(计量以当时的"十八两秤"为单位。老秤一斤五百克,分为十六两,每两三十一点二五克。十八两秤,在十六两制一市斤上面加二市两,就是五百六十二点五克。1958年废止各种老秤,统一为市制十两一斤即公制五百克的计量标准)。

猪肉:每斤一百二十文(相当于一斤菜油,或者一斤二两上等川南青茶,或者二斤二两本地产散装烧酒)。

[①] 肕肕:川方言,肉的别名,音gǎ,两字连读则第二字轻声。

猪肚：每个一百二十至一百四五十文。

猪油：每斤一百四十文（买肉较多者，可与肉价同）。

猪头：每斤七八十文。

猪蹄：每个二十五六至三十四五文。

猪腰：每个三十文上下。

猪蹄筋：每根六文。

猪舌：每个一文（简直是白送）。

当时成都习俗喜欢吃黑猪肉，对外来的非黑猪品种不感冒。可惜成都本土黑猪今天已经跟大熊猫差不多珍贵了。

黄牛肉：每斤七十文至八十文。

水牛肉：每斤四十八文至五十六文。

牛杂：每斤六十四文至七十文。

羊肉：每斤一百三十文至一百四十文，如是大尾羊（应该是从西北草地来的）每斤六七百文。

羊杂（煮熟）：每斤二百四十文。

成都人习俗，不爱吃水牛肉，说是不好吃，此习俗至今如此，卖牛肉的都要在价目牌上注明品种。此外，那时候就有来自高原草地的牦牛肉在成都销售，只不过受运输能力限制，数量不是很多。傅先生评论牦牛肉，说"肉美"。

鸭：水盆鸭每斤一百余文至二百文。

鸡：装笼子挑来卖的活鸡，每斤一百二十文。生鸡宰杀洗净后，每两（老秤，每两31.25克）十二文。

鱼：成都人崇尚鲫鱼，称为上品，每斤一百数十文。鲤鱼鲢鱼等也有，当时没有规模商品养殖，应该都是野生的。

虾：出自本地的野生河湖虾，普通市民少于消费，多数是捕捞者定向对餐馆销售，所以价格也随餐馆的需要量浮动，大致在一百八十文到三百文之间。

当时没有"生猛海鲜"，但干腌和水发货是很丰富的。

鱼翅品种有玉脊翅、大面翅、长单翅、中单翅、夹片翅等。

海参品种有大开参、小开参、常刺参、白海参等。

还有种类繁多的鱼肚、鱼唇、蛏干、瑶柱（干贝）、鲍鱼干、银鱼干、金钩、鱿鱼、蜇皮、对虾、川南肥鼋（团鱼）、鱼肚等；还有今人少见的乌鱼蛋、鱼脆、虾蛋等。

最后几样解释一下。

乌鱼蛋：由雌墨鱼的缠卵腺制成，加工时，将鲜墨鱼的缠卵腺割下来，用明矾和食盐混合液腌制，使之脱水并使蛋白质凝固即为成品。

鱼脆：鲨鱼头颈部软骨，经干制加工而成，用作高级宴席的汤品，称为八珍之一。

虾蛋：虾卵，又叫虾籽，分海虾籽、河虾籽两类，虾籽及其制品均可做调味品，味道鲜美。

说到成都的本土河湖水产，傅先生不无遗憾地说："鱼类甚少，除鳅、鳝、鲫鱼外，多自外属运来。"他列举的成都鱼品种只有十四种：

鲤鱼、清波鱼、刺泼鱼（鳜鱼）、墨鱼（产自乐山的江团）、鲫鱼、鳅鱼（泥鳅，用于养猫）、黄鳝、白鳝、鲢鱼（应该是鲶鱼，至今成都人亦如此认识）、黄辣丁、乌鱼、金鱼（观赏鱼，不可食）、红鲫鱼（少人食，养在池中观赏）、麻麻鱼（资深川人看到这个名字能会心一笑）①。

傅先生的分类法也许不够科学，但那时候鱼类品种不如今天多也是事实，至少"四大家鱼"的商业性规模饲养还没有一点苗头。

关于成都的水产，傅先生还列举了河虾、团鱼（很贵）、螃蟹（本地螃蟹肉少无黄，吃的人少）、螺蛳、乌龟（腥气重）等。

百年前的四川乃至全国，没有今天保护野生动物的观念，也没有相应法律法规，所以那时候的人也难免对野生动物下手，称为"野味"。

人们认为，河里的鱼虾是野生的，可以随便捕捞。同理，野生鸟兽，为什么不可以打来吃？于是在成都的餐馆里就出现了野鸡、斑鸠、青蛙等原料做的菜肴。"通览"

---

① 麻麻鱼，川方言里是个集合概念，并不专指某一种鱼，凡微小型野生鱼类都可纳入范围。河流沟湾堰塘里都有，自然生长，成群活动。钓鱼者很不喜欢，因为它们不知死活，见饵就扑上前，"啄"上钓饵转身就跑，白费钓鱼者工夫。但这类鱼肉细嫩少刺，脂肪多，能炸成香脆的佐酒佳品。故以细密网罟捕捞，靠数量多而形成"密密麻麻"效应，简称"麻麻鱼"，也有别的称呼，比如"麻杆子""麻鱼子"等。川谚另有"吃麻麻鱼"一说，义项也是集合概念，有含混敷衍、蒙混过关、误导、吃反应、扰乱视线等含义。

没有具体介绍野味的交易情况，但餐馆菜品中此类不少，可见颇有市场。

除了生鲜干腌肉品，在成都的大街小巷，还有大量做肉食加工的商家。由于成都城市强大的消费力，使肉食业的深加工、精加工得到相当大的促进，达到了分工很细的地步。

街上铺子里出售的加工成品或半成品有：鸭掌、鸭舌、羊杂、烧鸭子、盐鸭子、豆豉鱼、酥鱼、白油鸡、红蹄子、板鸭、鸭胸肉、砂仁肘子、卤鸽子、鸭翅、红肚子、红肠等，还有类似麦当劳全家桶的"攒盒"，十几种可供下酒的腌卤肉品集中在一个盒子里。

街边摊子上出售的有：盐鸡、盐鸭、卤鸡、卤鸭、烟熏鸭、皮蛋、盐蛋、卤帽节子、猪头肉、猪耳、猪嘴、卤肝子、炸虾、干牛肉、咸牛肉、红牛肉、牛尾、卤肚子、卤豆腐干、香肠、兔肉、卤五香蛋、蒸肥肠、蒸牛肉等。

在成都市面销售的腌制肉类，大宗的有：宣威火腿、眉州火腿、汉州火腿、金华火腿、西藏风猪肉、简州腌鸭子等。

蛋类：供应很丰富，除了鸡鸭鹅鲜蛋，还有很多蛋制品，如皮蛋、盐蛋、五香蛋、灰蛋等。

可见那时候的成都吃货们，口福还是很好的。

饭桌上摆过的菜肴

前不久笔者和朋友在成都西城一家旧民居院子打造的川菜馆子吃便饭，看到菜单中有一道"百年经典川菜——夫妻肺片"，没管住乌鸦嘴，告诉服务员说，百年前还没有这个菜名。服务员笑笑说，我们老板说有就是有！

那时候有没有呢？夫妻肺片肯定是没有的，肺片有没有存在争议，但肯定没有成型，而且上不了台面。还是看当时的成都"总乡约"傅崇矩大爷是怎么说的吧。

《成都通览》关于菜肴品种和席桌菜单的记载很丰富详尽，餐馆和家厨菜肴都有大量的列举。餐馆的部分另文说，先说"成都之家常便菜"。傅大爷解释说："约举数十，以见成都风俗。"

本文肯定无法抄书，傅大爷的原文没有做任何分类，想起哪里说哪里，只好梳理一下，将这些百年菜谱介绍给今天的吃货们：准备好餐巾纸，谨防口水流出来哦！

今天仍然在成都的家庭和小餐馆锅灶上冒着热腾腾香味的快炒荤菜有：韭黄肉丝、炒腰花（片）、炒猪肝、炒羊肝、回锅肉、牛肉芹菜、冬菜肉丝、滑肉、辣子肉、炒鸡杂、泡海椒炒肉、豆芽肉丝等。

煎炸焖烧菜有：煎鱼、烘蛋、烧鸭、肉焖豆腐、肉焖菜头、酥肉、莴笋鸡、牛肉豆腐、红烧蹄子肚子、烧高笋、炸圆子、红焖鸡、辣子鸡、烧小肠、烧牛杂、芋头烧肉、白菜薹煮肉、炸蹄筋等。

凉菜有：白肉、姜汁鸡、椒麻鸡、椿芽白肉、拌舌子、凉拌肉皮、凉拌大肠头、拌猪耳朵等。

蒸菜有：蒸蛋、烧白、蒸肉等。

汤菜有：川汤、连锅子、清汤圆子、炖鸭子、炖蹄子、冬瓜汤、炖羊杂、白炖鸡、炖心肺、菜头汤、黄豆汤、瓠瓜汤、莲花白汤、豆芽汤、带丝汤、炖羊肉、炖肘子、炖火腿蹄、萝卜汤等。

腌卤菜有：卤鸡、卤蛋、卤肚子、卤肉、卤猪尾巴等。

素菜有：炒藕、炒韭菜（花）、㸆豌豆、焖豌豆、野鸡红、炒玉兰片、炒地瓜、熘莲花白、板栗白菜、炒蒜薹、炒腐皮等。

看过之后，仿佛在成都的网红苍蝇馆子走过一遭，除了水产品少一点。实际上，一般苍蝇馆子做不出来这么多菜，一般家庭甚至吃货家庭也难得做这么多品种。

有两个菜得说一下。

一个是回锅肉，这是川菜中资深的代表作，那时候就被傅大爷平淡无奇地排列在了家常菜中，可见已经相当普及，不再有曾经隆重的"雄鸡刀头"祭奠先人，之后再将冷猪肉切片回锅烹炒以大快朵颐的仪式感。

另一个是野鸡红，这是成都地区特有的素菜，主材是芹菜、红萝卜，还可以根据节令配别的蔬菜，炒出来红红绿绿，使人胃口大开，1980年代初我在成都某高校食堂经常吃到这个五色斑斓的菜。当时大棚种植还没有兴起,蔬菜品种受季节影响,食堂师傅在有限条件下经常改变这个菜的配方。现在食材太多了,不知道大厨们还做不做。

还有一个有意思的现象也要说说。

上述所列举的菜肴中,蒸菜很少。这是因为,在很长的时期内,成都的一般馆子基本上是不做蒸菜的,只有包席馆子和专门的蒸菜馆做。直到1930至1940年代,成都街上的炒菜馆子里设蒸锅的不超过五家。专门的蒸菜馆一般不设店堂座位,只卖出堂。传统包席馆子的蒸菜是大头,占菜品的七成左右。这个原因不复杂,行业形成的分工而已。

至于居民家庭少于做蒸菜,原因也很简单,成都柴贵。

傅氏"通览"的神奇分类法,让各个主题都不断有"柳暗花明又一村"之感。作者还用更大篇幅,列举了成都人摆席桌时的若干菜肴名称,因为是席桌,蒸菜就多了。只转抄一些有特色的菜。

火腿菜有:火腿片、火腿丝、冰糖火腿、火腿方颗、火腿豆花等。

鸡肉菜有:白油鸡片、香花鸡丝、茨菇焖鸡、粉蒸鸡、椒麻鸡片、玻璃鸡片、松仁鸡块、鸡豆花、鸡饼、鸡松、香糟鸡等。

鸭肉菜有:清蒸大甜鸭、堂片大烧鸭、板鸭白菜、烧鸭舌掌、鸭脑羹、鸭腰片、八宝瓤鸭等。

河鲜菜有:辣子醋鱼、糖醋鱼、清蒸鲢(鲶)鱼、清蒸鲈鱼、清蒸肥龟，干炸鱼片、五柳鱼、蒜烧鲢（鲶）鱼、香糟鱼、一品鱼圆、鱼冻肉、生爆虾仁、虾饼、翡翠虾仁、清汤虾仁、虾圆、红烧鳖裙等。

猪牛羊肉类：干炸猪（牛，羊）排、猪髓口蘑、清蒸蹄筋、蹄筋脊髓、火爆肚头、清汤羊肚、芥末肚丝、红烧猪唇、干烧大肠、肝卷、腰卷、东坡肉、万字烧白（刀雕万字花纹）、荷叶鲊肉、红烧（牛）膝盖、火烧羊肉、坛子肉、樱桃肉、烧牛肚梁、清炖心片。

野味类：野兔脯、野鸡片、炸野鸭、斑鸠冻肉、斑鸠炙脯、烧鹿筋、炙熊掌、炙鹿脯、炙鸽子、炙田鸡等。

海味菜有：红烧鱼翅、冰糖燕窝、奶（清）汤鱼翅、奶汤海参、麻辣海参、蟹黄鱼翅、海参杂拌、酸辣鱿鱼、红烧鲍鱼块（片）、菜头瑶柱、萝卜瑶柱、鲨鱼舌尾、奶汤鱼唇、红烧鱼唇、对虾蒸口蘑、清汤鱼皮等。

蔬菜类有：瓤小南瓜、瓤苦瓜、鲜慈竹笋、新胡豆豌豆、新胡桃肉、口蘑老豆腐、奶汤冬寒菜、红油菜薹、菜豆花、南瓜尖等。

席桌上，还配有数量巨多的甜品小吃和干鲜果品，以及可以送礼的各种便携菜肴。而且这里介绍的只是普通席桌，还有更加高大上的燕窝席、海参席等，就另外介绍了。

不抄了，好多菜别说吃过，听都没有听说过。需要说一下的有：

今天的成都餐馆把海蟹做成川味麻辣，有人认为是了不起的味道革新。其实看看百年前的成都饮食界前辈，他们也很善于革新，比如把海参做成麻辣、做成杂拌，把鱿鱼做成酸辣、鲍鱼做成红烧，用四川特有的青菜头和萝卜烧干贝等等，就是当年吃货们的新潮。

今天成都人琅琅上口的几个川菜名品，在当时只有陈麻婆豆腐已经成型，它的资格老，产生于清朝咸丰年间，距傅先生写"通览"时已经存在五十余年，是当时的著名餐饮名片。那时候肺片做成什么样子不好说，即使有，也还在皇城坝街头用瓦盆盆竹签签零卖。当时成都著名的餐饮招牌，绝大多数没有传承下来。

行业的新陈代谢很正常，吃货代有才人出，各领风骚几十年。不过再怎样变，成都的餐饮确实土壤深厚，真正够得上"文化"的层面。今天的成都人，享受着美食之都的种种福利，不要忘了百年来成都人连绵不绝的味道革新啊！

街上开过的馆子

若是问今天的成都人，街上有多少种餐馆，肯定没人说得清楚，商业主管部门也不大可能掌握。名特和不名特的小吃店、快餐店、自助餐、外卖店和路边吃食摊档就会数得人发晕，更不用说火锅、串串、冒菜、汤锅、干锅等需要边煮边吃的店，还有从苍蝇馆、烧菜馆到豪华会所私房菜等各种档次的中餐馆，以及洋快餐、披萨店、西餐馆这些外来户。如今餐饮业的跨界现象很普遍，各种渗透、融合、综合使得很难对其做出归类的总结，从发展趋势看，吃货们会迎来这个行业的更多变化。

相对今天的眼花缭乱，一百年前的成都餐饮业，形式上也许要质朴一点，但是走进傅先生的《成都通览》，依然能看到一个饮食业异常繁荣的时代。

那么一百年前，成都街上有些什么餐馆呢？首先，专门的火锅馆子似乎没有，而当时的主流高大上是席桌，火锅极有可能是席桌的一个配角。当时成都街上主要的餐馆，撇开小吃不说，是炒菜馆子和包席馆子，后来又有了兼有两者功能的"南堂馆"。

先从炒菜馆子说起。炒菜馆的规模相对小，从业人员分工不明晰，比如墩子匠，也就是切菜的，一个餐馆通常只有一个，当然他们普遍刀工一流，但是切完菜，灶上忙起来的时候，也要去炒菜。炒菜馆子经营灵活，菜肉酒水准备充分，客人上门，可以迅速炒好上桌。客人还可以自带菜蔬，交灶上代炒，每个菜炒一锅，给柴火钱八文，作料钱八文。而且炒菜馆的价格是浮动的，看客人要多少份数定价，要得多价就低。馆子里还有可口的豆花、咸菜泡菜之类。成都餐馆的下饭小菜，往往有绝活，作家李劼人1930年曾经在指挥街开"小雅"餐馆，做的泡菜卖五角钱一碟，还要排队买。有匪人以为他发了大财，绑走他的大儿子，最后倾其所有赎回儿子，生意也不敢做了。

包席馆子，顾名思义就是经营席桌，一般没有店堂，起初是搬上锅灶笼屉和食料上门做，或者做好菜品送上门。晚清成都官绅人家宴饮之风大盛，热衷租用城里的著名游宴处所宴请宾客，由包席馆子上门服务。那时候燕窝席、海参席次第流行，包席馆子的生意也爆好。最出名的包席馆子"头牌"是满族人官正兴开的"正兴园"，地址是清代唯一的成都籍（华阳县）一品文官，任嘉庆、道光朝的文渊阁、武英殿大学士等要职的卓秉恬故宅。格局高贵的店堂，摆设了很多珍奇餐饮器具供客人观赏。该店名厨荟萃，菜品高大上，不仅做鲍鱼海参席，还以一家餐馆之力在成都绝无仅有地做了三次满汉全席。这个店从清朝咸丰年间开办，到宣统三年随着清王朝的覆灭而关门。不过它的精湛厨艺由门下的蓝光鉴昆仲继承，后来开办了"荣乐园"，也是一代名馆。当时成都著名的包席馆还有复义园、西铭园、双发园等，这些名号都没有传承下来。

傅崇矩评论正兴园说"席面之讲究者，只官正兴园一处"，又说"所谓排场好而派头高也"。价格自然也可观：燕菜全席加烧烤（每桌）十八两至二十两、燕菜席十五两、玉脊翅全席十二两、寻常鱼翅席六七两、海参全席五两、寻常海参席三两五等，一般市民是消费不起的。

"南堂馆"是"江南馆子"的省文，表示是江南人（时称江浙人）开设的，后来经营者不限于江南，又带入川菜格局，叫作"川南堂"。据李劼人考证，南堂馆是1890年才在成都出现的，有蒸菜炒菜、鱼虾海味，酒多是绍兴雕花，陈设餐具比本土炒菜馆讲究。形成"川南堂"以后，吸收江浙人的经营之道，零餐、宴席和出堂均可，这种综合性餐馆逐渐成为四川餐饮主流。

《成都通览》介绍南堂馆时说："菜可以出堂，其馆内可以招客，名曰进馆，咄嗟可办。其价虽有定而开账时有折扣，食毕时另加饭钱、茶钱、洗脸水钱、水烟钱、咸菜钱、堂倌的小钱。"川人把到餐馆吃饭说成"进馆子"，来源就在这里。

南堂馆的厨房制作人员相比炒菜馆就豪华多了，墩子匠只切菜配菜不上灶，上灶炒菜的一般也有几个梯队。如果做席桌，大厨叫"头炉"，只做前三个"盖面菜"；"二炉"是一般师傅，做后面几个菜，"三炉"是学徒，做最后的素菜和汤。点心和凉菜另有专人负责。不过，当时炒菜馆的墩子匠不大看得起南堂馆的同行，因为炒菜馆的人手少，墩子匠一专多能，手艺全面，比慢工出细活的南堂馆师傅麻利多了。

"通览"说到的"堂倌的小钱"值得提一下。"小钱"就是现在说的小费，一般是餐费的十分之一，不过这笔收入不是堂倌个人可以揣腰包的，而要交柜上再分配，大厨二厨可以各占一成半甚至更多，其余各工种都能分惠，学徒只能得剩余的零头。

傅先生提到的有名的南堂馆有十九家，如劝业场楼外楼、成平街曲香春、湖广馆式式轩、纱帽街云龙园、华兴街一家春等，这些南馆名号，也没有传承下来。

在"通览"上，列举的燕窝海参席菜式名目是洋洋大观。

燕窝席品种分四季。

春季有：绣球、玻璃、白玉、鸳鸯、龙头等。

夏季有：八宝、芙蓉、冰糖、玉带、琉璃等。

秋季有：什锦、埋伏、虾膳、灯笼、混沌等。

冬季有：三鲜、福寿、把子、千层、螃蟹等。

鱼翅席品种也分四季。

春季有：清汤、橄榄、鸡炖、荷花、水晶等。

夏季有：凉拌、麻辣、鳝鱼、虾仁、木须等。

秋季有：火把、凤尾、芦条、甲鱼、清品等。

冬季有：鸭子、护腊、爪尖、红烧、镶翅等。

海参席品种也分四季。

春季有：三鲜、玛瑙、金钱、大烩、玻璃等。

夏季有：麻辣、芥末、芝麻、松仁、卤拌等。

秋季有：菊花、茄子、石榴、鸭子、松肉等。

冬季有：什锦、猪蹄、螃蟹、黄鱼筋等。

此外，还有大量的席桌菜名，令人眼花缭乱，有些还有配料和简单做法，就不抄了。

出人意料，"通览"还记载了大量西式或貌似西式的食品，例如石响布丁、藩格布丁、牛奶布丁、水晶激凌、金银激凌、鸡蛋排、黄油排、格利羊排、格利鸡排、三文鱼、外国牛肉、外国火肉、铁扒羊肉等，但是没有注明是否有专门的西餐馆。

进馆子难免要喝酒，附带说说当时成都的酒。傅先生介绍的好酒是"以北打金街之金谷园、东大街之八百春为著名"。外地在蓉出售的白酒有茅台、绵竹大曲、白沙烧酒、内江烧酒、嘉定酒、眉州酒、陕西大曲酒等，泸州酒"以毕刘轩为最"，"泸州老窖"的名号大约还没有打出来。黄酒类有仿绍、允丰正、花雕等。

"通览"说到的成都产酒类并没有提到今人熟悉的全兴大曲、水井坊。实际上，全兴大曲的前身"全兴酒"当时已经有了，这个酒是清代乾隆年间陕西人来蓉创业的王氏客商的第三代生产的。最先在水井街一座老酒坊的旧址上开了烧酒坊，与今天考古大发现的"水井坊"酿酒遗址没有传承关系，招牌叫"福升全"，因为附近有一座寺庙供奉着一尊"全身佛"，商号牌子来自佛名倒读的谐音。后来又在暑袜街另设生产点，招牌叫"全兴成"，产品就叫"全兴酒"。傅先生没有埋没全兴酒，在"烧坊帮"一节中，提到了十二家著名制酒烧坊，其中有"王金顺分号福升全，暑袜街，大曲烧房"。

好吃嘴们品尝过的小吃

今人说到川菜，琅琅上口的一批代表中，总有夫妻肺片。其实严格地说，"肺片"应该算作小吃，它的产生和初期形态，是上不了台盘的街边小零食。后来荣乐园的蓝光鉴把它摆上了席桌，作为一样下酒冷盘，不过他做的改良肺片，将原料卤煮后切片装盘，只配炒椒盐。这个改良没有流行起来，用红油等多种作料拌的肺片，成了今天牢不可破的标配形象。

由此会有人想知道，肺片尚未成名的百年之前，成都人能吃上些什么小吃呢？

翻开《成都通览》关于小吃的篇章，很容易得到启发：成都人之所以好吃，吃货多，嘴巴刁，还真要从历来繁荣的小吃上找原因。"通览"正好给我们展示出了一片"前肺片时期"成都人与小吃的缠绵情怀。

成都部分著名的小吃饮食店：

抗饺子的饺子、大森隆的包子、钟汤圆的汤圆和包子、都一处的包子和点心、嚼芬坞的油提面、开开香的蛋黄糕、山西馆的豆花、科甲巷的肥肠、九龙巷口的大肉包子、王道正直的酥锅魁、青石桥观音阁的水粉等。其中"王道正直"是一个街口子，大约在今天红星路二段与三段交会的某个地点。今天成都传统小吃的"老三篇"龙抄手、钟水饺、赖汤圆等，那时候还远远未问世。

街市上的普通小吃：

荞面、合芝粉、凉粉、糖豆腐脑、熬醋豆腐脑、相料馓子豆腐脑、蒸蒸糕、糍粑、醪糟糍粑、汤圆、油糕、天鹅蛋、黄糕、珍珠馍馍、马蹄糕、艾蒿馍馍、玉米馍馍、煎饼、酥锅魁、甜水面、炉桥面、攒丝面、杂酱面、素面、卤面、牛肉水饺、鸡蛋卷、芡实烘糕、米花糖、玉米花糖、白麻糖、羊肉烧饼、牛肉焦包、抄手、蒸馍、豌豆糕、虾子糕、花生糕、胡豆花、盐煮花生、沙胡豆、油炸豆腐干、大肉（附油、干菜、南虾、洗沙、火腿、口蘑）包子、春卷、烧麦、油旋子、馓子、麻饼子、春饼、茶汤、肉松、熏鱼、酥鱼等。

看到这些品种，今天的成都人会很有亲切感，绝大多数在今天都还存在于琳琅满目的成都小吃名录中。其中天鹅蛋应该是今天的糖油果子，据说是客家人带来的。还有酥锅魁注明是仿邛州做法，可见当时的油酥锅盔的代表作还不是今天满街皆是的彭州军屯锅盔。牛肉焦包，后来叫作牛肉焦饼，直到1980年代初期，三义园的牛肉焦饼都还是厚厚的接近包子的形状，料足馅丰味够。最近笔者吃到某名小吃店的牛肉焦饼，外形已经薄如名副其实的饼状，而且"焦"色褪了大半火候，馅是机器绞成的牛肉糊，而不是曾经的刀剁牛肉碎粒加粗切的葱粒。

特别注明的夏天应季小吃有：

冰粉、米凉粉、凉糍粑、藕（荷叶）稀饭、糖水绿豆稀饭、豆浆稀饭。

这些普通小吃价格很亲民：豆腐脑每碗二文至四文，红糖蒸糕十个九文，红糖黄糕每三个八文，锅盔每三个十文，牛肉面每碗十二文，各种包子粽子烧麦每个四文，油炸糍粑、马蹄糕每个三文，春饼每斤六十四文，盐煮花生和沙胡豆都是九文钱十堆。在一斤猪肉一百二十文的物价背景下，小吃的价格简直就是便宜到了家。

市面上一般人群消费的糖食有（没有列举价格）：米花糖、花生糖、猪油米花玉麦糖、白麻糖、薄荷糖、鸡骨糖、棒棒糖、牛筋糖、杏林冰糖、酥糖、辣子糖、樱桃糖、荔枝糖、姜糖、锅巴糖、黄豆糖、寸金糖等。

蜜饯：山楂、樱桃、黄精、葡萄、金钱橘、寿星橘、橘饼、瓜砖、梨元、辣子、苦瓜、天冬、李子、茄子、佛手、气柑等。这些大多来自川中内江、资阳等地，从金堂赵镇码头运来。

茶食：傅先生的批注是，茶食铺即点心铺也，省城以总府街淡香斋为第一，特制素点心为清芳斋。

淡香斋的点心有：桂圆（山楂、果榄、干沙）月饼、托炉（火腿、葡萄、杏仁、西洋、冬菜、七星、太史、提糖、干菜、鲜花）饼、葱油荔枝、蜜杂食、黑皮糖、枣泥方、合州桃片、水晶（绿豆）潮糕、南卷酥、风云酥、红皮金瓜、什锦南糖、沙琪玛、玉带（芙蓉、洗沙、砂仁）糕等。

这些点心的价格不菲，明显不以低收入人群为消费对象。比如桂圆月饼和山楂月饼（八个一封）三百二十八文，差点就是三斤猪肉价。价格最低的是小云片、白米酥、核桃酥等，一封八十文。

当时是川戏的黄金时代，成都开风气之先，允许男女同场看戏，戏园子设女宾专用入口，内设女宾专用区域，使得看戏的人成为不可忽视的小吃消费群，戏园子内的口碑效力，常常引领市场潮流。傅大爷也是川戏粉丝，他专门列了一个主题叫"戏园内之点心糖食品"，本文限于篇幅只选少量举例。

中国点心：清汤海参（虾仁）面（价一百文）、火腿（虾仁）包子加抄手（本品及以下各品价格皆四十文）、扬州饺子加抄手、夹沙（莲花）鸡蛋糕加杏仁茶、一品玫瑰（萝卜）饼加杏仁茶或抄手。

西餐点心：千层（卷筒）蛋糕（价三角）、莲蓬蛋糕（本品及以下各品价格皆一角）、松仁（牛奶、葡萄、柳叶、樱桃、杏仁）酥饼等。

临时点心：（这里"临时"的意思应该是品种非常设，经常会更换）桃仁冰糖奶卷、鸡油枣泥粽、桃仁燕窝卷、芝麻猪油汤圆、白糖红苕饼、冰糖杏酪、玫瑰八宝饭、白糖绿豆团、冰糖瓤鲜藕、冰糖梅酱、南虾樱桃汤圆、梅干南腿汤、冰糖西瓜糕、玫瑰附油包子等，以上各品价格均为四十文。

鲜果及果品：新鲜洋荔枝、桃子、枇杷、雪梨、花红（类似苹果的小水果，又叫林檎）等；冰糖乌梅糕、山楂蜜糕、核桃糖、冰糖梨膏、烘青豆、炒松子、京都冰糖乌梅汤等。还有数十个品种的蜜饯果脯，以及外国进口糖果。上述各品价格，鲜水果皆一角，其余三十文至四十文。

据老辈人回忆，那时的戏迷们真是过着幸福生活，戏园子里眼睛和耳朵忙，嘴也没闲着。夜戏散场以后，意犹未尽的人们一路嘴里打着肉锣鼓，哼唱着戏里的精彩片段，还要在街边的夜间小吃摊点"宵夜"，不然漫漫长夜会睡不着。这些专门为夜间生意而制作的小吃，充分考虑了夜猫子们的需求。卤煮、面食、点心、小酒、各种佐酒小菜，既有立等可取的快餐，也有细饮慢酌的小店，甚至还通宵营业。

我们把书做好 等待您来发现

读库微信　　读库天猫店

读库微博：@读库
读库官网：www.duku.cn
投稿邮箱：666@duku.cn
客服邮箱：315@duku.cn

图书在版编目 (CIP) 数据

读库. 2002 / 张立宪主编. -- 北京：新星出版社, 2020.6
ISBN 978-7-5133-4058-8

Ⅰ. ①读… Ⅱ. ①张… Ⅲ. ①中国文学－当代文学－作品综合集 Ⅳ. ①I217.61

中国版本图书馆CIP数据核字(2020)第078325号

读库 2002

主　　编：张立宪
责任编辑：汪　欣
责任印制：韦　舰

出版发行：新星出版社
出 版 人：马汝军
社　　址：北京市西城区车公庄大街丙3号楼　100044
网　　址：www.newstarpress.com
电　　话：010-88310888
传　　真：010-65270449
法律顾问：北京市岳成律师事务所
经销电话：010-57268861
官方网站：www.duku.cn
邮购地址：北京市海淀区万寿路邮局67号信箱　100036
印　　刷：北京雅昌艺术印刷有限公司
开　　本：770mm×1092mm　1／32
印　　张：11
字　　数：220千字
版　　次：2020年6月第一版　2020年6月第一次印刷
书　　号：ISBN 978-7-5133-4058-8
定　　价：42.00元

版权专有，侵权必究；如有质量问题，请与读库联系调换。客服邮箱：315@duku.cn